LILY BARD

4 – LIBERTINAGE FATAL

Du même auteur

CHARLAINE HARRIS

LILY BARD
4 – LIBERTINAGE FATAL

Traduit de l'anglais (États-Unis)
par Tiphaine Scheuer

Flammarion
 Québec

Catalogage avant publication de Bibliothèque et Archives nationales du Québec et Bibliothèque et Archives Canada

Harris, Charlaine
     Libertinage fatal
     (Lily Bard ; 4)
     Traduction de : Shakespeare's trollop.
     ISBN 978-2-89077-432-2
     I. Scheuer, Tiphaine. II. Titre.
     III. Collection : Harris, Charlaine. Lily Bard ; 4.
PS3558.A77S43214 2013   813'.54   C2012-942545-1

COUVERTURE
Photo : Maude Chauvin
Conception graphique : Atelier lapin blanc

INTÉRIEUR
Composition : Facompo

Titre original : SHAKESPEARE'S TROLLOP.
Édition originale : St. Martin's Press
© Charlaine Harris Inc., 2000
Traduction en langue française : © Éditions J'ai lu, 2013
Édition canadienne : © Flammarion Québec, 2013

Imprimé au Canada
www.flammarion.qc.ca

Ce livre est dédié à ma seconde famille,
les fidèles de l'église épiscopale St. James.
Libre à eux d'être horrifiés par son contenu.

Remerciements

Je tiens à remercier mes suspects habituels : les Drs Aung et Tammy Than et le chef de police retraité Phil Gates. Un merci particulier à une icône de l'Amérique, John Walsh.

GÉNÉALOGIE DE LA FAMILLE PRADER

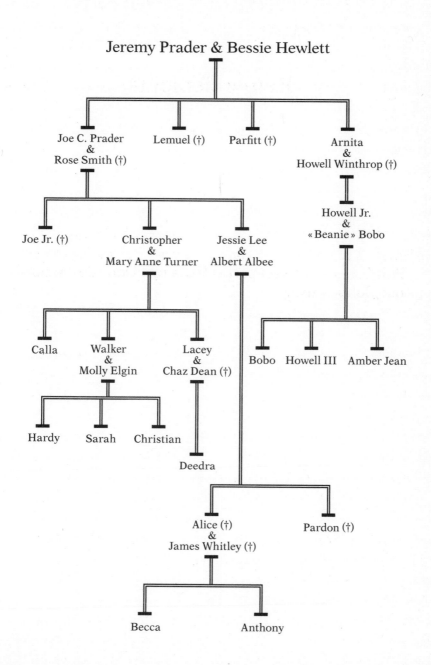

Chapitre 1

À l'instant où je m'éveillais en bâillant, ce matin-là, elle était assise dans sa voiture, dans les bois, depuis plus de sept heures. Évidemment, je ne le savais pas, je n'étais même pas au courant que Deedra avait disparu. Personne ne le savait.

Si l'on ne remarque pas que quelqu'un n'est plus là, considère-t-on que cette personne a disparu ?

Pendant que je me brossais les dents et me rendais à la salle de sport, la rosée devait scintiller sur le capot de sa voiture. Puisqu'on avait laissé Deedra penchée par la fenêtre ouverte de la portière côté conducteur, peut-être même la rosée perlait-elle également sur sa joue.

Au moment où les habitants de Shakespeare lisaient les journaux du matin, se douchaient, préparaient le déjeuner de leurs enfants pour l'école et laissaient sortir le chien pour sa communion matinale avec la nature, Deedra redevenait elle-même une part de cette nature – en décomposition, revenant à l'état d'élément. Plus tard, quand le soleil réchauffa la forêt, les mouches firent leur apparition. Son maquillage avait un aspect épouvantable, la peau en-dessous changeant peu à peu de couleur. Elle restait ainsi, immobile, indifférente : la vie transformant tout ce qui l'entourait, en évolution constante, avec Deedra inanimée au centre, sans plus aucun choix possible. À partir de maintenant, les altérations qu'elle allait subir ne seraient plus de sa volonté.

Une personne à Shakespeare savait où se trouvait Deedra. Une personne savait qu'elle n'était plus dans son environnement habituel, qu'elle avait disparu de sa vie même. Et cette personne attendait, attendait qu'un habitant de l'Arkansas – un chasseur, un ornithologue, un géomètre – trouve Deedra et mette en branle les recherches sur les circonstances de sa disparition permanente.

Ce citoyen malchanceux, ce fut moi.

Si les cornouillers n'avaient pas été en fleurs, je n'aurais pas regardé les arbres. Si je n'avais pas regardé les arbres, je n'aurais pas remarqué l'éclat rouge sur la route de campagne qui partait sur ma droite. Ces petites routes non signalées – plus des sentiers qu'autre chose – sont si nombreuses dans l'Arkansas rural qu'elles ne valent pas le coup de s'y attarder. Elles mènent généralement à des camps de chasseurs ou à des puits de pétrole, ou encore à des terres dont les propriétaires défendent *ardemment* la solitude et l'intimité. Mais le cornouiller sur lequel je posai mon regard devait s'élever à cinq mètres du sol ; il était magnifique et ses fleurs rougeoyaient comme des papillons pâles parmi les troncs sombres et dépourvus de branches tels des pins rigides. Je ralentis donc pour l'observer et entrevis une tache rouge sur le sentier et, à partir de là, les pièces du puzzle commencèrent à s'assembler.

Pendant le reste du trajet jusque chez Mme Rossiter, quand je m'occupai de son intérieur agréable et reluisant, puis tout en donnant un bain à son épagneul récalcitrant, cet éclat de couleur vive ne quitta pas mes pensées. Ce n'était pas le carmin brillant d'un cardinal, ou la teinte légèrement violacée d'une azalée, mais un rouge laqué et métallique, comme la peinture d'une voiture.

En fait, c'était exactement la couleur de la Taurus de Deedra Dean. Il y avait beaucoup de voitures rouges à Shakespeare, et certaines d'entre elles étaient des Taurus. En effectuant mon ménage, je me maudis de me tracasser ainsi au sujet de Deedra Dean, qui n'était plus une enfant. Deedra n'attendait pas et ne méritait pas que je me fasse du souci pour elle, et je n'avais pas besoin de problèmes en plus dans ma vie.

Cet après-midi, Mme Rossiter exprima un flot de commentaires au sujet de mon travail. Elle, au moins, était fidèle à elle-même : dodue, gentille, curieuse et totalement dévouée à son vieil épagneul, Durwood. Parfois, je me demandais ce que M. Rossiter, de son vivant, en avait pensé. Peut-être Mme Rossiter avait-elle été obnubilée par Durwood après la mort de son mari ? Je n'avais jamais connu M.T. Rossiter, qui avait quitté ce monde quatre ans auparavant, à peu près à la période où j'avais posé mes valises à Shakespeare. Tandis que je rinçais Durwood, à genoux dans la salle de bains, j'interrompis le monologue de sa maîtresse sur l'exposition florale du mois suivant, pour lui demander à quoi ressemblait son défunt mari.

Ainsi interrompue en plein récit, il fallut un instant à Birdie Rossiter pour réorienter sa conversation.

— Eh bien… mon mari… c'est tellement étrange que vous me demandiez ça, je pensais justement à lui…

Il en était toujours ainsi : Birdie Rossiter venait systématiquement de penser au sujet, quel qu'il soit, que vous suggériez.

— M.T. était agriculteur.

Je hochai la tête pour lui montrer que je l'écoutais. J'avais repéré une puce dans l'eau qui tourbillonnait dans la bonde, et j'espérais que Mme Rossiter ne la verrait pas.

13

Dans le cas contraire, Durwood et moi allions devoir subir diverses procédures fort déplaisantes.

— Il a cultivé toute sa vie, il venait d'une famille d'agriculteurs. Il n'a jamais rien connu d'autre que la campagne. Sa mère chiquait du tabac, Lily, vous imaginez ? Mais c'était une brave femme, Mlle Audie, avec un bon cœur. Quand j'ai épousé M.T. – j'avais tout juste dix-huit ans – Mlle Audie nous a proposé de construire une maison sur leurs terres, là où nous le souhaitions. Adorable, n'est-ce pas ? M.T. a donc choisi cet emplacement et nous avons passé une année à travailler sur les plans. Et tout ça pour quoi, pour finir par en faire une vieille maison ordinaire ! s'exclama Birdie en riant.

Sous les lumières fluorescentes de la salle de bains, les fils argentés de sa chevelure sombre brillaient avec tant d'éclat qu'ils semblaient teints.

Quand la biographie de Birdie atteignit le moment où M.T. devait rejoindre les Gospellaires, un quatuor masculin de l'église baptiste Mount Olive, j'avais de mon côté commencé à dresser mentalement ma liste de courses.

Une heure plus tard, je saluai Mme Rossiter, son chèque au fond de la poche de mon jean.

— À lundi après-midi ! dit-elle en tentant de cacher sa solitude sous un air désinvolte. Nous aurons du pain sur la planche, parce que ce sera la veille de mon déjeuner de prière.

Je me demandai si Birdie allait encore me demander de mettre des nœuds aux oreilles de Durwood, comme la dernière fois qu'elle avait accueilli le déjeuner de prière chez elle. L'épagneul et moi échangeâmes un regard. Heureusement pour moi, Durwood n'était pas un chien rancunier. Je hochai la tête, ramassai mon panier de produits ménagers et de chiffons, et me retirai avant que Mme Rossiter ne trouve un nouveau sujet de conversation. Il était l'heure de me rendre à mon ménage suivant, Camille Emerson. Je donnai une caresse d'adieu à Durwood tout en ouvrant la porte d'entrée.

— Il a bonne mine, dis-je.

La santé fragile et la mauvaise vue de Durwood constituaient une inquiétude constante pour sa propriétaire. Quelques mois plus tôt, Birdie s'était pris les pieds dans sa laisse et s'était cassé le bras, mais rien ne pouvait entacher l'amour qu'elle vouait à son chien.

— Il est sage comme une image, me dit Birdie d'une voix ferme.

Elle me regarda, sur le perron, ranger mes produits dans mon coffre et me glisser derrière le volant de ma voiture. Elle s'accroupit laborieusement à côté de Durwood et lui fit lever la patte pour me dire au revoir. Je levai la main : je savais d'expérience qu'elle n'arrêterait pas avant que j'aie répondu.

Tandis que je réfléchissais à ce que j'avais à faire ensuite, je fus presque tentée de couper le moteur et de m'attarder pour écouter le flot de paroles incessant de Mme Rossiter. Mais je mis le moteur en marche, reculai dans l'allée et regardai plusieurs fois des deux côtés avant de rejoindre la route. Les véhicules étaient rares sur Farm Hill Road, mais ils avaient tendance à être rapides et imprudents.

Je savais qu'en reprenant la petite route de campagne en sens inverse, j'allais m'arrêter sur le bas-côté étroit et herbeux. J'avais la fenêtre ouverte. Quand je coupai le moteur, le silence prit le dessus. Je n'entendais… rien du tout.

Je sortis et refermai la portière derrière moi. Une légère brise gonfla mon short et mon tee-shirt était trop léger. Je frissonnai. La sensation de picotement que je ressentis sur ma nuque me conseillait de partir sur-le-champ, mais parfois, j'imagine qu'il est impossible de se défiler.

Quand je traversai la route, mes baskets crissèrent légèrement sur le bitume défoncé. J'entendis le cri d'un colin[1], au fond des bois vers l'ouest. Pas une voiture en vue.

Après une seconde hésitation, je m'enfonçai dans les fourrés en suivant la petite route. Cette appellation était presque exagérée. Ce n'était guère que deux profonds sillons dans la terre, présentant de l'herbe au milieu, souvenir de la dernière charge qui avait nivelé le sol des années auparavant. Je progressai discrètement, mais pas totalement en silence, et me mis à ralentir involontairement. Le sentier bifurquait légèrement vers la droite et, en prenant cette courbe, je pus distinguer la source de cet éclat de couleur vive.

C'était une voiture – une Taurus – garée dans le sens opposé à Farm Hill Road.

Il y avait quelqu'un sur le siège conducteur. Je distinguais le contour d'une tête. Je m'arrêtai net. Je sentis la chair de poule monter et redescendre sur la peau de mes bras. Si j'avais vaguement été sur mes gardes quelques instants auparavant, j'étais maintenant totalement effrayée. D'une certaine manière, il était plus choquant d'apercevoir sans s'y attendre un autre être humain plutôt qu'une voiture garée dans les bois, même si elle n'a rien à y faire.

— Bonjour, dis-je doucement.

Mais la personne sur le siège conducteur de la Taurus rouge ne bougea pas.

Soudain, je pris conscience que j'étais trop effrayée pour ajouter quoi que ce soit. Les bois semblaient se refermer autour de moi. Le silence enveloppait la vie,

---

1. Oiseau d'Amérique du Nord, voisin de la caille. (*N.d.T.*)

oppressant. « Co… *lin !* » cria l'oiseau, et je faillis bondir sur place.

Je restai immobile et me trouvai face à un cas de conscience. Ce que je voulais plus que tout, c'était m'éloigner de cette voiture et de son occupant silencieux – oublier le simple fait d'être venue ici.

Je ne pouvais pas.

Maudissant mon indécision, je marchai jusqu'à la voiture et me penchai pour regarder à l'intérieur.

Pendant un instant, je fus distraite par sa nudité, l'exhibition de ses seins et de ses cuisses, par la protubérance anormale entre ses jambes. Mais quand je fixai le visage de la femme à l'intérieur de la voiture, je dus me mordre la lèvre inférieure pour m'empêcher de crier. Les yeux de Deedra étaient entrouverts, mais ils ne me rendaient pas mon regard.

Je m'efforçai d'analyser ce que je voyais et ce que je sentais – son cadavre – puis je me redressai vivement et reculai d'un pas. Je restai ainsi un instant, haletante, avant de retrouver mon équilibre et de déterminer l'attitude à adopter.

Une autre couleur artificielle, qui n'était pas naturelle dans ces bois verts, attira mon regard et je commençai à observer autour de moi en essayant de ne pas bouger. En réalité, je respirais à peine, pour tenter de mémoriser la scène.

La plus grosse tache de couleur provenait d'un chemisier crème jeté sur une plante épineuse qui avait poussé entre deux arbres. À quelques pas de là gisait une jupe noire, très courte et aussi froissée que le chemisier. Une paire de collants et – qu'est-ce que c'était que ça ? – je me penchai pour voir plus distinctement, tentant au maximum de satisfaire ma curiosité sans bouger les pieds. Les perles de Deedra. Les collants et les perles étaient accrochés à une branche basse. Je ne voyais pas le

17

soutien-gorge, que je finis par retrouver, jaillissant d'un buisson, et les chaussures, qu'on avait jetées séparément quelques mètres plus bas sur le sentier. Des chaussures en cuir noir. Ça nous laissait le sac à main. J'allais me pencher à nouveau pour vérifier qu'il ne se trouvait pas dans la voiture mais je préférai rejouer la scène dans ma tête. Le sac ne se trouvait pas à l'avant du véhicule de Deedra ; elle devait porter le petit sac en cuir noir à bandoulière qu'elle accordait habituellement à ses chaussures. On ne travaille pas pour Deedra aussi longtemps que moi sans tout savoir de ses vêtements et de ses habitudes.

Pour m'accorder quelques minutes de répit avant de prendre une décision, je me mis à chercher le sac, sans succès. Soit on l'avait jeté plus loin que le reste des vêtements, soit celui qui se trouvait avec elle dans les bois l'avait emporté avec lui.

Avec Deedra, il était toujours question d'un « lui ».

Je pris une profonde inspiration et rassemblai mes forces, sachant ce que j'avais à faire et m'y préparant mentalement. Je devais appeler le shérif. Je regardai une nouvelle fois autour de moi, toujours sous le choc, et me tapotai les joues. Mais il n'y avait aucune larme.

Deedra n'était pas le genre de personne pour qui l'on pleurait, réalisai-je en sortant des bois d'un pas raide pour rejoindre la route. La mort de Deedra engageait plutôt à secouer la tête avec fatalité – une mort peu surprenante, à laquelle on s'attend presque. L'âge de Deedra, une petite vingtaine d'années, aurait dû me révolter en soi, mais encore une fois... ce n'était pas le cas.

Tout en composant le numéro du bureau du shérif (Jack m'avait offert un téléphone portable à Noël), je me surpris à regretter ce manque d'étonnement de ma part. La mort d'une jeune femme en bonne santé devrait être

18

scandaleuse. Mais je savais, alors que j'expliquais à l'opérateur où je me trouvais – juste à la limite de Shakespeare, je pouvais même voir le panneau de l'endroit où je me tenais –, que très peu de gens seraient réellement stupéfaits en apprenant que Deedra avait été retrouvée nue, violée et morte dans une voiture au fond des bois.

De tous, j'aurais dû être la dernière à blâmer la victime de ce crime. Mais il était simplement indéniable que Deedra s'était jetée avec vigueur dans ce rôle de victime, avec avidité même. Elle avait dû croire que l'argent de sa famille et sa situation sociale constituaient un gilet de sauvetage suffisant.

Après avoir jeté mon portable dans ma voiture par la fenêtre ouverte, je m'appuyai contre le capot et m'interrogeai sur les circonstances qui avaient pu conduire Deedra à la mort. Quand une femme a de nombreux partenaires sexuels, les chances de se mettre l'un d'entre eux à dos augmentent, et c'était précisément ce qui avait dû arriver. Je considérai cette hypothèse. Si Deedra avait travaillé dans une usine aux employés essentiellement masculins, aurait-elle été plus susceptible de mourir qu'une femme qui travaillait dans une usine au personnel féminin ? Aucune idée. Je me demandai si un homme aux mœurs légères était plus susceptible de se faire assassiner qu'une femme chaste et pure.

Je fus tout de même soulagée en voyant la voiture du shérif apparaître au coin de la rue. Je n'avais pas rencontré le nouveau shérif, même si je l'avais déjà aperçu en ville. Quand Marta Schuster sortit de sa voiture officielle, je traversai la route une nouvelle fois pour aller à sa rencontre.

Nous échangeâmes une poignée de main et elle m'adressa un lent regard évaluateur et silencieux,

19

supposé me montrer combien elle était une femme dure et impartiale.

J'en profitai aussi pour l'examiner attentivement.

Le père de Marta, Marty, avait été élu shérif du comté pendant plusieurs mandats d'affilée. Quand il était mort dans l'exercice de ses fonctions l'année précédente, Marta avait été nommée pour achever son mandat. Marty avait été un dur, un véritable poids coq, mais sa femme avait dû être d'une trempe plus majestueuse : Marta était une valkyrie. Robuste, blonde, elle avait le teint clair, comme la plupart des gens de la région. Shakespeare avait été fondée par un amoureux de la littérature, un Anglais nostalgique, mais à la fin du XIXe siècle, la petite ville avait connu un afflux d'immigrants allemands.

Le shérif avait un torse courtaud et une taille épaisse, ce que l'uniforme, la chemise et la jupe, ne faisait qu'accentuer. Marta Schuster avait la trentaine, environ mon âge.

— Vous êtes Lily Bard, c'est vous qui avez appelé ?

— Oui.

— Où est le corps ?

— Là-dedans, dis-je en pointant le doigt vers le sentier.

Une autre voiture de police vint se garer derrière celle de Marta. L'homme qui en descendit était grand, très grand, peut-être un mètre quatre-vingt-dix, voire plus. Je me demandai si les services de police n'avaient pas de restrictions sur la taille, et si c'était le cas, comment cet homme avait pu y entrer. Il ressemblait à un mur de brique dans son uniforme, et il avait le teint aussi clair que celui de Marta, mais avec des cheveux sombres – pour le peu qu'il avait. Il était de ces policiers qui préféraient se raser la tête.

— Restez ici, me dit Marta d'un ton brusque.

20

Elle désigna le pare-chocs de son véhicule de fonction. Elle s'approcha du coffre, l'ouvrit et en sortit une paire de baskets. Elle retira ses chaussures à talons et enfila l'autre paire. Je voyais bien qu'elle maudissait sa jupe ; elle n'avait pas pu deviner, en se rendant au travail ce matin, qu'on lui demanderait de venir patauger dans les bois. Le shérif sortit quelques objets supplémentaires de sa voiture et se dirigea vers la lisière du bois. Visiblement, Marta Schuster se concentrait pour se rappeler chaque leçon qu'elle avait apprise sur la manière de conduire une enquête pour meurtre.

Je regardai ma montre et essayai de ne pas soupirer. Il semblait bien que j'allais être en retard chez Camille Emerson.

Quand elle eut achevé sa préparation mentale, Marta fit un geste semblable à ceux que j'avais vus dans de vieux westerns, quand l'homme à la tête de la cavalerie est prêt à se lancer. Vous savez, il lève une main gantée et fait un signe vers l'avant, sans même regarder en arrière. Ce fut exactement l'attitude qu'eut Marta, et son adjoint s'exécuta en silence. Je m'attendis presque à la voir lui jeter un os.

Je faisais tout pour éviter de penser au corps dans la voiture, mais je savais que j'allais devoir y faire face tôt ou tard. Peu importait la vie qu'avait menée Deedra, ou ce que je pensais des choix qu'elle avait faits, je découvris que sa mort me désolait sincèrement. Et sa mère ! Je grimaçai en songeant à la réaction de Lacey Dean Knopp quand elle apprendrait la mort de son unique enfant. Lacey avait toujours semblé oublieuse des activités de sa fille, et je ne saurais jamais si c'était par autoprotection ou bien pour préserver Deedra. Dans les deux cas, j'étais assez admirative.

Ce moment de calme prit fin quand un troisième véhicule vint se garer sur le bas-côté, une Subaru cabossée, cette fois. Un jeune homme blond et tassé bondit de la voiture et regarda frénétiquement autour de lui. Son regard passa sur moi comme si j'étais un arbre parmi les autres. Quand le jeune homme repéra l'entrée du bois, il se jeta le long de l'accotement étroit comme un skieur se précipite dans la pente, dans l'intention apparente de rejoindre la scène du décès de Deedra.

Il était en tenue civile et je ne le connaissais pas. J'étais prête à parier qu'il n'avait rien à voir avec la scène de crime. Mais je ne représentais pas la loi. Je le laissai passer, mais je me redressai tout de même et décroisai les bras.

À cet instant, Marta Schuster réapparut et cria :

— Non, Marlon !

L'adjoint qui la suivait de près la dépassa et saisit les épaules du garçon pour le retenir. Je me rappelai avoir déjà aperçu le petit homme aux alentours de la résidence, et je réalisai enfin, pour la première fois, qu'il s'agissait de Marlon Schuster, le frère de Marta. Mon estomac se serra à l'idée de l'avalanche de complications qui s'annonçait.

— Marlon, dit le shérif d'une voix dure qui, moi, m'aurait arrêtée. Marlon, ressaisis-toi.

— Est-ce que c'est vrai ? C'est elle ?

À un mètre cinquante seulement, je ne pouvais pas vraiment éviter d'écouter cette conversation.

Marta prit une profonde inspiration.

— Oui, c'est Deedra, dit-elle, avec douceur, avant de faire un signe à l'adjoint, qui lâcha le bras de Marlon.

À ma grande surprise, le jeune homme fit pivoter ce même bras vers sa sœur en prenant son élan. L'adjoint s'était retourné pour se diriger vers sa voiture et Marta Schuster sembla trop surprise pour se défendre, je m'élançai donc vers lui et saisis son bras prêt à frapper. Le fou fit volte-face et leva son bras gauche. Disposant moi aussi d'une main libre, je lui administrai un puissant *seiken* – une poussée – en plein plexus solaire.

Il produisit un son semblable à « ouf » quand l'air quitta ses poumons, avant de tomber à genoux. Je le libérai et m'écartai d'un pas. Il allait nous laisser tranquilles pendant quelques minutes.

— Espèce d'idiot, dit le shérif en s'accroupissant à côté de lui.

Soudain, l'adjoint se retrouva juste à côté de moi, la main posée nerveusement près de son arme. Je me demandai sur qui il aurait tiré. Après quelques secondes, sa main sembla se détendre, je l'imitai.

— Où est-ce que vous avez appris ça ? me demanda-t-il.

Je tournai la tête vers lui. Il avait des yeux couleur chocolat amer.

— En cours de karaté, répondis-je rapidement, désireuse de ne pas m'étaler.

Marshall Sedaka, mon *sensei*, aurait été ravi.

— Ah, c'est vous, dit l'adjoint.

Tout à coup, je ressentis une vive lassitude.

— Je suis Lily Bard, dis-je en gardant une voix neutre. Et si vous en avez tous fini avec moi, je dois aller travailler.

— Expliquez-moi une nouvelle fois comment vous l'avez trouvée, demanda Marta Schuster en laissant son frère se débrouiller tout seul.

Elle jeta un regard en biais à son adjoint. Il hocha la tête. Ils semblaient doués pour la communication muette. Elle reprit à mon attention :

— Ensuite vous pourrez partir, tant que l'on sait où vous joindre.

Je lui exposai les faits à la manière d'un enquêteur : le numéro de téléphone de Mme Rossiter, mon numéro de portable, le numéro de mon domicile, ainsi que l'adresse à laquelle j'allais travailler cet après-midi, si j'arrivais jamais à quitter cette portion de route.

— Et comment connaissiez-vous la défunte ? demanda-t-elle de nouveau, comme si c'était un élément qu'elle n'avait pas déjà enregistré dans sa tête.

— Je faisais le ménage chez elle. J'habite juste à côté de sa résidence, répondis-je.

— Depuis quand travailliez-vous pour Deedra ?

L'immense adjoint s'était éloigné le long du sentier avec un appareil photo, après s'être assuré que Marlon s'était rétabli. Le frère du shérif avait suffisamment retrouvé ses esprits pour se hisser contre le capot de sa Subaru. Il était affalé en travers, en train de pleurer, la tête enfouie dans ses mains. Sa sœur ne lui prêta aucune attention, malgré tous les sons désagréables qu'il émettait.

Deux autres adjoints arrivèrent dans une voiture de patrouille et en descendirent avec des rouleaux de ruban jaune de scène de crime. Marta m'interrompit pour leur donner des instructions.

— Je travaillais pour Deedra – même si je suis sûre que c'est sa mère qui la subventionnait – depuis trois ans, expliquai-je quand le shérif m'accorda de nouveau son attention. Je faisais le ménage chez elle une fois par semaine.

— Vous étiez donc familières ?

— Non.

Nul besoin d'y repenser à deux fois.

— Pourtant vous la connaissiez depuis plus de trois ans, fit remarquer Marta Schuster en feignant la surprise.

Je haussai les épaules.

— La plupart du temps, elle était au travail quand j'étais chez elle.

24

Même si parfois, elle était bien là ; et parfois, des hommes étaient là aussi, mais le shérif n'y avait pas fait allusion. Elle allait certainement y venir, toutefois.

Tandis que le shérif donnait d'autres instructions à ses adjoints, j'eus quelques minutes pour réfléchir. Les photos ! Je fermai les yeux pour contenir ma consternation.

Le penchant pour les photos de nu d'elle-même était l'un des éléments les plus inexplicables chez Deedra. Elle en possédait toute une pile qu'elle gardait dans son tiroir à sous-vêtements depuis des années. Chaque fois que je rangeais ses vêtements propres, je ressentais une bouffée de désapprobation assez gênante. De toutes les choses que faisait Deedra pour exposer sa vulnérabilité, celle-ci était selon moi la plus dégradante.

Je songeai à ses photos, étalées sur le bureau du shérif, que tout le monde allait pouvoir regarder à sa guise. J'éprouvai une vague de regret, une envie presque écrasante de courir chez Deedra avant les autorités, pour ramasser les photos et les brûler.

Marlon Schuster abattit sa main sur le capot de sa voiture et sa sœur, qui observait mon visage plutôt que le sien, sursauta. J'évitai soigneusement son regard. Marlon allait devoir faire étalage de son chagrin ailleurs, dans un endroit plus discret.

— Vous avez donc une clé de son appartement ? demanda Marta Schuster.

— Oui, répondis-je promptement. Et je vais vous la donner tout de suite.

J'abandonnai toute idée chimérique de dissimuler la véritable nature de Deedra aux yeux des hommes et des femmes qui allaient enquêter sur sa mort. J'étais certaine que la majorité des gens en ville avait entendu parler de ses mœurs libérées. Mais allaient-ils chercher son meurtrier aussi assidûment, une fois qu'ils auraient pris

25

connaissance de ces photos ? Allaient-ils garder ça pour eux afin que les rumeurs n'arrivent pas aux oreilles de la mère de Deedra ?

Je pinçai les lèvres. Je ne pouvais rien y faire, songeai-je. Deedra était toute seule. C'est moi qui avais lancé l'enquête sur sa mort, mais au-delà de ça, je ne pouvais plus l'aider. Le prix que j'aurais à payer serait trop élevé.

Plongée dans mes réflexions, je retirai la clé du trousseau et la déposai dans la paume tendue du shérif Marta Schuster. Un souvenir confus me revint en mémoire et je me demandai si elle possédait une autre clé. Oui, je me rappelais qu'elle gardait une clé de secours dans son box, dans le garage de la résidence. Alors que j'ouvrais la bouche pour en faire part au shérif, cette dernière fit un geste pour couper court à mon observation. Je songeai alors qu'ayant rendu ma seule et unique clé, j'avais rempli mon rôle et que Deedra Dean sortait de ma vie.

— J'aurais besoin d'une liste des personnes que vous avez vues là-bas, dit sèchement le shérif.

Elle devait mourir d'envie de rejoindre la scène de crime tant elle tournait souvent son visage en direction des bois.

J'avais déjà commencé à regagner ma voiture. Je n'aimais pas qu'on me fasse taire de ce mouvement tranchant de la main ; ce n'était pas comme si j'avais l'habitude de parler pour ne rien dire. Et je n'aimais pas qu'on me donne des ordres.

— Je n'ai jamais vu quiconque là-bas, répondis-je en tournant le dos au shérif.

— Vous... Au cours des trois années où vous avez fait le ménage là-bas, vous n'y avez jamais vu personne d'autre ?

Au ton de Marta Schuster, je compris que cette dernière était parfaitement au fait de la réputation de Deedra.

26

— Son beau-père était là un matin, quand Deedra a eu des problèmes avec sa voiture.

— Et c'est tout ? demanda Marta, ouvertement incrédule.

— C'est tout.

Marlon, bien sûr, en était sorti en rampant trois ou quatre jours auparavant, mais elle était déjà au courant et ça ne semblait pas être le moment de ramener ça sur le tapis.

— C'est un peu surprenant.

Je pivotai à demi en haussant les épaules.

— Vous en avez fini avec moi ?

— Non. Je veux que vous me retrouviez à son appartement dans deux heures environ. Puisque vous êtes coutumière de ses affaires, vous pourrez nous dire s'il manque quelque chose. Il serait préférable que Mme Knopp n'ait pas à le faire, je suis sûre que vous serez d'accord.

Je me sentis prise au piège. Je ne pouvais rien répondre à part :

— J'y serai.

Mon implication dans la vie trouble de Deedra Dean n'était pas encore terminée.

Chapitre 2

Plus tard, Camille Emerson allait me détester de ne pas lui avoir confié ma petite information, mais je n'avais tout simplement pas envie de parler de la mort de Deedra. Camille était sur le point de sortir de toute façon, une liste de courses serrée dans sa main potelée.

— Je me suis rappelé qu'il fallait sortir les draps propres cette fois, dit-elle avec une pointe de fierté.

Je me contentai de hocher la tête ; je ne comptais pas féliciter une femme adulte parce qu'elle avait fait une chose aussi élémentaire que me sortir une paire de draps de rechange. Camille Emerson était quelqu'un d'enjoué et de brouillon. Même si elle ne m'était pas antipathique – en réalité, j'étais ravie de travailler pour elle – Camille essayait de créer un semblant d'amitié entre nous et je trouvais cela tout aussi agaçant qu'un employeur qui vous traite comme un esclave.

— À plus tard ! lança-t-elle enfin, renonçant à une réponse.

Je lui dis « Au revoir » après une seconde. Heureusement que j'étais d'humeur à travailler dur, car les Emerson avaient mis plus de pagaille que d'habitude depuis ma dernière visite. Ils n'étaient que quatre

(Camille, son mari, Cooper, et leurs deux fils) mais chaque Emerson était résolu à vivre au milieu du chaos. Après avoir un jour passé quinze minutes à trier les différentes tailles de draps dont j'avais besoin, j'avais suggéré à Camille qu'elle laisse la paire de rechange sur chaque lit. C'était ça, ou bien rester plus longtemps chez eux, mais mes lundis étaient toujours chargés et Camille avait blêmi à l'idée de devoir m'augmenter. Nous étions toutes deux ravies du résultat ; enfin… quand Camille se souvenait de son propre rôle, du moins.

Mon téléphone portable se mit à sonner alors que j'étais en train d'essuyer le lavabo tout propre de la salle de bains de l'entrée.

— Oui ? répondis-je prudemment.

Je ne m'étais toujours pas habituée à ce téléphone.

— Salut.

— Jack.

Je sentis un sourire se dessiner sur mes lèvres. D'une main maladroite à cause du téléphone, je saisis le chariot qui contenait mes éponges et mes produits d'entretien, et me dirigeai vers la cuisine.

— Où es-tu ?

— Chez Camille Emerson.

— Tu es seule ?

— Oui.

— J'ai des news.

Jack semblait à la fois excité et mal à l'aise.

— Quoi ?

— Je prends un avion dans une heure.

— Pour ?

Il était supposé venir passer la nuit avec moi.

— Je bosse sur une affaire de fraude. Le principal suspect est parti pour Sacramento la nuit dernière.

J'étais encore plus abattue que lorsque j'avais trouvé le corps de Deedra. J'attendais toujours les visites de Jack avec beaucoup d'impatience. J'avais même changé mes draps et j'étais rentrée tôt de la gym ce matin pour m'assurer que mon intérieur était étincelant. Je sentis une vague de déception me submerger.

— Lily ?

— Je suis là.

— Je suis désolé.

— Il faut bien que tu travailles, répliquai-je d'une voix neutre et égale. Je suis juste...

Fâchée, triste, vidée ; tout ça en même temps.

— Toi aussi tu vas me manquer.

— C'est vrai ? demandai-je d'une voix basse, comme si quelqu'un pouvait m'entendre. Tu penseras à moi quand tu seras seul dans ta chambre d'hôtel ?

Il me confia à quel point.

Nous discutâmes encore un peu. Malgré la satisfaction de savoir que Jack allait réellement regretter ma présence, le résultat était le même ; je n'allais pas le voir pendant au moins une semaine, deux semaines étant un scénario plus réaliste.

Après avoir raccroché, je me rendis compte que je ne lui avais pas parlé de la mort de Deedra. Je n'allais pas le rappeler. Nous nous étions fait nos adieux. Il avait déjà rencontré Deedra, mais ça devait être là tout ce qu'il savait d'elle... selon moi. Il avait vécu en face de chez Deedra avant notre rencontre, me rappelai-je soudain avec un soupçon d'angoisse. Mais je repoussai cette idée ; je n'allais pas commencer à m'inquiéter de l'infime possibilité que Jack ait pu céder aux avances de Deedra avant de me connaître. Je haussai les épaules. Je lui parlerai de sa mort lors de notre prochaine communication.

Je sortis le sac plein à craquer de la poubelle, nouai les liens et me redressai, juste au moment où Camille

Emerson entrait par la porte de la cuisine en trébuchant, avec une tonne de sacs de courses et de bonne volonté.

J'étais en retard pour mon rendez-vous avec Marta Schuster mais je m'en fichais. J'avais garé ma voiture chez moi avant de me diriger à grands pas vers la résidence voisine, qui comptait huit appartements. Je remarquai, alors que j'ouvrais la grande porte d'entrée, deux voitures de police stationnées sur le trottoir. J'étais de mauvaise humeur, d'humeur agressive – pas vraiment l'état d'esprit approprié pour un échange avec des fonctionnaires de police.

— Respire un bon coup, conseilla une voix froide et familière.

C'était un bon conseil et je fis une pause pour le suivre.

— Marta Schuster et ses troupes d'assaut sont là-haut, déclara Becca Whitley en sortant de chez elle, la porte au fond du couloir, pour se placer au pied des escaliers.

Becca Whitley était un rêve érotique, qui était entrée dans la fleur de l'âge à peine trois ans plus tôt. Elle avait de très longs cheveux blonds, des yeux bleus très brillants, des traits fins mais taillés à la serpe, et des seins en forme de cônes qui jaillissaient d'un corps athlétique. Becca, qui vivait à Shakespeare depuis environ cinq mois, avait hérité de la résidence de son oncle, Pardon Albee, et occupait son ancien appartement.

Je n'aurais jamais cru que Becca allait tenir aussi longtemps dans notre petite ville de Shakespeare ; elle m'avait confié venir de Dallas et elle me faisait effectivement l'effet d'une femme de la ville. J'étais certaine qu'elle allait s'empresser de mettre le bâtiment en vente et de s'envoler pour un centre urbain. Elle m'avait beaucoup surprise en restant ici.

Et elle avait pris ma place de première élève dans la classe de Marshall.

Mais il y avait des moments où je sentais malgré tout une connexion avec Becca, et celui-ci en faisait partie. Nous avions entamé un semblant d'amitié.

— Depuis quand ils sont là-haut ? demandai-je.

— Des heures.

Becca leva les yeux vers les escaliers comme si, à travers le sol et les portes, elle pouvait voir ce qui occupait autant le shérif.

— Est-ce qu'ils t'ont dit de venir ?

— Oui.

— Et Marlon ?

— Il était sur la scène de crime en train de pleurer toutes les larmes de son corps.

— Beurk, fit Becca en plissant le nez de dégoût. C'était bien le seul à la voir aussi sexy et aussi profonde.

Je hochai la tête. Je me demandai comment le shérif allait mener l'enquête sur son propre frère.

— Tu as ta clé ? me demanda Becca.

— Je la leur ai donnée.

— Bien vu, dit-elle. Ils ont aussi mon double de ses clés.

Je piétinai sur place.

— Je ferais mieux de monter. Je suis censée leur dire s'il manque quelque chose là-haut.

— À ce soir, lança-t-elle, et je levai la main pour confirmer.

L'appartement de Deedra était le dernier sur la droite, juste au-dessus de celui de Becca. Il donnait sur le parking pavé à l'arrière du bâtiment, une vue pas vraiment fascinante. Le garage était équipé de huit boxes, plus une benne à ordures, et c'était à peu près tout. Je ne savais pas vraiment qui, hormis Deedra, vivait à l'étage désormais, mais j'avais connu la plupart de ceux qui étaient passés par là. Claude Friedrich, le chef de la police et aussi l'un de mes amis, avait déménagé du premier étage au rez-de-chaussée suite à une blessure à la jambe. Il me semblait que Deedra et lui étaient les plus anciens résidents. D'habitude, les huit appartements de la résidence sobrement nommée Shakespeare Garden étaient toujours occupés, grâce à leur taille agréable et à leur prix raisonnable. J'étais pratiquement certaine que Becca avait augmenté les loyers quand les baux avaient touché à leur fin, car je me souvenais vaguement d'avoir entendu Deedra se plaindre, même s'il ne s'agissait pas d'une augmentation scandaleuse.

Je frappai à la porte de Deedra. Ce fut l'immense adjoint qui m'ouvrit, celui que j'avais vu sur la scène du crime. Il occupait totalement l'encadrement de la porte ; après une longue seconde, il s'effaça sur le côté pour me laisser entrer. Heureusement pour lui, on pouvait me regarder gratuitement, sans quoi il aurait été ruiné à l'heure qu'il était.

— Le shérif est là-bas, me dit-il en pointant du doigt la chambre de Deedra.

Mais au lieu de me plier à son allusion, je restai au milieu du salon et jetai un œil autour de moi. J'avais fait le ménage ici le vendredi précédent et nous étions lundi, l'intérieur était donc toujours rangé ; Deedra se montrait négligente avec elle-même, mais elle avait toujours été très ordonnée avec tout le reste.

Les meubles semblaient être à la même place et tous les coussins étaient bien disposés. Sa télévision et son magnétoscope étaient intacts ; juste à côté, dans une petite bibliothèque, étaient méticuleusement alignées ses cassettes vidéo. Le tout nouveau lecteur CD se trouvait sur le meuble jouxtant la télévision. Tous les magazines de Deedra que j'avais soigneusement empilés quelques jours plus tôt n'avaient pas bougé, à l'exception d'un numéro ouvert sur la table basse, face au canapé dans lequel Deedra s'installait pour regarder la télévision. Ses factures étaient groupées dans la petite corbeille où elle les jetait régulièrement.

— Vous voyez quelque chose de différent ?

L'immense adjoint se tenait toujours près de la porte, en silence, un point en sa faveur.

Je secouai la tête et repris mon examen circulaire.

— Emanuel, dit-il soudain.

Était-ce là une sorte de déclaration religieuse ? Je haussai les sourcils et l'observai avec une certaine incrédulité.

— Clifton Emanuel.

Après une longue pause, je finis par comprendre.

— Vous êtes Clifton Emanuel, tentai-je.

Il hocha la tête.

Je n'avais pas besoin de savoir son nom, mais il voulait que je le connaisse. C'était peut-être un maniaque de la célébrité, du genre à appartenir au Département des faits réels, Subdivision des victimes célèbres. Il cherchait des Sharon Tate, mais en vie.

Peut-être qu'il voulait tout simplement se montrer poli.

Je fus soulagée quand le shérif passa la tête hors de la chambre de Deedra et m'indiqua d'un mouvement saccadé de la rejoindre sur-le-champ.

— Tout est à sa place dans le salon ? demanda-t-elle.

— Oui.

— Et ici ?

Je m'avançai au pied du lit de Deedra et tournai lentement sur moi-même. Deedra adorait les bijoux et il y en avait partout ; des colliers, des boucles d'oreilles, des bracelets, un ou deux bracelets de cheville. La pièce donnait l'impression qu'on avait répandu les bijoux un peu partout, mais si l'on y regardait de plus près, les fermoirs des boucles d'oreilles étaient à leur place et les boucles étaient par paires. Les colliers étaient posés à plat et fermés pour éviter qu'ils s'entortillent. C'était normal. Certains tiroirs n'étaient pas complètement fermés – là encore, c'était du Deedra tout craché. Le lit était fait assez soigneusement ; il était de taille moyenne avec une tête de lit haute et sculptée qui dominait la pièce. Je soulevai un coin du couvre-lit fleuri et jetai un coup d'œil au-dessous.

— Ce ne sont pas les mêmes draps que ceux que j'ai mis vendredi, déclarai-je.

— Qu'est-ce que ça veut dire ?

— Ça signifie que quelqu'un a dormi avec elle depuis.

— Est-ce qu'il lui arrivait de laver les draps et de les remettre directement dans le lit ?

— Elle ne lavait jamais rien, surtout les draps. Elle en avait sept paires. Et je me chargeais de sa lessive.

Marta Schuster sembla surprise. Puis dégoûtée.

— Donc si je compte les paires de draps dans le panier à linge, je saurai combien de fois elle s'est amusée depuis vendredi matin ?

Je soupirai, détestant être au courant de ce genre de choses chez quelqu'un, encore plus devoir les révéler. Mais c'était l'essence de mon boulot.

— Oui, dis-je avec lassitude.

— Est-ce qu'elle avait une caméra ? J'ai remarqué qu'elle avait plein de cassettes, là-bas.

— Oui, elle en avait une. Elle la rangeait là, sur une étagère du placard.

Je le lui désignai du doigt et Marta se mit à chercher. Elle ouvrit la petite boîte noire, sortit la caméra, l'alluma et ouvrit le compartiment à cassette. Vide.

— Qui vous payait pour faire le ménage ici ? demanda-t-elle de but en blanc.

— Je pensais que vous le saviez. Sa mère, Lacey, donnait ce qu'il fallait à Deedra pour qu'elle puisse me garder.

— Deedra s'entendait bien avec sa mère ?

— Oui.

— Avec son beau-père ?

Je réfléchis à ma réponse. Je les avais tous les deux surpris au milieu d'une querelle si violente que j'avais envisagé d'intervenir, peut-être trois ou quatre mois plus tôt. Je n'aimais pas Jerrell Knopp. Mais c'était une chose de ne pas l'apprécier, c'en était une autre de rapporter au shérif des mots qu'ils avaient prononcés sous la colère.

— Ils n'étaient pas proches, répondis-je avec prudence.

— Vous les avez déjà vus se disputer ?

Je me détournai et commençai à ranger les boucles de Deedra dans leurs boîtes.

— Arrêtez, s'exclama vivement le shérif.

Je laissai tomber la paire que je tenais comme si elle venait de s'enflammer dans ma main.

— Désolée, dis-je en secouant la tête face à ma propre bêtise. Un réflexe.

J'espérai que Marta Schuster était toujours retournée.

— Elle a toujours des bijoux éparpillés partout comme ça ?

— Oui.

J'étais soulagée qu'elle me pose une question à laquelle je pouvais facilement répondre. Je ne pouvais m'empêcher de jeter de rapides coups d'œil vers les tiroirs de la commode de Deedra, me demandant si Marta avait déjà trouvé les photos. Je me demandai si je devais les mentionner et si cela pourrait mener à quelque chose.

— Elles sont dans ma poche, déclara-t-elle tranquillement.

Je croisai son regard.

— Bien.

— Que savez-vous de sa vie sexuelle ?

Je compris que ceci était censé être le signal d'un compromis. Je tordis ma bouche dans une moue de dégoût.

— Votre frère était sacrément intéressé par Deedra, d'après ce que j'ai vu. Demandez-lui.

La main de Marta Schuster, forte et carrée, jaillit et m'agrippa le poignet.

— Il n'est que le dernier d'une longue série, dit-elle, la mâchoire aussi raide que sa poigne. Il la connaît depuis si peu de temps qu'il est assez débile pour pleurer sa mort.

Je baissai les yeux sur ses doigts et pris de lentes inspirations. Puis je croisai de nouveau son regard.

— Lâchez-moi, lui dis-je d'une voix très prudente.

Tout en gardant les yeux rivés sur mon visage, elle s'exécuta. Puis elle recula d'un pas. Mais elle reprit :

— J'attends.

— Vous savez déjà que Deedra était légère. Si un homme était d'accord, elle l'était aussi, à très peu d'exceptions près.

— Donnez-moi des noms.

— Non. Ce serait trop long. En plus, ils étaient presque toujours partis quand j'arrivais.

C'était mon premier mensonge.

— Et les exceptions ? Est-ce qu'elle a envoyé balader quelqu'un ?

Je pris quelques secondes pour réfléchir.

— Ce gamin qui travaillait au magasin de bois des Winthrop, dis-je avec réticence.

— Danny Boyce ? Ouais, il est en liberté conditionnelle maintenant. Qui d'autre ?

— Dedford Jinks.

— De la police municipale ? demanda-t-elle, totalement incrédule. Il doit avoir la cinquantaine.

— Et donc il n'a pas envie de sexe ?

Dans quel univers vivait Marta Schuster ?

— Il est marié, protesta Marta. (Puis elle vira au cramoisi.) Oubliez ce que j'ai dit.

Je haussai les épaules, lasse d'être dans cette pièce avec cette femme.

— Il était séparé de sa femme. Mais Deedra ne voyait pas d'hommes mariés.

Le shérif sembla franchement sceptique.

— Quelqu'un d'autre ?

En réalité, j'avais une très bonne mémoire.

— Elle avait eu des ennuis avec quelqu'un qui n'arrêtait pas de l'appeler.

Deedra m'en avait fait part la dernière fois que j'avais fait le ménage chez elle, c'est-à-dire le vendredi précédent. Elle était restée tard au travail, comme elle le faisait bien trop souvent.

— Vendredi dernier, elle m'a dit qu'elle recevait des appels à deux ou trois heures du matin. Des appels obscènes d'un type… qui déguisait sa voix, d'une manière ou d'une autre, et qui parlait de torture sexuelle.

Je revoyais Deedra, assise au bout du lit à côté duquel nous nous tenions à cet instant précis, en train de retirer ses collants et glisser ses pieds dans des souliers confortables. La tête de Deedra, encadrée par sa nouvelle chevelure rousse sexy et ébouriffée, qu'elle gardait toujours un peu inclinée vers l'avant pour dissimuler son menton sévèrement fuyant, son trait le plus disgracieux sans le moindre doute. Elle s'était levée et s'était observée dans le miroir, avait lissé son costume beige qu'elle avait jugé opportun de porter au palais de justice. Un choix typique de Deedra, la tenue un peu trop serrée, un peu trop courte, avec un centimètre en trop pour le décolleté.

Deedra s'était penchée en avant pour se mettre du rouge à lèvres. Sa coiffeuse, avec son triple miroir, était littéralement recouverte de flacons et de petites palettes de maquillage. Deedra était une virtuose en matière de fonds de teint, ombres à paupière et rouges à lèvres. Elle avait eu un réel don pour se servir des produits de beauté et tirer le meilleur d'elle-même en toute occasion, quelle que soit sa tenue. Elle avait étudié le visage humain, ainsi que les transformations et les illusions qu'un bon applicateur pouvait lui apporter.

Je visualisais toujours nettement l'expression de Deedra quand elle s'était tournée vers moi pour me dire ce que l'homme lui avait proposé de lui faire ; sa lèvre inférieure, couleur pêche brillante, et celle du haut encore nue, ses vêtements, ses cheveux et son comportement à la limite – une limite prudemment étudiée – de la vulgarité.

— Est-ce qu'elle vous a dit si elle soupçonnait quelqu'un ?

Je secouai la tête.

— Vous pouvez vérifier ses relevés téléphoniques ? demandai-je.

— Ça prendra un moment, mais on les trouvera, dit Marta.

Son adjoint passa la tête dans la pièce.

— J'ai fini la salle de bains, déclara Emanuel en nous observant toutes les deux d'un air curieux. Et maintenant ?

— La chambre d'amis, dit le shérif. Et emballe les draps qui sont sur la machine à laver.

Sa tête disparut.

— Et lui ? demandai-je.

— Quoi ? fit-elle, comme si elle était sur le point de s'énerver.

— Est-ce qu'il connaissait Deedra ?

Son visage se transforma, et je compris alors qu'il y avait quelque chose, je ne savais pas à quel niveau, entre elle et Clifton Emanuel.

— Je ne sais pas, répondit-elle. Mais je vais le découvrir.

Janet Shook amorça un geste pour me donner un coup dans l'estomac, et je me cambrai en arrière pour l'esquiver. Je lançai la main et agrippai sa cheville, puis elle fut à ma merci.

— Stop ! s'exclama une voix impérieuse. Bien, qu'est-ce que tu vas faire ensuite, Janet ? poursuivit notre *sensei*.

Il était appuyé contre le miroir mural, les bras croisés sur sa poitrine.

Nous nous étions figées dans notre position, Janet en équilibre sur un pied, mes doigts toujours serrés autour de sa cheville. Le reste de la classe, assise par terre, et qui ressemblait à une étrange maternelle avec tous ces *gis* blancs, étudia la situation.

Janet semblait renfrognée.

— Je vais atterrir sur les fesses, on dirait, avoua-t-elle après un instant de réflexion.

J'entendis un ou deux éclats de rire.

— Lily, qu'est-ce que tu dois faire ensuite, maintenant que tu contrôles la situation ?

Le visage très légèrement asiatique de Marshall ne me donnait aucun indice quant à la meilleure réponse.

— Je continue avec sa cheville, répondis-je, comme ça.

Je soulevai encore un peu le pied droit de Janet, et le genou de sa jambe gauche commença à se voiler.

Marshall hocha brièvement la tête. Il se tourna face aux autres membres de la classe. Comme nous tous, Marshall était pieds nus et portait son *gi*. Sa blancheur de neige, seulement rompue par sa ceinture noire et le poing brodé sur sa poitrine, soulignait sa peau couleur ivoire.

— Comment Janet aurait-elle pu éviter cette situation ? demanda-t-il au groupe bigarré assis contre le miroir mural. Ou bien, une fois bloquée, comment peut-elle s'en sortir ?

Raphael, l'homme le plus imposant et à la peau la plus sombre de la classe, déclara :

— Elle aurait dû achever son coup de pied plus rapidement.

Je lâchai Janet, même si Marshall ne m'en avait pas donné l'ordre, car cette dernière commençait à perdre l'équilibre. Elle sembla soulagée d'avoir les deux pieds par terre et m'adressa un signe de tête pour me remercier.

— Elle n'aurait pas dû donner de coup de pied du tout, intervint Becca Whitley.

— Qu'est-ce que Janet aurait dû faire à la place ? lui demanda Marshall en invitant Becca à nous faire une démonstration.

Elle se releva dans un mouvement fluide. Becca se faisait souvent une tresse pour le cours – ce qu'elle avait fait ce soir – mais elle ne s'épargnait pas le maquillage. Ses ongles de pieds étaient écarlates, ce qui, pour une quelconque raison, me sembla inapproprié pour le karaté... même si les ongles d'orteils écarlates ne semblaient pas déranger Marshall, et c'était son cours.

Marshall Sedaka, notre *sensei*, était aussi le propriétaire de Body Time, la grande salle d'aérobic dans laquelle se tenait la classe. Je connaissais Marshall depuis des années. À une époque, il avait été pour moi plus qu'un simple ami. À cet instant, il s'approchait de nous pour avoir une meilleure vue.

Janet s'éloigna et Becca prit sa place, levant et armant lentement sa jambe gauche pour que tout le monde puisse bien distinguer le mouvement.

— Donc, dit-elle, son petit visage concentré, je frappe, comme ça…

Elle dirigea son pied vers mon abdomen, comme l'avait fait Janet.

— Puis Lily fait un petit bond en arrière et elle tend la main pour m'attraper la cheville. C'est ce qu'elle a fait avec Janet.

Je m'exécutai, imitant le mouvement que j'avais effectué un peu plus tôt.

— Mais, poursuivit gaiement Becca, c'était une feinte. Je ramène mon pied et cette fois, je le dirige plus haut.

Elle ramena lentement sa jambe vers elle, la plia un peu plus au niveau du genou et l'envoya de nouveau, mais vers ma tête. Becca était l'une des rares dans ce cours à pouvoir tenter un coup de pied dans la tête avec un espoir de succès.

— Voyez, précisa Becca, elle est en train de se pencher pour m'attraper la cheville, alors sa tête est un peu plus basse que d'habitude.

Je me tins immobile, avec un certain effort, tandis que le pied de Becca, avec ses orteils flashy, se précipitait vers mon visage. Becca stoppa son coup à un centimètre de mon nez. Je soufflai, en silence, j'espérai. Becca me fit un clin d'œil.

— Joli mouvement, Becca, déclara Marshall. Mais cette option n'est pas à la portée de tout le monde dans cette classe. Carlton, qu'est-ce que tu ferais ?

Carlton était mon voisin le plus proche. Il possédait une petite demeure presque identique à la mienne sur Track Street ; si je me tenais face à ma maison, la sienne se trouvait sur la droite et les appartements de Shakespeare Garden légèrement surélevés sur la gauche. Avec ses cheveux noirs et épais et ses grands yeux noirs, Carlton, célibataire et financièrement indépendant, représentait un véritable pot de miel pour la petite ruche bourdonnante que formaient les femmes célibataires de Shakespeare. Carlton papillonnait de l'une à l'autre, sortant avec l'une pendant un mois ou deux avant de passer à la suivante ; il était loin d'être aussi téméraire que Deedra, mais il n'était pas non plus aussi prudent que moi. Au karaté, Carlton était trop lent, trop prudent, à son détriment. Cette précaution, cette délibération venaient peut-être de sa profession : il était comptable.

— Je ne donnerais pas du tout de coup de pied à Lily, moi, déclara franchement Carlton, ce qui fit rire Janet et Raphael. Je suis plus lourd et c'est mon seul avantage sur elle. J'essaierais de la frapper le plus fort possible en espérant que ça la mette hors jeu.

— Essaie, dit Marshall en retournant à sa place contre le mur.

Avec une réticence prononcée, mon voisin se releva et s'approcha lentement de moi, tandis que Becca rejoignait les autres avec grâce.

Je me mis en position de combat, les genoux légèrement pliés, tournée de côté face à Carlton.

— Je suis censée rester debout et le laisser essayer de me frapper ? demandai-je à Marshall.

— Non, donne-lui du fil à retordre, conseilla Marshall, et Carlton et moi commençâmes à nous tourner autour.

Je me déplaçai en glissant harmonieusement sur le côté, gardant ainsi mon équilibre. Mes poings étaient levés, prêts. Carlton était *effectivement* beaucoup plus grand et plus lourd que moi, et je gardai donc à l'esprit qu'il ne fallait pas le sous-estimer en tant qu'adversaire. Ce que j'oubliai de prendre en compte, c'était le facteur macho de Carlton et son inexpérience. Carlton était bien décidé à me battre et suffisamment inexpérimenté, justement, pour mal mesurer son coup.

Il me frappa dans les côtes, un *seiken*, avec son poing gauche, que je bloquai en ramenant mon avant-bras droit sous son bras armé pour le dévier vers le haut. Je ne repoussai pas assez son bras sur le côté – erreur évidente de ma part – et en conséquence, plutôt que de dévier son coup dans l'air sur ma droite, comme j'en avais eu l'intention, son élan porta Carlton vers l'avant et son poing heurta ma mâchoire.

Et la seconde suivante, je me retrouvai étendue par terre et Carlton, penché sur moi, semblait frappé d'horreur.

— Bon sang, Lily, dis quelque chose ! s'exclama-t-il avec frénésie, avant que Marshall le pousse pour prendre sa place.

Il plongea son regard dans le mien, me posa plusieurs questions intéressantes telles que les parties de mon corps que je pouvais sentir, le nombre de doigts que je distinguais, puis il déclara :

— Je pense que ça devrait aller.

— Je peux me lever ? demandai-je avec humeur.

J'étais profondément contrariée d'avoir été mise à terre par Carlton Cockroft, lui plus que n'importe qui d'autre. Le reste de la classe se massait autour de moi, mais puisque Marshall venait de déclarer que je ne courais aucun danger, je jure que je vis quelques sourires retenus.

— Allez, dit Janet Shook, avec une expression à la fois inquiète et amusée.

Je saisis la main qu'elle me tendait et parvins à me hisser sur mes pieds ; même si tout me sembla bizarre pendant une seconde, je décidai ensuite que je me sentais à peu près bien.

— En ligne ! ordonna Marshall et nous prîmes nos places.

J'étais prise en sandwich entre Becca et Raphael.

— *Kiotske !*

Nous rapprochâmes nos talons et nous concentrâmes.

— *Rei !*

Nous saluâmes.

— Fin du cours.

Toujours un peu secouée, je me dirigeai prudemment vers mon petit tas d'affaires, retirai mes protège-chevilles d'entraînement et les rangeai dans mon sac de sport. Je glissai mes pieds dans mes sandales, soulagée de ne pas avoir à me pencher pour nouer des lacets.

Janet me rattrapa alors que j'approchais de ma vieille voiture.

— Tu te sens vraiment bien ? demanda-t-elle calmement.

J'eus d'abord envie de lui montrer les dents, mais à la place, j'admis :

— Pas tout à fait.

Elle se détendit, comme si elle s'était justement attendue à me voir grogner et était agréablement surprise par cet aveu.

Je déverrouillai ma voiture avec maladresse.

— Je suis désolée pour Deedra, ajouta Janet. Je suis désolée que ce soit toi qui l'aies trouvée. Ça a dû être horrible.

Je lui adressai un bref signe de tête.

46

— Vous deviez vous connaître depuis longtemps, Deedra et toi, puisque vous avez grandi ensemble et tout.

Janet hocha la tête, ses épais cheveux bruns rebondissant sur ses joues. Elle les avait laissés pousser jusqu'aux épaules et portait une frange. C'était devenu sa marque de fabrique.

— Deedra était un peu plus jeune, dit-elle en s'appuyant contre ma voiture.

Je jetai mon sac de sport à l'intérieur sur le siège passager et m'appuyai à mon tour contre la porte ouverte. C'était une belle nuit, claire avec une petite touche de fraîcheur. Nous n'allions plus avoir beaucoup de soirées comme celle-là ; l'été se jetait pratiquement sur le printemps en Arkansas du Sud.

— J'avais un an d'avance en classe, reprit Janet après une minute. J'allais au catéchisme avec elle à la première église méthodiste. C'était avant qu'ils créent l'Église réunie de Shakespeare, bien avant la mort du premier mari de Miss Lacey et avant qu'elle épouse Jerrell Knopp et se mette à fréquenter l'ERS. Ma mère, elle, est toujours très proche de Lacey.

— Est-ce que Deedra a toujours été... aussi légère ? demandai-je, puisqu'on semblait attendre de moi que je poursuive cette conversation.

— Non, répondit Janet. Pas toujours. C'était son menton.

Et je compris. Le menton sévèrement fuyant de Deedra était le seul trait qui l'avait empêchée d'accéder à la véritable beauté, le défaut qui l'avait empêchée de devenir la reine du bal, de prendre la tête de l'équipe de pom-pom girls, d'être la fille avec laquelle tout le monde veut sortir – privée de tout. Facile de comprendre pourquoi Deedra s'était progressivement mise à penser que, si elle ne pouvait accomplir ces choses-là, elle pouvait trouver une autre manière de se faire remarquer.

— Je me demande pourquoi ses parents n'ont rien fait à ce sujet, lâchai-je. On ne peut rien faire sur un menton ?

— Je ne sais pas. (Janet haussa les épaules et reprit :) Mais je peux te dire que Lacey n'a jamais été favorable à la chirurgie esthétique. C'est une vraie fondamentaliste, tu sais. Une grande dame, mais pas une goutte de sang libéral dans ses veines. C'est pour ça qu'elle a autant pris goût à l'Église réunie de Shakespeare, quand elle a épousé Jerrell et qu'il voulait qu'elle l'accompagne à l'église.

Un coup dans la mâchoire semblait avoir sur moi l'effet d'un verre de vin ou deux. J'avais du mal à me mouvoir, mais j'étais curieusement heureuse d'avoir une de ces conversations anodines avec un autre être humain sur un parking.

— Jerrell et Deedra ne s'entendaient pas si bien que ça, remarquai-je.

— Non. Franchement, je me suis toujours demandé... (Janet hésita, son visage exprimant soudain à la fois le dégoût et la réticence.) Eh bien, je me suis toujours demandé s'il avait jamais rendu visite à Deedra... tu sais ? Avant la mort du premier mari de Lacey, avant que Jerrell se figure seulement pouvoir épouser Lacey...

— Beurk, dis-je. (Puis je retournai cette idée une minute dans ma tête.) Oh, *dégueu !*

— Ouais, exactement.

Nos regards se croisèrent. Nos expressions s'accordaient à la perfection.

— J'imagine qu'il aurait voulu l'oublier, déclara Janet, lentement, avec prudence. J'imagine qu'il aurait détesté avoir chaque jour à se demander si Deedra finirait par le répéter.

Après un long moment de réflexion, je répondis :

— Oui, il aurait détesté ça.

Chapitre 3

Lacey Knopp m'appela le matin suivant. Je m'apprêtais à partir chez Joe C. Prader quand le téléphone se mit à sonner. Espérant entendre Jack, même si j'en doutais au vu du décalage horaire, je répondis :

— Oui ?

— Lily, j'ai besoin de votre aide, déclara Lacey.

Je reconnus à peine sa voix. On aurait dit qu'on l'avait traînée sur des lames de rasoir.

— Comment ?

— J'ai besoin de vous chez Deedra demain. J'ai besoin d'aide pour emballer ses affaires. Vous pouvez me rendre ce service ?

J'essayais toujours de garder les matinées du vendredi libres précisément pour ce genre de projet. Je ne fus que légèrement surprise d'apprendre que la mère de Deedra était si pressée de vider l'appartement de sa fille. Beaucoup, beaucoup de gens réagissent au deuil par une agitation incessante. Puisqu'ils ne tiennent pas en place, ils se disent que le chagrin ne pourra pas les atteindre.

— Oui, je peux faire ça pour vous. À quelle heure ?

— Huit heures ?

— Très bien, répondis-je avant d'hésiter. Je suis désolée, ajoutai-je.

— Merci. (Lacey semblait plus fragile, soudain.) À demain.

J'étais tellement plongée dans mes pensées que je pris la mauvaise route pour me rendre chez M. Prader, je dus donc faire demi-tour.

Joe Christopher Prader était vieux comme Hérode mais aussi abject que le diable. Surnommé « Joe C. » par sa famille et ses copains (le peu à être encore en vie), il était connu depuis des années comme l'homme qui déambulait à travers Shakespeare, menaçant, brandissant sa canne à tous ceux qui croisaient son chemin, se lamentant sur la disparition des jours fastes, et ramenant sur le tapis de vieux scandales aux moments les plus inopportuns.

Cette époque était bien finie pour Joe C.

Parfois, j'en arrivais presque à l'apprécier. À d'autres moments, je l'aurais volontiers frappé s'il n'avait pas été si frêle. Plus d'une fois, je m'étais demandé s'il était aussi fragile qu'il en avait l'air, ou bien si cette démonstration de faiblesse était un moyen de défense contre des impulsions telles que les miennes, précisément.

De manière inexplicable, les habitants de Shakespeare étaient fiers que la ville comporte une personnalité pittoresque telle que Joe C. Sa famille semblait moins enthousiaste. Quand sa petite-fille Calla m'avait engagée, elle m'avait suppliée de faire un essai d'au moins un mois avant de démissionner. Elle escomptait qu'après ce délai, j'aurais dépassé le choc qu'il m'aurait causé.

— Si on pouvait réussir à le faire bouger de cette vieille maison ! avait-elle déclaré avec désespoir. Si on arrivait à le mettre au Manoir de Shakespeare… ou bien s'il acceptait de vivre avec une aide à domicile !

Joe C. n'était définitivement pas homme à faciliter la vie de quiconque, excepté la sienne, et seulement quand ça lui chantait.

Mais j'avais tenu le mois, et j'en étais à mon troisième.

Quand je frappai à sa porte, Joe C. était debout et prêt. Il avait catégoriquement refusé de me confier un double des clés, je devais donc chaque semaine attendre qu'il se traîne depuis sa chambre jusqu'à la porte d'entrée, ce que j'essayais de supporter avec philosophie. Après tout, s'il voulait garder ses clés, c'était son droit, un droit que je comprenais bien.

Mais j'étais certaine que s'il ne me les donnait pas, c'était plus par malveillance que par simple principe. J'avais remarqué qu'il venait à un rythme particulièrement lent les jours de mauvais temps, et je le soupçonnais de savourer l'idée de me laisser un peu plus longtemps sous la pluie ou dans le froid ; à la merci de Joe C. Prader, gardien tout-puissant des clés de son domaine.

Ce matin-là, il ouvrit la porte après un délai étonnamment court.

— Ah, vous voilà, dit-il, surpris et dégoûté par mon obstination à arriver à l'heure au boulot.

— Me voilà, acquiesçai-je.

J'essayai de ne pas soupirer trop bruyamment quand il pivota pour me guider vers sa chambre, où je commençais d'habitude par faire le lit. Joe C. devait toujours ouvrir la voie et il le faisait toujours très, très lentement. Mais il ne fallait tout de même pas oublier qu'il était nonagénaire : que pouvais-je dire ? Tout en le suivant, je regardai autour de moi les vestiges de la grande maison. La maison Prader, la dernière demeure de l'une des rues les plus commerçantes de Shakespeare, était une vitrine qui avait connu des jours meilleurs. Construite vers les années 1890, la bâtisse avait de hauts plafonds, de magnifiques boiseries, une plomberie restaurée mais capricieuse et une installation électrique qui avait vu de meilleures décennies. L'étage, avec ses quatre chambres et son immense salle de bains, était désormais condamné, même si Calla m'avait dit qu'elle le nettoyait deux fois par an. Joe C. ne pouvait plus monter les escaliers.

— Je suis complètement bouché cette semaine, déclara Joe C. pour entamer une conversation qui ne prendrait fin qu'à mon départ.

Il s'installa dans le vieux fauteuil en velours dans un coin de sa vaste chambre à l'arrière de la maison.

— Des allergies ? dis-je d'un air absent en retirant les draps du lit à baldaquin, que je jetai ensuite dans le couloir pour les ramasser plus tard et les laver.

Je secouai le couvre-lit et l'étendis au bout du matelas.

— Naaan, je pense que j'ai mangé trop de fromage. Ça vous fait des crampes, vous savez.

Je soufflai lentement, calmement, tout en sortant dans le couloir pour ouvrir l'armoire à linge.

— Est-ce que vous avez demandé à Calla de vous ramener des pruneaux ?

Il crachota.

— Oui, jeune fille, bien sûr, et je les ai tous mangés. Aujourd'hui, c'est le grand jour.

Je n'étais pas vraiment d'humeur à supporter Joe C. ce matin – le charme de cette figure très spéciale de la ville ne m'atteignait pas ; peut-être les touristes, que la chambre de commerce essayait d'attirer, allaient-ils apprécier les récits colorés de Joe C. sur ses intestins. Je ne comprenais pas ce qui pouvait amener un touriste ici, la seule attraction se résumant à de vieilles maisons – celles qui n'avaient pas été brûlées pendant la « Dernière Contrariété » (c'était ainsi que China Belle Lipscott, la meilleure amie de Joe C., appelait la guerre civile). Shakespeare pouvait donc seulement se targuer d'une chose : « Oui, nous sommes vieux, mais nous n'avons rien à montrer pour le prouver. »

Peut-être pouvait-on asseoir Joe C. sur un banc dans le parc pour amuser les âmes qui viendraient à passer devant lui. Il pourrait leur donner un rapport quotidien sur l'état de son transit.

— La fille de China Belle va la déposer ici dans quelques minutes, m'informa Joe C. Est-ce que ma cravate est droite ?

Penchée au-dessus du lit, je me redressai.

— Vous êtes bien, dis-je sans enthousiasme.

— China Belle, c'est une sacrée gonzesse, dit-il en tentant un regard lubrique.

— Vous êtes dégoûtant, dis-je. Mme Lipscott est une femme parfaitement charmante qui n'irait pas au lit avec vous même si vous possédiez le dernier matelas sur terre. Arrêtez de dire des cochonneries.

— Oooh, dit-il en mimant la peur, on essaie de brutaliser l'ancêtre, hein ? Allez viens, chérie, le vieux Joe C. a besoin de se sentir mieux.

Voilà la goutte d'eau qui faisait déborder le vase.

— Écoutez-moi bien, dis-je avec intensité en m'accroupissant devant lui.

Je remarquai qu'il plaça sa canne entre nous, il n'éliminait donc pas complètement la possibilité que je puisse user de représailles.

Parfait.

— Ne me parlez plus de vos fonctions corporelles. À moins que vous ne dégouliniez de sang, je m'en fiche. Et ne vous avisez plus de faire la moindre allusion sexuelle.

— Ou alors ? Vous allez me frapper, un homme de plus de quatre-vingt-dix ans qui marche avec une canne ?

— Ce n'est pas à exclure. Si vous êtes répugnant, vous êtes répugnant.

Il m'adressa un regard malveillant. Ses yeux marron étaient presque dissimulés dans les plis de peau qui tombaient sur l'ensemble de son corps.

— Si vous vous mettez à me frapper, Calla ne vous paiera plus ! déclara-t-il d'un air de défiance.

— Ça vaudra largement le coup de perdre un salaire.

Il me jeta un long regard de mépris, ressentant sévèrement sa vieillesse et son impuissance à l'instant précis. Je ne pouvais pas lui en vouloir. Je serais certainement dans le même cas que lui si j'atteignais son âge. Mais il y avait tout de même des choses que je ne pouvais pas tolérer.

— Oh, d'accord, concéda-t-il.

Il avait le regard rivé dans un coin de la pièce, pas sur moi, et je me relevai pour continuer à faire le lit.

— Vous connaissiez cette gonzesse qui s'est fait assassiner, cette Deedra ?

— Oui.

— C'était mon arrière-petite-fille. Est-ce qu'elle était aussi débauchée qu'on le dit ?

— Oui, fis-je, répondant à la deuxième partie de la question avant que mon cerveau ait enregistré la première.

Puis je lui jetai un regard dédaigneux, choqué et furieux.

— Quand j'étais jeune, c'était Fannie Dooley, dit Joe C. d'un air songeur, en levant une main noueuse pour tapoter ce qu'il lui restait de cheveux.

Il ignorait minutieusement ma colère. J'avais déjà vu une photo de Joe C. quand il avait la vingtaine : il avait d'épais cheveux noirs, avec la raie au milieu, et un corps sec et athlétique. Il avait eu une bouche pleine de dents saines, à défaut d'être droites. Il avait monté une quincaillerie et ses fils avaient travaillé à ses côtés jusqu'à ce que Joe Junior meure au début de la Seconde Guerre mondiale. Après ça, Joe C. et son cadet, Christopher, avaient gardé la quincaillerie Prader pendant plusieurs années. Joe C. avait été un gros bosseur et un homme d'importance au sein de Shakespeare. Et c'était certainement cette impuissance, en comparaison, qui l'avait rendu aussi pervers et exaspérant.

— Fannie Dooley ? répétai-je.

Je n'allais *certainement pas* le gratifier d'une expression choquée.

— Fannie était la mauvaise graine de la ville, expliqua-t-il. Il y en a toujours une, n'est-ce pas ? La fille de bonne famille, du genre qui aime ça et qui ne fait pas payer.

— Est-ce qu'il y en a vraiment toujours une ?

— Je pense que toute petite ville en a une ou deux, fit remarquer Joe C. Bien sûr, c'est terrible quand c'est votre propre chair et votre sang.

— J'imagine.

Dans mon école, il y avait de cela une éternité, il y avait eu Teresa Black. Depuis, elle avait déménagé à Little Rock et s'était mariée quatre fois.

— Deedra était votre arrière-petite-fille ? demandai-je, surprise de n'avoir jamais fait le lien.

— Bien sûr, chérie. Chaque fois qu'elle passait me voir, c'était l'image même de la douceur. Je crois que je n'aurais jamais pu m'en douter.

— Vous êtes horrible, dis-je sans passion. Quelqu'un finira par vous pousser dans les escaliers du perron ou par vous assommer.

— Il y aura toujours des filles légères comme ça, dit-il, presque affablement. Sinon, comment les filles bien sauraient-elles qu'elles sont des filles bien ?

Je n'arrivais pas à savoir si c'était là des paroles vraiment profondes ou simplement stupides. Je haussai les épaules et tournai le dos à cet homme affreux, qui ajouta qu'il allait se préparer pour sa petite amie.

Le temps que je finisse de m'occuper du rez-de-chaussée, dont les sols n'étaient plus très égaux, Joe C. et China Belle Lipscott étaient confortablement installés sur la galerie dans des fauteuils en osier rembourrés, chacun un verre de limonade à portée de main. Ils étaient plongés dans une discussion de l'ordre de : « mais dans quel monde vit-on ? », suite au meurtre de Deedra. Il y avait peut-être eu une fille de mauvaise vie dans la ville pendant leur enfance, mais il y avait aussi abondance de nourriture pour tout le monde, chacun connaissait sa place, les prix étaient bas et presque personne ne se faisait assassiner. Peut-être qu'un homme de couleur avait été pendu sans jugement et sans bénéfice du doute, qu'une mère célibataire était morte d'un avortement bâclé, et peut-être qu'il y avait eu une certaine injustice et une certaine anarchie quand on avait découvert le pétrole… mais Joe C. et China Belle avaient choisi de se remémorer leur enfance comme une période parfaite.

Je découvris la preuve (un filtre) que Joe C. avait une nouvelle fois fumé. L'une de mes petites missions consistait à dire à Calla si je trouvais des traces de cigarettes, car Joe C. avait déjà failli mettre le feu à la maison une ou deux fois en s'endormant avec un mégot à la main. La seconde fois où c'était arrivé, il était inconscient et son matelas fumait quand Calla était passée par hasard. Qui pouvait bien donner des cigarettes en cachette au vieil homme ? Quelqu'un qui voulait qu'il profite de ses derniers plaisirs, ou quelqu'un qui voulait qu'il meure plus vite ? Je délogeai la tasse de café dont il s'était servi comme cendrier des profondeurs de son placard et l'emportai à la cuisine pour la laver.

56

Je me demandai si la vieille maison était assurée pour une somme conséquente. Sa situation à elle seule la rendait précieuse, même si la structure menaçait de s'effondrer sur Joe C. Les vieilles demeures de chaque côté de sa propriété abritaient désormais des entreprises, même si l'épaisse végétation autour de celle de Joe C. les dissimulait totalement à la vue depuis la galerie. L'augmentation du trafic dû aux boutiques (une boutique d'antiquités dans l'une des vieilles maisons, une boutique de vêtements de femmes dans l'autre) satisfaisait sans fin le vieux Joe C., puisqu'il connaissait encore tout le monde en ville et avait une sale histoire à raconter sur presque toutes les personnes qui passaient.

Alors que je rangeais tous mes produits d'entretien, Calla entra. Elle se débrouillait souvent pour arriver à l'instant où j'allais partir, probablement pour pouvoir vérifier mon travail et se décharger un peu de ses misères. Calla pensait peut-être que si elle ne gardait pas un œil sur moi, je risquais de bâcler mon travail, Joe C. ne contrôlant certainement pas celui-ci (à moins qu'il ne puisse trouver là un nouveau moyen de me mettre en boule). Calla, c'était une autre paire de manches. Débordée (selon ses dires, du moins) à l'usine de matelas où elle était secrétaire, perpétuellement tourmentée, elle était bien déterminée à ce que personne ne puisse la tromper plus qu'elle ne l'avait déjà été. Elle avait dû être adolescente, il fut un temps, elle avait dû rire aux éclats et fréquenter des garçons, mais il était difficile d'imaginer que cette femme pâle, aux cheveux sombres, ait pu un jour être autre chose qu'une quinquagénaire préoccupée.

— Comment est-il aujourd'hui ? me demanda-t-elle à voix basse.

Puisqu'elle venait de dépasser son grand-père en entrant et que ce dernier faisait étalage de sa forme de façon tapageuse, je ne répondis pas.

— Il a encore fumé, finis-je par dire avec une certaine réticence, car j'avais l'impression d'espionner Joe C.

En même temps, je n'avais pas non plus envie qu'il parte en fumée.

— Lily, qui peut bien lui apporter des cigarettes ? (Calla frappa le comptoir de sa main pâle et fine.) J'ai demandé et redemandé, personne ne veut l'admettre ! Pourtant, pour quelqu'un qui ne peut pas se rendre seul dans les magasins, il semble avoir un accès illimité à toutes les choses qu'il n'est pas censé avoir !

— Qui vient lui rendre visite ?

— Eh bien, c'est une famille compliquée.

Elle ne me parut pas si compliquée quand Calla commença à m'expliquer. Je savais déjà que Joe C. avait trois enfants. Le premier, Joe Junior, était mort sans enfant pendant la Seconde Guerre mondiale. Le deuxième garçon, Christopher, était le père de Calla, Walker et Lacey. Ces trois-là étaient les derniers petits-enfants vivants de Joe C. Calla ne s'était jamais mariée. Walker, qui vivait maintenant en Caroline du Nord, avait trois enfants adolescents, et Lacey avait eu Deedra de son premier mariage.

La tante de Calla (le troisième enfant de Joe C), Jessie Lee Prader, avait épousé Albert Albee. Jessie Lee et Albert avaient eu deux enfants, Alice (qui avait épousé un certain James Whitley du Texas, était venue s'installer ici et avait eu deux enfants avec lui) et Pardon, qui était auparavant le propriétaire des appartements de Shakespeare Garden. Quand Pardon était mort, il avait laissé la résidence aux enfants d'Alice Whitley, Becca et Anthony, puisque Alice, veuve, était morte à son tour d'un cancer deux ans plus tôt.

L'ultime complication, c'était la sœur de Joe, Arnita, qui était bien plus jeune que son frère. Comme cela arrivait à cette époque, les deux bébés que leur mère avait eus entre eux deux étaient mort-nés ou décédés dans leur petite enfance. Arnita avait épousé Howell Winthrop, et ils avaient eu ensemble Howell Winthrop Jr, mon ancien employeur. Par conséquent, la sœur de Joe était la grand-mère de mon jeune ami Bobo Winthrop, de son frère, Howell III, et de sa sœur, Amber Jean.

— Alors vous, Becca Whitley et son frère, ainsi que les Winthrop, vous êtes tous parents, conclus-je.

En écoutant ce long discours parfaitement ennuyeux, j'en avais profité pour nettoyer le plan de travail de la cuisine.

Calla hocha la tête.

— J'étais si heureuse quand Becca est venue s'installer ici ! J'adorais Alice, et je ne l'avais pas vue depuis tellement longtemps… (Calla sembla nostalgique quelques instants, mais elle changea brusquement d'humeur.) Même si aujourd'hui, on voit qui possède un immeuble tout entier, qui a atterri dans un hôtel particulier, et qui est cloîtrée dans une maison sur le point d'être transformée en zone commerciale, déclara-t-elle avec aigreur.

Becca vivait du revenu des loyers, les Winthrop avaient fait fortune grâce à leur scierie, la boutique d'articles de sport et le pétrole, tandis que la petite maison de Calla était prise en étau entre un cabinet d'assurances et un service de réparation de moteurs.

Il n'y avait aucune réponse à cette tirade. J'étais dans l'ensemble assez indifférente à Calla, mais certains jours, j'avais de la peine pour elle. D'autres, le ressentiment qui constituait la pierre angulaire de son caractère me faisait grincer des dents, me rendait méchante.

— Alors, ils passent tous ici, dit-elle en regardant par la fenêtre de la cuisine, la fumée qui s'échappait de son bol de café chaud s'élevant devant son visage de manière quelque peu sinistre.

Je remarquai seulement que le temps s'était couvert, que l'obscurité emplissait la pièce. Comme avec des meubles de jardin, il fallait rentrer Joe C. et China Belle avant que le vent les emporte ou qu'ils soient trempés par la pluie.

— Les arrière-petits-enfants – Becca Whitley avec ses couches de maquillage, Deedra avec ses robes de pute... Joe C. adorait ça. Et les petites-nièces et neveux – Howell III, qui demande s'il peut aider en tondant la pelouse... comme s'il n'avait jamais tondu son propre jardin de sa vie.

Je n'avais pas réalisé que Calla était aussi amère. Je me tournai pour observer cette femme plus âgée que moi, qui semblait presque sous l'emprise d'un sortilège. Il fallait que je m'occupe des deux vieillards, ou que j'incite Calla à s'en charger. Le tonnerre gronda au loin et Calla étudia le ciel à l'extérieur, guettant les premières gouttes de pluie.

Elle finit par glisser de nouveau son regard vers moi, froid et lointain.

— Vous pouvez y aller, dit-elle, aussi distante que si j'étais moi-même en train de déclarer avoir une relation avec Joe C.

Je rassemblai mon attirail et quittai la maison sans un mot de plus, laissant à Calla le soin de faire rentrer son grand-père et sa petite amie.

Je me demandai si Calla ne se réjouissait pas de la mort de Deedra. Cela faisait une personne en moins qui passait chez Joe C., une femme peinturlurée en moins pour titiller le vieil homme et voler à Calla son héritage éventuel.

Chapitre 4

Le shérif était en train de s'entretenir avec Lacey Dean Knopp. Cette blonde adorable, qui entrait à peine dans la cinquantaine, avait un visage si innocent que tout le monde avait instantanément envie de lui accorder ses meilleures grâces, d'être le plus consciencieux possible dans son jugement, de donner le meilleur de soi. La première fois que je l'avais rencontrée, le jour où elle m'avait engagée pour faire le ménage chez Deedra, cette innocence m'avait violemment irritée. Mais aujourd'hui, des années plus tard, je la plaignais, car le chemin qu'elle allait parcourir pour soigner sa peine serait d'autant plus long.

Le shérif semblait n'avoir dormi qu'une heure ou deux les deux nuits précédentes. En effet, malgré son uniforme propre et repassé et ses chaussures vernies, elle avait la mine froissée de quelqu'un qui avait quitté ses draps beaucoup trop tôt. Je me demandai à quoi devait ressembler son frère Marlon. Si elle avait eu la bonne réaction, alors elle avait mis le jeune homme accablé de douleur à l'abri des regards.

— On a terminé, disait-elle à Lacey, qui hocha la tête d'un air hébété pour toute réponse.

Marta m'adressa un regard fixe quand je m'appuyai contre le mur, attendant que Lacey me fasse signe d'entrer.

— Lily Bard, dit Marta.

— Shérif.

— Quelle est la raison de votre présence ici ? demanda Marta en haussant les sourcils.

Son expression, telle que je la percevais, était pleine de dédain.

— J'ai demandé à Lily de venir, déclara Lacey.

Elle avait les mains agrippées l'une à l'autre, et en les regardant plus attentivement, je vis que Lacey enfonçait un ongle de sa main droite dans sa paume gauche.

— Lily va m'aider à vider l'appartement de Deedra, expliqua-t-elle d'une voix terne et sans vie.

— Oh, ah bon, fit le shérif, comme si c'était important.

J'attendis qu'elle réagisse et quand elle en eut assez de méditer, elle fit un pas sur le côté pour me laisser entrer. Mais quand je la dépassai, elle me donna une petite tape sur l'épaule. Tandis que Lacey se tenait immobile au milieu du salon, je me retournai et regardai le shérif d'un air interrogateur.

Elle jeta un coup d'œil par-dessus mon épaule pour s'assurer que Lacey ne nous entendait pas. Puis elle se pencha, gênée, et me dit :

— Videz la boîte sous le lit et le tiroir du bas de la commode dans la deuxième salle de bains.

Il me fallut une petite seconde pour comprendre et je hochai la tête.

Lacey ne s'était aperçue de rien. Quand je fermai la porte de l'appartement derrière moi, je vis Lacey regarder autour d'elle comme si elle n'avait jamais vu l'appartement de sa fille auparavant.

Elle croisa mon regard.

— Je ne suis jamais vraiment venue ici, déclara-t-elle d'un air de regret. J'étais tellement habituée à ce que ma demeure soit « le foyer » que j'ai toujours considéré que c'était là la place de Deedra. J'imagine qu'une mère pense toujours que son enfant joue seulement à être adulte.

Je ne m'étais jamais sentie aussi désolée pour quiconque. Mais ce n'était pas en la plaignant que j'allais aider Lacey. Elle avait nombre de gens disposés à la prendre en pitié, si elle voulait. Ce dont elle avait besoin, c'était d'une aide pratique.

— Par quoi voulez-vous commencer ? demandai-je.

Je pouvais difficilement entrer dans les chambres pour chercher ce que Marta m'avait conseillé de faire disparaître.

— Jerrell a monté ça tout à l'heure, dit-elle en désignant une pile de cartons en mauvais état et deux rouleaux de sacs-poubelle.

Puis elle se tut de nouveau et resta ainsi immobile.

— Est-ce qu'il y a certaines affaires de Deedra que vous voulez garder ? lui demandai-je pour l'inciter à m'indiquer un axe de travail. Pour vous ?

Lacey se força à répondre.

— Une partie de ses bijoux, peut-être, dit-elle d'une voix relativement calme. Aucun vêtement ; elle faisait une taille de moins que moi.

De plus, Lacey préférerait certainement mourir plutôt que d'être vue dans les vêtements limite vulgaires de sa fille.

— Vous, vous n'en voulez pas quelques-uns ?

Je pris un instant pour ne pas avoir l'air de rejeter cette offre sans même y réfléchir.

— Non, je suis trop large d'épaules, répondis-je, ce qui était une excuse comparable à celle de Lacey.

Puis je pensai à l'état de mon compte en banque et me rappelai que j'avais besoin d'un manteau d'hiver.

— S'il y a un manteau ou une veste qui me va, j'en aurais peut-être besoin, ajoutai-je avec une certaine réticence, et Lacey sembla presque reconnaissante. Bon, qu'est-ce que vous voulez faire du reste des vêtements ?

— L'ERS a une armoire pour les nécessiteux, répondit Lacey. Je devrais les amener là-bas.

L'Église réunie de Shakespeare se trouvait juste en bas de la rue de la résidence. C'était l'église la plus active de la ville, en ce moment, et qui venait de se doter d'une aile réservée au catéchisme.

— Ça ne risque pas de vous gêner ?

— Voir une femme pauvre dans les vieux vêtements de Deedra ? fit-elle, hésitante. Non, je sais que Deedra aurait voulu aider les autres.

Je tentai alors de me souvenir d'une seule personne que Deedra avait aidée dans sa vie (autrement qu'en soulageant sa tension sexuelle) quand Lacey ajouta :

— Toutes les affaires de cuisine peuvent aller à la caisse de secours communautaire. L'ERS ne prend que les vêtements.

La ville de Shakespeare réservait quelques pièces dans le centre communautaire pour stocker le bric-à-brac récupéré dans les greniers : poêles et casseroles, vaisselle, draps, couvertures, ustensiles. Cette accumulation avait pour but de pouvoir rééquiper des familles ayant connu une catastrophe. Dans cette partie du pays, « catastrophes » signifiait généralement incendies ou tornades.

De nouveau, Lacey resta immobile et silencieuse un long moment.

— Par où voulez-vous que je commence ? demandai-je aussi gentiment que possible.

— Par ses vêtements, s'il vous plaît. Ce sera le plus dur pour moi.

Lacey pivota et se dirigea alors vers la cuisine avec un carton.

J'admirais son courage.

Je m'emparai à mon tour d'un carton, l'assemblai et me dirigeai vers la grande chambre.

Tout avait été fouillé, bien sûr. J'imagine que la police espère toujours trouver un bout de papier avec écrit « *Rendez-vous avec M. Dupont à 8 heures. S'il m'arrive malheur, c'est lui le coupable.* » Mais j'étais presque certaine que personne n'avait découvert une telle note, et je n'en dénichai pas non plus lorsque je vérifiai consciencieusement chaque poche de chaque vêtement et l'intérieur de chaque chaussure avant de les emballer.

Quand je fus certaine que Lacey était occupée à la cuisine, je tendis la main sous le lit de Deedra et en retirai une boîte qu'elle y avait cachée. Je n'avais nettoyé sous le lit que deux fois par le passé, quand Deedra (Lacey, en réalité) avait payé pour un ménage de printemps. Elle avait alors eu tout le temps nécessaire pour dissimuler cette boîte en bois sculpté, au petit couvercle ajusté. Je soulevai légèrement ce dernier pour jeter un coup d'œil à l'intérieur. Après un long regard au contenu, je le refermai et me demandai où je pouvais le cacher à la vue de Lacey.

Je ne pensais plus être quelqu'un de naïf depuis bien longtemps. Pourtant je découvris non seulement que je pouvais être encore choquée, mais aussi que certains aspects de ma vie étaient très simples.

Je risquai un autre coup d'œil.

Deux sex toys, à l'intérieur, étaient tout à fait identifiables, même pour ceux, comme moi, qui n'en avaient jamais vu de semblables. Mais un ou deux autres objets me déconcertèrent. Je savais que dans les jours à venir, à des moments totalement singuliers, j'allais y repenser, perplexe, en essayant de comprendre leur fonction, et cette idée ne me plaisait pas du tout. Tandis que je reposai la boîte sous le couvre-lit, le temps de décider du meilleur moyen de m'en débarrasser subrepticement, je me surpris à me demander si Jack s'était déjà servi de telles choses. Et à mon grand étonnement, je découvris que j'étais embarrassée à l'idée de lui poser la question. Je ne m'étais pas rendu compte que quelque chose, un geste ou un mot, pouvait créer un embarras entre nous. Intéressant.

Je m'assurai que le couloir était libre avant de me glisser dans la chambre d'amis. J'ouvris le tiroir indiqué par le shérif et découvris qu'il était rempli de bric-à-brac du genre menottes, foulards en soie colorés, corde épaisse… et de films.

— Oh, mince, murmurai-je en lisant les titres.

Je sentis mon visage s'enflammer de honte. Comment avait-elle pu se rendre si vulnérable ? Comment avait-elle pu se mettre à la merci des autres de cette manière ? Selon moi, seule une femme n'ayant jamais fait l'expérience de la violence sexuelle pouvait penser que l'imiter était excitant. Mais je songeai tristement que j'étais peut-être bien naïve à ce sujet également.

Je fourrai tout cet attirail dans un sac-poubelle et le déposai sous le lit à côté de la boîte sculptée. Puis j'emballai rapidement les vêtements pour rattraper le temps perdu.

J'achevai ma tâche en ouvrant le tiroir supérieur de la commode de Deedra. Je me demandai ce que penseraient les femmes du groupe de l'Église réunie de Shakespeare si elles voyaient certaines des tenues de jeux érotiques de Deedra. Seraient-elles électrisées par le string léopard et la nuisette baby doll assortie ?

Je m'attaquai bientôt aux autres tiroirs et aux affaires plus banales. Tout en pliant chaque vêtement soigneusement, j'essayai de faire des catégories : pantalons, robes d'été, tee-shirts, shorts. Je supposai que Deedra avait ôté ses vêtements d'été pour les ranger dans la penderie de la seconde chambre. C'était là que devaient se trouver les vestes et les manteaux.

Exact. La deuxième penderie était tout aussi approvisionnée que la première, mais en vêtements d'automne et hiver. La plupart de ses costumes et robes seraient classés dans la catégorie Professionnelle – subdivision Catin. Deedra adorait se vêtir pour aller travailler. Elle aimait également son job ; puisqu'elle avait fait deux années médiocres à la fac, Deedra était secrétaire au bureau du sous-préfet. En Arkansas, la charge de sous-préfet est un poste d'élu de deux ans, très souvent occupé par une femme. Dans le comté de Shakespeare, Hartsfield, c'était un homme, Choke Anson, qui avait gagné les dernières élections. Mon ami Claude Friedrich, le chef de la police, pensait que Choke avait l'intention de se servir du cabinet comme porte d'entrée dans la politique du comté et de là, dans l'arène de l'État.

J'étais probablement la personne la moins politisée du comté d'Hartsfield. En Arkansas, la politique est à mi-chemin entre une guerre des tabloïds et une bagarre véritable. Les politiciens de l'Arkansas n'ont pas peur d'être hauts en couleurs et en images, et ils adorent se montrer folkloriques. Bien que ma conscience m'empêchât de m'abstenir, je votais souvent pour le démon le moins féroce. Lors des dernières élections, Choke Anson avait été celui-ci. Je connaissais son adversaire, Mary Elwood, pour l'avoir observée à l'ERS pendant une réunion du conseil à laquelle je faisais le service. Mary Elwood était une ultraconservatrice stupide et homophobe, qui croyait dur comme fer qu'elle connaissait la volonté de Dieu. Elle estimait en outre que ceux qui n'étaient pas d'accord avec elle étaient non seulement mauvais, mais aussi démoniaques. Je m'étais dit que Choke Anson ne pouvait pas être pire. Mais je me demandais maintenant comment Deedra s'en était sortie avec un supérieur de sexe masculin.

— Avez-vous choisi une veste ?

— Pardon ?

Je fus si surprise que je sursautai.

Lacey apporta un nouveau carton dans la pièce.

— Excusez-moi, je ne voulais pas vous faire peur, dit-elle avec prudence. J'espérais juste que vous aviez pu trouver une veste à votre taille. Deedra avait une telle estime pour vous, je sais qu'elle aurait aimé que vous preniez ce qui vous plaît.

C'était nouveau ça, d'apprendre que Deedra pensait seulement à moi, et plus encore, avait une quelconque considération pour ma personne. J'aurais été intéressée d'entendre cette conversation, si elle avait jamais eu lieu.

Il y avait un manteau qui pouvait m'être utile, couleur vert forêt et qui s'arrêtait à mi-cuisse, ainsi qu'une veste en cuir que j'aimais beaucoup. Les autres étaient trop fantaisistes, pas très pratiques, ou bien trop serrés aux épaules. Je ne me souvenais jamais avoir vu Deedra porter ceux que j'avais choisis, ils ne seraient donc certainement pas trop évocateurs pour sa mère.

— Ceux-là ? dis-je en soulevant les deux vestes.

— Tout ce que vous voulez, dit Lacey sans même se retourner.

Je compris qu'elle ne voulait pas savoir, qu'elle ne voulait pas identifier les vêtements pour ne pas penser à Deedra quand elle me verrait les porter. Je pliai les deux vestes et retournai dans la chambre. Là, je plaçai promptement la boîte sculptée dans un carton et y ajou-tai le sac de « jouets ». Puis je posai les deux vêtements par-dessus la marchandise de contrebande. J'inscrivis mon nom sur le carton au marqueur indélébile, en espé-rant que même si Lacey se demandait pourquoi j'avais mis les manteaux dans un carton au lieu de les porter sous le bras, elle serait trop préoccupée pour poser la question.

Nous travaillâmes toute la matinée. Deux fois, Lacey se précipita brusquement dans la salle de bains et je l'entendis pleurer de l'autre côté de la porte. L'apparte-ment étant plongé dans le silence, j'eus beaucoup de temps pour réfléchir et me demander pourquoi aucun des amis de Lacey n'était présent pour l'aider. C'était précisément le moment où la famille et les amis se manifestaient.

Je remarquai alors que Lacey observait une photo qu'elle avait sortie d'un tiroir de la cuisine. J'étais venue dans cette pièce parce que la poussière de la penderie m'avait donné soif.

Même si je ne pouvais pas distinguer la photo, l'expression sur le visage de Lacey me révéla ce dont il s'agissait. Je vis sa mine confuse, et ses joues s'empour-prer quand elle approcha le cliché de ses yeux comme si elle ne croyait pas ce qu'elle voyait. Puis elle le jeta à la poubelle avec une force démesurée. Peut-être Lacey avait-elle envisagé l'éventualité de trouver de telles choses ici, et peut-être avait-elle décidé qu'elle ne pou-vait pas courir le risque qu'un de ses amis tombe sur les joujoux de sa fille. Peut-être Lacey n'était-elle pas aussi aveugle qu'elle le semblait.

J'étais heureuse d'avoir suivi les conseils du shérif, heureuse que ce soit moi qui dispose des objets, désor-mais rangés dans un carton à mon nom. Il se pouvait que Lacey découvre une ou deux choses que j'avais manquées, mais il n'y avait aucun intérêt à lui mettre sous le nez la mauvaise conduite de sa fille.

Je commençai à avoir une meilleure opinion de Marta Schuster. Elle s'était débarrassée de la plupart des photos, pour éviter qu'elles viennent s'ajouter au folklore de la ville ; et elle m'avait avertie au sujet de l'attirail restant afin que Lacey ne tombe pas dessus. Nous ne pouvions pas lui épargner toute la vérité, mais nous pouvions faire disparaître la majorité des preuves.

À midi, l'heure à laquelle je devais partir, nous avions abattu une bonne partie du travail. J'avais vidé la penderie, la commode de la grande chambre, et une partie de celle de la chambre d'ami. Lacey avait emballé toutes les affaires de la cuisine et commencé la salle de bains. J'effectuai cinq ou six allers-retours à la benne à ordures située sur le parking.

Une vie ne pouvait pas être démantelée aussi rapidement, mais concernant celle de Deedra, nous avions pris un bon départ.

Alors que je ramassais mon carton étiqueté et mon sac, Lacey me demanda si j'allais être de nouveau disponible, et je réalisai que maintenant que ma cliente était morte, j'avais mes matinées du vendredi libres.

— Je peux venir vendredi, lui proposai-je. Quand vous voulez.

— Ce serait parfait. Huit heures, ce n'est pas trop tôt ?

Je secouai la tête.

— À vendredi alors, acheva Lacey, et peut-être que d'ici là, je serai passée avec Jerrell et sa camionnette pour emmener des cartons, et nous aurons plus de place là-haut.

Elle avait un ton détaché, mais je savais qu'il ne pouvait être sincère. Absent aurait été plus juste.

— Excusez-moi, repris-je, avant d'hésiter. Quand auront lieu les funérailles ?

— Nous espérons la récupérer à temps pour samedi, répondit Lacey.

Alors que je descendais les cartons en bas des escaliers, quelque chose me tracassait. Il fallait que je trouve un autre client régulier pour le vendredi matin. Avant, mes vendredis étaient occupés par Deedra et les Winthrop ; les Winthrop m'avaient laissée tomber, et maintenant, Deedra était morte. Plus la semaine avançait, plus mon avenir financier s'assombrissait.

J'étais censée retrouver mon amie Carrie Thrush à son cabinet ; Carrie avait dit qu'elle apporterait le déjeuner pour nous deux. Je montai dans ma voiture et posai le carton sur la banquette arrière. Quelques minutes plus tard, je jetai un coup d'œil à ma montre pour réaliser que j'étais légèrement en retard ; j'avais dû trouver une benne à ordures de l'autre côté de Shakespeare, une benne qui ne soit pas trop visible pour y déposer le carton d'attirail sexuel. J'étais certaine que personne ne m'avait vue. Le temps que j'arrive au bureau de Carrie, cette dernière allait certainement s'inquiéter du déjeuner qui refroidissait.

Mais en m'engageant dans la petite allée marquée d'un panneau PARKING RÉSERVÉ AU PERSONNEL, j'aperçus Carrie qui se tenait sur la place gravillonnée derrière sa clinique, là où ses infirmières et elle garaient leur voiture.

— Ça te dit de m'accompagner quelque part ?

Carrie avait un sourire rigide et légèrement embarrassé. Elle portait du blanc, mais après un examen plus attentif, je remarquai que ce n'était pas sa blouse de travail. Elle était vêtue d'une robe blanche avec un col en dentelle. Je sentis mes sourcils se froncer.

Je ne me souvenais pas d'avoir jamais vu Carrie en robe, sauf pour des funérailles. Ou un mariage.

— Quoi ? demandai-je vivement.

— De venir avec moi au palais de justice ?

— Pour ?

Son visage se chiffonna, faisant glisser ses lunettes sur son petit nez.

Carrie s'était maquillée. Et elle n'avait pas les cheveux calés derrière les oreilles, comme elle le faisait d'habitude au travail. De légères boucles brunes et brillantes s'agitaient devant son visage.

— Pour... ? insistai-je.

— Eh bien... Claude et moi, on va se marier aujourd'hui.

— Au palais de justice ?

Je tentai de ne pas avoir l'air stupéfait, mais elle se mit à rougir.

— On doit le faire avant de perdre courage, dit-elle à la hâte. Nous sommes tous les deux professionnellement installés, nous avons tout ce qu'il faut pour fonder un foyer, et nous ne souhaitons tous les deux qu'un ou deux amis proches à la cérémonie. Les bans seront dans le journal de demain et comme ça, tout le monde sera au courant.

Les annonces officielles apparaissaient toujours dans l'édition locale du jeudi après-midi.

— Mais...

Je baissai les yeux sur ma tenue de travail, qui était loin d'être parfaite après avoir nettoyé des penderies et des dessous de lit.

— Si tu veux passer vite fait chez toi, on a quelques minutes, dit-elle en regardant sa montre. Ce n'est pas que je me préoccupe de ce que tu portes, mais je te connais, ça va t'ennuyer du début à la fin.

— Oui, être sale à un mariage, ça m'ennuie, oui, répliquai-je brièvement. Monte dans la voiture.

Je n'aurais su dire pourquoi j'étais légèrement énervée, mais c'est ce que je ressentais. Peut-être était-ce l'effet de surprise (je n'étais pas fan des surprises) ou peut-être était-ce le changement radical d'humeur qu'on me demandait : passer du deuil au mariage dans la même journée. J'avais compris avec certitude que Claude Friedrich et le Dr Carrie Thrush allaient se marier un jour, et je savais avec certitude que c'était une excellente idée. Leur différence d'âge était assez considérable ; Claude avait probablement quarante-huit ans et Carrie environ trente-deux. Mais j'étais sincèrement persuadée que cette union allait fonctionner, et je n'avais d'ailleurs jamais regretté de n'avoir pas cédé aux avances de Claude Friedrich. Alors pourquoi étais-je contrariée ? C'était à Carrie que je devais mon bonheur.

Je me forçai à sourire tandis que Carrie m'expliquait, sans relâche, pourquoi ils avaient pris cette décision, comment ses parents allaient le prendre, combien de temps ils allaient attendre avant de déménager les affaires de Claude dans sa petite maison.

— Et la lune de miel ? demandai-je en tournant la clé dans la serrure de ma porte, Carrie sur mes talons.

— Ça va devoir attendre un mois, répondit cette dernière. On prend un long week-end qui commence aujourd'hui, jusqu'à lundi soir, mais on ne va pas loin. Et Claude doit emporter son bipeur avec lui.

Tandis que mon amie arpentait le salon en se regardant régulièrement dans le miroir, je me déshabillai et enfilai mon joli tailleur noir. Non. Je ne pouvais pas porter du noir à un mariage. J'attrapai le cintre sur lequel était suspendue ma robe blanche sans manche. Non. Je ne pouvais pas porter de blanc non plus.

Mais après réflexion, je réalisai qu'au contraire, il le fallait. Je la dissimulerai sous ma veste en cuir noire, puis ajouterai une ceinture noire et un foulard bleu vif autour de mon cou. J'enfilai mes collants, puis mes jolies chaussures noires et pris la place de Carrie devant le miroir de la salle de bains pour me repoudrer le nez et ébouriffer mes cheveux courts et bouclés.

— Je t'aurais organisé un enterrement de vie de jeune fille, lui lançai-je, aigre, avant de croiser son regard.

Après une courte pause, nous nous mîmes toutes deux à rire, ce scénario semblant si peu probable pour chacune de nous…

— Tu es prête ? Tu es jolie, dit Carrie en me jetant un coup d'œil prudent.

— Toi aussi, répondis-je avec honnêteté.

Avec sa robe blanche sans manche, elle portait des chaussures brunes à talons et portait un sac brun. Elle était belle, mais son look n'était pas non plus festif. Nous montâmes de nouveau dans ma voiture et, en passant devant le fleuriste, je m'arrêtai sur le trottoir.

— Qu'est-ce que tu fais ? demanda Carrie avec anxiété. On est en retard.

— Une minute, dis-je avant de courir dans la boutique. J'ai besoin d'une boutonnière, dis-je ensuite à la vieille femme qui s'approcha de moi.

— Une orchidée ? demanda-t-elle. Ou une jolie rose ?

— Pas de roses, répondis-je. Une orchidée, avec un petit tulle blanc et un ruban de couleur.

Cette femme admirable ne posa aucune question et se mit à la tâche. Moins de dix minutes plus tard, je tendais l'orchidée à Carrie, entouré d'un petit ruban vert et, en larmes, elle la piqua à sa robe.

— Maintenant, tu as l'air d'une vraie mariée, déclarai-je et le nœud dans mon ventre se délia.

— J'aurais aimé que Jack soit là, dit poliment Carrie, même si elle n'avait pas eu beaucoup l'occasion de le connaître. Claude et moi, on aurait été ravis de l'avoir auprès de nous.

— Il est toujours en Californie, lui dis-je. Je ne sais pas quand il va rentrer.

— J'espère que vous deux…

Mais Carrie n'acheva pas sa phrase, fort heureusement.

Le vieux palais de justice, qui occupait tout un pâté de maisons en centre-ville, avait été récemment rénové. Claude attendait sur la rampe d'accès pour handicapés.

— Il porte un costume ! remarquai-je, surprise au-delà des mots.

Je n'avais jamais vu Claude porter autre chose que son uniforme ou un jean.

— Il n'est pas superbe, dis ?

Les joues de Carrie, d'habitude d'un blanc fantomatique, prirent une teinte joliment rosée. En réalité, on lui aurait plutôt donné vingt-cinq ans que trente-deux.

— Si, dis-je doucement. Il est extra.

Le frère de Claude, Charles, était également présent et semblait moins à l'aise que son frère. Charles était plus habitué aux salopettes et à la casquette de soudeur qu'au costume. Timide et solitaire de nature, Charles avait réussi à se rendre presque invisible, même dans une ville de cette taille. Je songeai que je pouvais compter sur les doigts d'une main le nombre de fois où je l'avais vu depuis mon arrivée à Shakespeare.

Aujourd'hui, il avait vraiment fait un effort.

Quand Claude vit Carrie s'avancer vers lui, son visage se transforma. Je vis toute fermeté le quitter, et céder la place à une expression totalement différente. Il lui prit la main et retira celle qu'il cachait dans son dos, révélant un bouquet de fleurs.

— Oh, Claude ! dit-elle, submergée de plaisir. Tu as pensé à ça…

Bien. Bien mieux que ma boutonnière. Maintenant, Carrie ressemblait vraiment à une mariée.

— Claude, Charles, dis-je en guise de salut.

— Lily, merci d'être venue. Allez, allons-y.

Si Claude avait été un peu plus nerveux, il aurait fait un trou dans le trottoir.

Je remarquai le juge Hitchcock qui ouvrait la porte pour jeter un œil à l'extérieur.

— Le juge nous attend, dis-je, et Claude et Carrie se regardèrent, poussèrent un soupir simultané et se dirigèrent vers l'entrée du palais de justice.

Charles et moi suivions juste derrière.

Après une courte cérémonie, Claude et Carrie n'avaient plus d'yeux que l'un pour l'autre ; Carrie nous serra tout de même contre elle, Charles et moi, et Claude nous serra chaleureusement la main. Il proposa de nous inviter à déjeuner, mais nous refusâmes à l'unisson. Charles voulait retourner dans sa cave, ou quel que soit son antre, et je n'étais pas d'humeur festive après la matinée que j'avais passée, même si je faisais tout de même des efforts pour paraître joyeuse en l'honneur de mes amis.

Charles et moi fûmes ravis de nous séparer et, tandis que Carrie et son nouveau mari partaient pour un week-end pré-lune de miel, je rentrai chez moi en maudissant ma mauvaise humeur, que j'espérais avoir suffisamment bien dissimulée. Réenfilant ma tenue de travail, je rangeai mes vêtements chics dans la penderie et attrapai un fruit en guise de déjeuner. Ce sentiment obscur que je ressentais m'inquiétait. Comme toujours, il se traduisait par un besoin d'action. C'était le bon jour pour qu'on m'agresse, car j'aurais volontiers frappé quelqu'un.

Pendant que je m'attelais au ménage chez la très vieille Mme Jepperson, et que la femme noire et ronde qui « s'asseyait avec » Mme Jepperson faisait chaque jour de son mieux pour me surprendre en train de voler quelque chose, je traînais toujours ce noyau de colère avec moi, intense et douloureux.

Il me fallut une heure pour comprendre que ce sentiment était dû à ma solitude. Je ne m'étais pas sentie seule depuis bien longtemps ; je suis quelqu'un qui aime être seul, et les dernières années me l'avaient largement permis. Durant très longtemps, je ne m'étais pas fait d'amis ; je n'avais connu aucun homme. Mais cette année avait vu tant de changements s'opérer en moi ! Et malheureusement, à la volonté de se faire des amis s'adjoint la possibilité de se sentir seule. Je poussai un soupir tout en fourrant les draps souillés de Mme Jepperson dans le lave-linge, puis versai de l'eau de Javel.

J'en avais par-dessus la tête de m'apitoyer sur mon sort. Mais même si j'en avais conscience, je semblais incapable d'apaiser ce ressentiment qui couvait en moi.

Je me rendis à mon ménage suivant, puis rentrai chez moi sans avoir pu trouver de quoi calmer ma nervosité. Jack, qui avait souvent le secret du parfait timing, choisit cet instant pour m'appeler.

De temps en temps, Jack me parlait de l'affaire sur laquelle il travaillait. Mais parfois, surtout pour un cas qui impliquait des transactions financières et de grosses sommes d'argent, il gardait les lèvres scellées, et c'était à ce cas que nous avions affaire. Il me dit que je lui manquais beaucoup. Et je le croyais. Mais j'avais des pensées indignes, des idées qui me consternaient ; ce n'était pas vraiment la nature de ces idées qui me consternait, mais de constater que *moi*, j'éprouvais ce genre de choses. La Californie, le berceau des corps sculptés, jeunes et bronzés, voilà ce que j'avais en tête ; Jack, l'homme le plus passionné que j'avais jamais rencontré, était en Californie. Je ne jouais pas la femme jalouse, c'était un *fait*.

Sans surprise, la conversation ne se passa pas très bien. Je n'étais pas dans les meilleures dispositions ;

Jack était frustré et furieux que je ne sois pas plus heureuse du coup de fil qu'il me passait au beau milieu de sa journée bien remplie. Je savais que j'étais impossible, et que je semblais incapable de me contrôler ; il en était aussi conscient que moi.

Nous avions besoin de nous voir plus souvent. Après avoir raccroché, parvenant non sans peine à ne pas nous fâcher, je me forçai à regarder la réalité en face : un week-end de temps en temps, ça ne suffisait pas. Il nous fallait des heures pour nous réhabituer à être un couple ; ensuite nous passions un moment formidable, mais nous devions de nouveau nous séparer quand Jack retournait à Little Rock. Il avait des horaires imprévisibles. Les miens étaient généralement stables. Ce ne serait qu'en vivant dans la même ville et en nous voyant suffisamment régulièrement que nous pourrions créer une véritable relation, une relation profonde.

Notre propre vie était déjà assez difficile sans la compliquer encore en y ajoutant le poids d'une autre. Pendant un instant, je me demandai si nous ne devions pas nous arrêter là. L'idée était si pénible que je dus admettre, encore et toujours, que Jack était absolument nécessaire à ma vie.

Je ne voulais pas le rappeler en étant aussi émue. Je ne pouvais pas non plus prévoir ce qu'il allait dire. Alors pour finir, ce soir-là, je me rendis dans ma chambre d'amis vide et cassai la gueule à mon punching-ball.

Chapitre 5

Comme je l'avais établi dans mon programme personnel, le jeudi, c'était le jour des biceps. Les flexions de biceps peuvent être impressionnantes, mais ce ne sont pas mes exercices préférés. Et elles sont difficiles à exécuter correctement. La plupart des gens soulèvent des haltères. Bien sûr, plus vous y mettez de rythme, moins vous travaillez vos biceps. Je l'avais remarqué dans chaque scène de film qui se déroule dans une salle de sport, les personnages sont toujours en train de faire des flexions, ou des levers d'haltères, au choix. Généralement, le type qui fait des flexions est un abruti.

Au moment où je reposais l'haltère de dix kilos à sa place sur le rack, Bobo Winthrop entra, accompagné d'une fille. Bobo, malgré ses douze ans de moins que moi, était mon ami. J'étais ravie de le voir, et ravie de voir la fille qui était avec lui ; depuis ces deux dernières années, même après tout ce qu'avait traversé sa famille, Bobo était resté convaincu que j'étais faite pour lui. Maintenant qu'il partageait son temps entre l'université de Montrose et ses visites à sa grand-mère malade qui vivait au foyer familial, sa famille et sa lessive, je passais trop rarement le voir. Je réalisai qu'il me manquait, ce qui me fit un curieux effet.

Tout en observant Bobo faire le tour de la salle et distribuer poignées de main et tapes dans le dos, je laissai les poids pour me diriger vers le banc d'haltères. La petite jeune femme qui le suivait n'arrêtait pas de sourire tandis que Bobo, repoussant ses cheveux blonds et soyeux de ses yeux, la présentait à la bande hétéroclite qui constituait la clientèle de la salle à cette heure matinale. Elle avait une façon charmante et naturelle de saluer à la chaîne.

La clientèle matinale était composée de Brian Gruber, cadre à l'usine de matelas, et de Jerri Sizemore, dont les titres de gloire se résumaient à quatre mariages. Alors que je posais les poids sur la courte barre du banc d'haltères, je notai avec amusement la progression de Bobo. Dans son sillage blond, il distribuait sourire et infusion de joie de vivre[1].

Je me demandai ce qu'on ressentait quand tout le monde, ou presque, vous connaissait et vous appréciait, quand on plaisait physiquement à tout le monde ou presque, et quand on avait le support d'une famille puissante et influente.

Avec un choc comparable à une douche glacée, je réalisai que ma vie avait ressemblé à la sienne, quand j'avais à peu près son âge : avant que je parte vivre à Memphis, avant le cauchemar largement relaté par les médias de mon enlèvement et de mon viol. Je secouai la tête. Même si je savais que c'était bien la vérité, il me semblait presque impossible de croire que j'avais jamais vécu dans un tel confort. Bobo, lui aussi, avait connu des temps difficiles, du moins au cours de l'année

----

1. En français dans le texte. (*N.d.T.*)

passée, mais ce long passage dans les ténèbres n'avait fait que mettre en relief son tempérament éclatant.

Le temps que Bobo s'approche de moi, j'avais fini ma première série et reposais la barre sur son support.

— Lily ! s'exclama-t-il avec fierté.

Était-il en train de m'exhiber aux yeux de la fille, ou de m'exhiber la fille ? Il avait posé une main chaude et sèche sur mon épaule.

— Je te présente Toni Holbrook, déclara-t-il. Toni, voici mon amie, Lily Bard.

Son regard bleu foncé passa simultanément de Toni à moi.

J'attendis de rappeler quelque chose à cette fille – que la fascination horrifiée apparaisse dans son regard – mais elle était si jeune qu'elle ne devait pas se souvenir des nombreux mois durant lesquels mon nom s'était étalé en première page de tous les journaux. Je fus soulagée et lui tendis la main. Elle fourra ses doigts dans ma paume plus qu'elle ne me serra franchement la main. Les gens qui serraient la main de cette manière insignifiante étaient presque toujours des femmes. Prendre une poignée de cannellonis faisait un effet similaire.

— Je suis ravie de vous rencontrer enfin, dit-elle avec un sourire sincère qui me fit mal aux dents. Bobo parle tout le temps de vous.

Je jetai un rapide coup d'œil à Bobo.

— Je faisais le ménage pour sa mère, précisai-je afin de donner une perspective différente à la conversation.

La fille ne cilla pas.

— Qu'est-ce que tu veux, là-dessus, Lily ? demanda Bobo, debout devant le rack des poids.

— Des disques supplémentaires, lui répondis-je.

Il glissa deux disques de cinq kilos de chaque côté de la barre et y ajouta des clips pour les sécuriser. Nous étions à l'aise pour nous entraîner ensemble ; Bobo avait eu son premier boulot ici à la salle, et il avait tenu le rôle de binôme pour moi bon nombre de fois. Ce matin, il se positionna devant la barre et j'enjambai le banc, m'allongeai sur la matière rembourrée, les mains dirigées vers le haut pour saisir la barre au-dessus de moi. Une fois prête, je hochai la tête et il m'aida à la soulever sur les premiers centimètres. Puis il lâcha et je levai le reste toute seule. J'achevai ma série de dix sans trop d'effort, mais je fus ravie que Bobo m'assiste quand il fallut reposer la barre sur son support.

— Toni, vous êtes là jusqu'à la fin de la semaine ? demandai-je en faisant un effort pour me montrer aimable pour Bobo.

Ce dernier retira les clips et haussa ses sourcils blonds d'un air interrogateur.

— D'autres disques, dis-je et nous préparâmes la barre tous les deux.

— Oui. Nous rentrons à Montrose dimanche après-midi, répondit Toni d'un ton tout aussi poli, avec un léger accent sur le « nous ».

Ses cheveux noirs et souples étaient coupés au niveau du menton et donnaient l'impression d'être perpétuellement brossés à la perfection. Ils oscillaient, pleins de vie, dès qu'elle bougeait la tête. Elle avait une jolie bouche suave et des yeux bruns en amande.

— Je suis de DeQueen, ajouta-t-elle après avoir laissé flotter sa première phrase dans l'air quelques secondes.

Il se trouve que je m'en fichais.

Je hochai la tête pour montrer à Bobo que j'étais prête et ce dernier retira la barre du support. Après légèrement plus de difficultés, j'effectuai une nouvelle série en m'assurant de bien souffler tout en soulevant le poids, d'inspirer quand je le baissai. Mes muscles commencèrent à trembler, j'émis le « ouh » profond qui accompagnait mon plus gros effort et Bobo remplit son rôle.

— Allez, Lily, un effort, tu peux le faire, incita-t-il sévèrement, et la barre toucha mon menton. Regarde la détermination de Lily, Toni, dit Bobo par-dessus son épaule.

Derrière lui, Toni me regardait comme si elle espérait me voir disparaître dans un nuage de fumée.

Mais j'étais tenue par l'honneur d'achever les deux séries suivantes. Une fois terminées, Bobo déclara :

— Tu peux en faire une autre. T'en as encore dans les bras.

— Je suis cuite, merci, dis-je fermement.

Je me relevai et retirai les clips qui sécurisaient les disques. Puis nous nous mîmes à replacer les disques sur le rack qui soutenait tous les poids.

Toni s'éloigna vers la fontaine à eau.

— Il faut que je te parle, ce week-end, dit discrètement Bobo.

— D'accord, fis-je, hésitante. Samedi après-midi ?

Il hocha la tête.

— Chez toi ?

— OK.

Je doutais que cela soit très sage, mais je me devais de l'écouter, quoi qu'il puisse avoir à me dire.

J'avais le front dégoulinant de sueur. Plutôt que de chercher ma serviette, je soulevai le pan de mon tee-shirt et me tamponnai le front, m'assurant que Bobo voie les horribles cicatrices sur mes côtes.

Je le vis déglutir. Je me dirigeai vers mon prochain exercice avec le sentiment obscur d'être protégée. Même si Bobo était superbe et aussi attirant qu'une miche de bon pain, et si j'avais une ou deux fois été tentée de mordre dedans, Toni faisait plus partie de son univers.

J'avais bien l'intention de lui faire garder en mémoire mon âge et mon amère expérience.

Ce matin, Janet travaillait ses épaules, et je l'aidais tandis qu'elle s'exerçait sur le Gravitron. Les pieds sur la petite plate-forme, le contrepoids réglé sur dix-huit kilos pour qu'elle ne soulève pas le poids entier de son corps, Janet saisit les barres au-dessus de sa tête et souleva. Elle effectua les premières séries avec vigueur, mais à la huitième, je vins lui tenir les pieds et l'aider juste assez pour soulager la tension de ses bras. À la fin de la dixième, Janet resta suspendue aux barres, haletante, et après une minute, elle glissa à bas de la plate-forme et se redressa. Elle fit un pas de côté et prit quelques secondes supplémentaires pour retrouver son souffle et laisser ses muscles récupérer.

— Est-ce que tu vas aux funérailles ? demanda-t-elle.

Elle déplaça la broche dans la fente des treize kilos.

— Je ne sais pas.

Je détestais l'idée de devoir m'habiller pour me rendre dans une église bondée.

— Tu sais si la date est maintenue ?

— Hier soir, ma mère était chez Lacey et Jerrell quand les pompes funèbres ont appelé pour leur dire que le bureau du coroner à Little Rock leur renvoyait le corps. Lacey a dit samedi matin à onze heures.

J'enregistrai l'information, la mine renfrognée. Je pourrais certainement finir le travail à onze heures si je me levais super tôt et que je me dépêchais. Si jamais j'avais le temps de faire signer un contrat à mes clients, je décrétai que l'une des clauses consisterait à être dispensée de leur enterrement.

— Oui, je pense que j'y serai, dis-je à contrecœur.

— Super ! s'exclama Janet, l'air absolument ravi. Si ça te va, je viendrai me garer chez toi et on pourra aller ensemble à pied à l'église.

Il ne me serait jamais venu à l'esprit de prendre cette disposition.

— D'accord, répondis-je, luttant pour ne pas paraître étonnée ou indécise.

Puis je réalisai que j'avais une info à partager.

— Claude et Carrie se sont mariés, lui appris-je.

— Tu... tu es sérieuse ? bégaya Janet en me faisant face, stupéfaite. Quand ?

— Hier, au palais de justice.

— Hé, Marshall !

Janet héla notre *sensei*, qui sortait tout juste de son bureau, dans le couloir entre la salle de musculation et la salle de gym où nous prenions nos cours de karaté. Marshall se retourna, un verre du liquide marron et granuleux qu'il buvait au petit déjeuner à la main. Marshall portait sa tenue habituelle. Il haussa ses sourcils.

— Quoi ?

— Lily dit que Claude et Carrie se sont mariés !

Cette déclaration provoqua une nuée de commentaires parmi les autres personnes présentes. Brian Gruber interrompit sa série d'abdominaux et s'assit sur le banc en s'essuyant le visage avec une serviette. Jerri sortit son téléphone de son sac de sport et appela une amie dont elle savait qu'elle était levée, en train de boire son café. Deux autres personnes s'approchèrent pour discuter de cette nouvelle. Et je vis une explosion d'émotion sur le visage de Bobo, une réaction qui, selon moi, n'était pas digne de mon petit ragot banal.

— Comment tu le sais ? demanda Janet, et je découvris que je me trouvais au milieu d'un petit groupe de gens transpirants et curieux.

— J'étais là, répondis-je, surprise.

— Tu étais témoin ?

Je hochai la tête.

— Qu'est-ce qu'elle portait ? demanda Jerri en repoussant ses cheveux blonds de son front.

— Où est-ce qu'ils partent en lune de miel ? demanda Marlys Squire, un agent de voyages avec quatre petits-enfants.

— Où est-ce qu'ils vont habiter ? demanda Brian Gruber, qui essayait de vendre sa maison depuis près de cinq mois.

Pendant un instant, j'envisageai de me retourner et de partir tout simplement, mais... peut-être que... ce n'était pas si mal, de parler avec ces gens, de faire partie d'un groupe.

Mais quand je quittai la salle au volant de ma voiture, alors j'éprouvai le contrecoup ; en quelque sorte, je m'étais laissée aller, un coin de mon cerveau mis en garde. Je m'étais ouverte, détendue. Plutôt que de m'éloigner furtivement de cet attroupement, d'observer les gens sans participer, j'étais restée là un bon moment, exposée à leur interprétation en leur donnant une bribe de mes pensées.

Pendant mon travail, je me retirai dans un profond silence, aussi réconfortant et reposant qu'une vieille robe de chambre. Mais il n'était plus aussi confortable qu'il avait pu l'être dans le passé. Il ne semblait plus convenir, en quelque sorte.

Ce soir-là, j'allai marcher, engloutie dans les ténèbres de la nuit fraîche. Je croisai Joel McCorkindale, le pasteur de l'Église réunie de Shakespeare, qui faisait ses cinq kilomètres habituels, son charisme mis de côté pour la soirée. Je remarquai que Doris Massey, dont le mari était mort l'année précédente, avait recommencé à se distraire, puisque la camionnette de Charles Friedrich était garée devant sa caravane. Clifton Emanuel, l'adjoint de Marta Schuster, me dépassa dans une Bronco vert foncé. Deux adolescents entraient par effraction dans un débit de boissons et je sortis mon téléphone pour prévenir la police avant de me fondre dans la nuit. Personne ne me vit ; j'étais invisible.

J'étais seule.

Chapitre 6

Jack m'appela vendredi matin alors que je m'apprêtais à aller retrouver Lacey chez Deedra.

— Je rentre, déclara-t-il. Je peux peut-être venir dimanche après-midi.

Je sentis monter une vague de ressentiment. Il allait venir de Little Rock cet après-midi-là, nous allions nous précipiter au lit et il allait devoir retourner à Little Rock lundi matin pour le boulot. Je dus admettre qu'il fallait moi aussi que je travaille lundi, que même s'il restait à Shakespeare, nous ne nous verrions pas des masses. C'était mieux de le voir un petit peu que pas du tout... comme c'était le cas en ce moment.

— D'accord, à dimanche, dis-je, mais la pause que j'avais marquée ne lui avait pas échappé et je savais que je n'avais pas l'air suffisamment heureuse.

Il y eut un silence songeur à l'autre bout du fil. Jack n'est pas stupide, surtout quand il s'agit de moi.

— Quelque chose ne va pas, finit-il par dire. On pourra en parler quand je serai là ?

— Très bien, répondis-je en essayant d'adoucir ma voix. Salut, ajoutai-je avant de raccrocher, en prenant bien soin de manier le téléphone avec délicatesse.

J'étais légèrement en avance. Je m'appuyai contre la porte de l'appartement de Deedra et attendis Lacey. J'étais maussade et je savais que c'était totalement injustifié. Quand Lacey monta les escaliers d'un pas traînant, je hochai la tête pour la saluer et elle sembla tout aussi heureuse de s'en tenir là.

Elle avait réussi à convaincre Jerrell de passer prendre les cartons que nous avions préparés lors de notre précédent rangement, et nous avions désormais plus d'espace. Après le minimum de conversation requis, je me mis à trier les affaires du petit salon tandis que Lacey emballait le linge de maison.

Je jetai tous les magazines dans un sac-poubelle et ouvris le tiroir de la table basse. J'y trouvai des bonbons à la menthe, une boîte de stylos, quelques Post-it et le manuel d'utilisation du magnétoscope de Deedra. J'enfonçai la main au fond du tiroir et en retirai un coupon pour un repas gratuit à réchauffer au micro-ondes. Je fronçai les sourcils et sentis les muscles autour de ma bouche se contracter, une moue qui allait me valoir des rides dans les années à venir.

— Il a disparu, dis-je.

— Pardon ? fit Lacey.

Je ne l'avais même pas entendue dans la cuisine derrière moi. Le passe-plat était ouvert.

— Le programme télé.

— Vous l'avez peut-être jeté mercredi ?

— Non, affirmai-je.

— Qu'est-ce que ça peut bien faire ?

Son ton n'était pas dédaigneux, mais Lacey semblait réellement surprise.

Je me redressai face à elle. Elle était penchée, les coudes posés sur le comptoir de la cuisine, son pull brun or recouvert de peluches du sèche-linge.

— Je ne sais pas, répondis-je en haussant les épaules. Mais Deedra gardait toujours, toujours, le programme télé dans ce tiroir, parce qu'elle entourait les émissions qu'elle voulait enregistrer.

Dès le départ, j'avais trouvé intéressant que quelqu'un à l'intelligence limitée comme Deedra ait un don avec les petits appareils électroniques. Elle pouvait programmer son magnéto pour enregistrer son émission préférée en quelques minutes. Les nuits où elle n'avait pas de rencard, Deedra avait la télévision. Même quand elle allait passer la soirée chez elle, si elle était accompagnée elle ne regardait pas souvent ses émissions. Elle programmait son magnétoscope.

Chaque matin de la semaine, Deedra insérait une cassette pour enregistrer ses soaps favoris, parfois même *Oprah*. Elle se servait de ses Post-it pour les étiqueter ; il y en avait toujours un petit tas dans la corbeille à papier du salon.

Oh, bon sang, quelle différence pouvait bien faire un magazine disparu ? Il ne manquait rien d'autre – rien que je n'avais encore remarqué. Si le sac de Deedra n'avait toujours pas été retrouvé (et je n'avais pas entendu l'inverse pour l'instant), alors ce n'était pas pour entrer chez elle que le voleur avait cherché ses clés, mais pour tout autre chose.

Je n'avais aucune idée de ce dont il pouvait s'agir. Et les objets de valeur se trouvaient dans l'appartement, tout, à l'exception de ce stupide programme télé. Oh, il devait manquer quelques Kleenex. Je ne les avais pas comptés. Marta allait probablement me le demander.

Tout en grommelant dans ma barbe, j'avais tâté le dessous des coussins à fleurs du canapé et m'étais accroupie pour regarder sous le pan de tissu qui le recouvrait.

— Il n'est nulle part, conclus-je.

Lacey m'avait rejointe dans le salon. Elle m'observait avec une expression étonnée.

— Vous le voulez pour une raison particulière ? demanda-t-elle prudemment, manifestement désireuse de m'aider.

Elle devait me prendre pour une folle.

— C'est le seul élément manquant, expliquai-je. Marta Schuster m'a demandé de lui dire si quelque chose avait disparu, et il n'y a que le programme télé.

— Je ne vois pas vraiment... commença Lacey d'un air dubitatif.

— Moi non plus. Mais je pense que je ferais mieux de l'appeler.

Marta Schuster n'était pas au bureau, je m'adressai donc à l'adjoint Emanuel. Il me promit d'attirer l'attention du shérif sur l'absence du magazine. Mais, à son ton, je compris qu'il me prenait pour une dingue. Et je ne pouvais pas lui en vouloir.

Alors que je me remettais au travail, il me vint à l'esprit que seule une femme de ménage pouvait noter l'absence du programme télé. Et je devais bien admettre que la seule raison pour laquelle je l'avais remarquée, c'était parce que Deedra l'avait laissé sur le canapé et que je l'avais déposé sur le comptoir de la cuisine ; dans le passe-plat, bien en vue. Mais Deedra avait fait une crise, l'une des seules qu'elle ait jamais faite depuis que je travaillais pour elle. Elle m'avait déclaré, en termes non équivoques, que la place du programme télé avait toujours, toujours, été dans le tiroir de la table basse.

Un violeur fou brutalisait donc Deedra, l'étranglait, l'abandonnait nue dans sa voiture au milieu des bois et... venait voler son programme télé ? Ce dernier était disponible dans au moins cinq points de vente à Shakespeare. Pourquoi quiconque aurait-il eu besoin de celui de

Deedra ? Je poussai un soupir et mis cette idée de côté pour y réfléchir plus tard. Mais Deedra elle-même ne voulait pas quitter mes pensées. Ce n'était que justice, admis-je à contrecœur pour moi-même. J'avais nettoyé son appartement pendant quatre ans ; je connaissais plus de détails sur sa vie que n'importe qui. Voilà ce que c'était de nettoyer le foyer des autres : on absorbait tout un tas d'informations. Il n'y a rien de plus révélateur au sujet de quelqu'un que la pagaille qu'il laisse derrière lui. Les seules personnes susceptibles de voir une maison en désordre et inoccupée sont les femmes de ménage, les cambrioleurs et les policiers.

Je me demandai quel homme, parmi ceux avec qui Deedra avait couché, avait décidé qu'elle devait mourir. Ou bien s'était-il agi d'une impulsion ? Avait-elle refusé d'exécuter un acte un peu particulier, avait-elle menacé d'informer une épouse que son mari fautait, s'était-elle trop attachée à quelqu'un ? Les trois scénarios étaient crédibles, mais peu probables. Pour autant que je sache, il n'y avait rien que Deedra aurait refusé de faire – sexuellement parlant, elle restait à l'écart des hommes mariés pour la plupart et si elle avait apprécié un partenaire sexuel plus qu'un autre, alors je n'en avais jamais rien su.

Avec le frère du shérif, cela aurait pu être différent. Il était séduisant et ce qui était certain, c'est qu'il avait eu, devant moi, le comportement d'un homme fou amoureux.

Ce qui était certain aussi, c'est que Deedra aurait été une belle-sœur bien embarrassante pour Marta Schuster. J'étais étendue par terre pour vérifier qu'il ne restait rien sous le canapé quand cette pensée importune me traversa l'esprit. Je restai immobile un instant en retournant cette idée dans ma tête, dans tous les sens.

Je l'écartai presque d'emblée. Marta était suffisamment solide pour gérer l'embarras. Et d'après mon interprétation de la situation, j'avais l'impression que Marlon venait à peine d'entamer sa relation avec Deedra ; il n'y avait aucun autre moyen d'expliquer son extravagante démonstration de chagrin. Il était suffisamment jeune pour se bercer d'illusions, et peut-être avait-il habilement ignoré les rumeurs au sujet de Deedra en espérant qu'elle lui jure fidélité, pour parler en termes bibliques.

C'était peut-être ce qui aurait fini par arriver. Après tout, Deedra n'était pas futée, certes, mais elle avait tout de même dû se rendre compte qu'elle ne pouvait pas continuer ainsi. Non ?

Peut-être ne s'était-elle jamais interrogée sur son avenir. Peut-être que, une fois lancée sur sa voie, elle avait été ravie de se laisser dériver ? Je sentis monter une vague de mépris.

Puis je me questionnai sur mon propre comportement au cours des six années précédentes.

En me redressant, je me dis que j'avais appris à survivre – à garder toute ma tête – chaque jour depuis que j'avais été violée et poignardée.

Debout dans le salon de Deedra Dean, écoutant sa mère travailler dans le couloir, je me rendis compte que je ne courais plus désormais le risque de devenir folle, même si j'allais certainement faire des crises d'angoisse pour le restant de mes jours. J'avais fait ma vie, j'avais gagné ma vie et je m'étais acheté une maison qui m'appartenait. J'avais une assurance. Je conduisais ma voiture et je payais des impôts. J'avais maîtrisé ma survie. Pendant un long moment, je restai ainsi à regarder la cuisine éclatante de Deedra à travers le passe-plat, en songeant que c'était un instant et un lieu bien étranges pour prendre conscience d'une telle chose.

Et puisque j'étais chez elle, Deedra occupait mon esprit. Elle avait été abattue avant même de pouvoir analyser le mode de vie qu'elle menait. Son corps avait été avili – exposé, nu et violé. Même si je ne m'étais pas laissé le temps d'y réfléchir avant, j'avais l'image, dans ma tête, de la bouteille de Coca-Cola qui jaillissait du vagin de Deedra. Je me demandai si elle était encore en vie quand c'était arrivé. Je me demandai si elle avait eu le temps de comprendre.

Je me sentis soudain étourdie, presque nauséeuse, et me laissai tomber sur le canapé, les yeux rivés sur mes mains. J'avais été happée par ma représentation mentale des dernières minutes de Deedra. Je repensais maintenant aux heures passées dans la cabane au milieu des champs, les heures que j'avais passées enchaînée à un vieux cadre de lit en fer, dans l'attente de la mort, presque impatiente de la voir arriver. Je repensai aux coups de fil malsains que Deedra avait reçus juste avant de se faire assassiner. Oui, certains hommes méritaient de mourir, songeai-je.

— Lily ? Est-ce que ça va ?

Lacey était penchée sur moi, le visage inquiet.

Je me forçai à revenir au présent.

— Oui, dis-je avec raideur. Merci. Excusez-moi.

— Vous êtes malade ?

— J'ai un problème d'oreille interne. J'ai seulement perdu l'équilibre quelques secondes, mentis-je.

J'étais gênée de mentir, mais il valait mieux pour Lacey.

Elle retourna à sa tâche en me jetant un regard prudent et je décidai de m'occuper des cassettes vidéo de Deedra qui encadraient la télévision ; je voulais m'assurer qu'il n'y avait pas de film pornographique parmi ceux intitulés *All my Children* et *Sally Jess on Thursday*. Ces bandes étaient probablement toutes réutilisables. Je voulais être certaine qu'il n'y avait rien d'osé sur l'une ou plusieurs d'entre elles et demandai à Lacey si je pouvais en disposer. Comme je m'y étais attendue, elle accepta et je les rangeai toutes dans un carton sans finir mon examen. Si je trouvais quoi que ce soit de répréhensible, je pourrais les jeter plus facilement chez moi. Un autre « nettoyage » à accomplir.

On ne peut pas quitter ce monde sans laisser un paquet de détritus derrière soi. On ne part jamais aussi proprement qu'on arrive ; et même quand on naît, il y a le placenta.

J'avais attendu le cours de karaté avec plus d'impatience que jamais. Toutes ces réflexions, tous ces souvenirs importuns devaient être évacués de mon système. J'aimais *agir*, pas réfléchir : j'avais une envie si violente de botter un derrière que cela me démangeait. Ce n'est pas la bonne manière pour aborder cette discipline et ce n'est pas l'état d'esprit approprié pour les arts martiaux. Le corps tendu, je pris ma place dans la ligne.

Le taux de fréquentation du cours le vendredi soir a tendance à être plus faible qu'un lundi ou un mercredi. Seules une dizaine de personnes étaient présentes ce soir-là, en train de s'étirer aux barres installées devant le miroir mural. Bobo salua à l'entrée de la pièce et s'avança, vêtu d'un marcel blanc du pantalon de son *gi*. Sa petite amie, Toni, l'avait accompagné. Bobo retira ses chaussures et s'inséra dans le rang, deux places derrière moi, entraînant Toni à ses côtés. Elle portait un short noir et un tee-shirt pourpre, et elle avait attaché ses cheveux noirs avec un élastique et un million d'épingles. Elle s'efforçait de paraître à l'aise.

Comme d'habitude, Becca tenait la première place. Elle s'était étirée toute seule avant le cours, souriant à

Carlton quand il s'était approché d'elle, mais elle-même peu volubile. Raphael, normalement sur ma gauche, était absent : sa femme et lui chaperonnaient le bal de fin d'année de leur fille. Il m'avait avoué que selon lui, certains des mouvements de blocage que Marshall nous avait appris pouvaient se révéler utiles si les garçons sortaient boire sur le parking.

— Lacey et toi avez fini de vider l'appartement de Deedra ? demanda Becca tandis que nous attendions les ordres de Marshall.

— Pas encore. Mais on a déjà sorti un paquet de cartons. Il en reste encore un peu et ensuite, on pourra enlever les meubles.

Elle hocha la tête et s'apprêta à ajouter quelque chose quand Marshall prit son expression la plus sévère et lança :

— *Kiotske !*

Tout le monde se concentra et le salua.

— En rang pour les abdos !

Becca et moi avions l'habitude de faire la paire, puisque nous faisions à peu près la même taille et le même poids. Je la rejoignis et vérifiai que tout le monde avait un partenaire. Puis Becca et moi nous assîmes l'une en face de l'autre, les jambes étendues face à nous et légèrement pliées au niveau des genoux. Becca glissa ses pieds entre mes jambes et les tourna vers l'extérieur pour les accrocher sous mes mollets. Je tournai mes pieds vers l'intérieur pour me caler sous les siens.

Marshall avait indiqué à Toni de se mettre avec Janet, qui se rapprochait beaucoup plus de sa morphologie que Bobo. Ce dernier, quant à lui, dut se contenter du seul homme qui lui était à peu près semblable, Carlton. Les deux hommes du monde, songeai-je, avant de les regarder se disputer en silence pour savoir qui allait être « dedans » et qui allait être « dehors ». Becca et moi échangeâmes un sourire quand Carlton glissa ses jambes entre celles de Bobo, qui avait tenu le coup plus longtemps.

— Mettez vos mains sous vos fesses, comme ça, dit Marshall en levant la main pour que Toni comprenne le mouvement.

Il joignit ses deux index et chaque pouce toucha celui de la main opposée, mais en restant écartés le plus possible.

— Votre coccyx doit être dans un espace ouvert. Allongez-vous, mais ne touchez pas le sol ! ordonna Marshall avec précision puisque nous avions un visiteur.

Il arpenta notre ligne, les pouces calés dans son *obi*. Il observa son reflet dans l'un des miroirs muraux et passa une main ivoire dans ses cheveux noirs. Son quart de sang asiatique était sa fierté et il mettait tout en œuvre pour souligner cette différence. En tant que *sensei* et propriétaire d'une salle de sport, il devait penser qu'il semblait plus efficace et attirant s'il avait une apparence exotique, du moins aussi exotique qu'on le tolérait en Arkansas du Sud. Il avait raison.

Pendant ce temps, Becca et moi avions glissé nos mains sous nos fesses respectives et nous penchâmes très lentement en arrière, synchronisées, jusqu'à ce que nos épaules se trouvent à près de cinq centimètres du sol. Je regardais le plafond, les yeux rivés sur la fissure sur laquelle je concentrais toujours mon attention. Avec la pression de nos jambes liées qui nous assurait un point d'ancrage, nous aurions pu maintenir cette position douloureuse pendant une durée indéterminée. Je fis rouler mes yeux sur le côté pour voir ce que faisait notre *sensei*. Il défroissait son *gi*. Bobo, juste à côté de moi, croisa mon regard et secoua légèrement la tête

98

pour mimer le désespoir. Carlton, à côté de Becca, commençait déjà à transpirer.

J'émis un petit bruit moqueur, juste assez fort pour que notre *sensei* l'entende. Marshall se faisait beau pendant qu'on se faisait mal, et les plus faibles d'entre nous seraient déjà complètement épuisés avant même le début de l'entraînement.

— Suivez le décompte ! aboya Marshall et tout le monde se crispa.

Carlton tremblait et Toni, accrochée à Janet, semblait totalement incapable de se soulever du sol, où son corps était fermement fixé. Au moins, c'était un bon leste pour sa partenaire.

— Un, deux, trois, quatre, cinq, six, sept, huit, neuf, dix ! Un, deux, trois, quatre, cinq, six, sept, huit, neuf, vingt ! Un, deux...

À chaque temps nous contractions nos abdominaux, puis les relâchions, notre buste s'élevant peut-être à quinze centimètres, pour se détendre à cinq centimètres du sol hors décompte. Notre rang faisait des efforts frénétiques pour se soutenir, les abdominaux durs et tendus pour maintenir notre dos au-dessus du sol. Je tournai la tête sur la droite pour jeter un œil sur mes camarades de rang, car Marshall était susceptible de me demander de corriger leurs fautes. Carlton et Toni étaient côte à côte, dans l'alignement de Becca, ce qui m'allait très bien. Bobo regarda sur sa gauche juste à cet instant et nos regards se croisèrent. Il me sourit. Il prenait tout ça à la rigolade. Il avait dû trouver un autre dojo à Montrose pour être dans une telle forme. Je secouai la tête, amusée et désabusée, et reportai mon attention sur mon exercice. Je fermai les yeux et maintins ma position pendant le décompte, sachant pertinemment que Becca ne jetterait jamais l'éponge.

— Soulevez vos coudes du sol ! rappela Marshall, et les deux nouvelles recrues au bout de ma rangée haletèrent avant d'obéir.

Entendant le bruit sourd d'une tête qui heurtait le sol à peine quelques secondes plus tard, je fronçai les sourcils en détournant les yeux vers le plafond. Le fracas provenait de mon côté et il s'agissait de l'un des deux nouveaux. Après quelques tentatives incertaines visant à faire obéir ses abdominaux, ce dernier abandonna ouvertement ; lui et Toni se disputaient la meilleure imitation du poisson : bouches ouvertes et essoufflés. Toni avait peut-être tenu la première série de dix. Apparemment, ce n'était pas dans une salle de sport que Bobo l'avait rencontrée.

Pour terminer, seuls Bobo, Becca et moi tenions toujours bon.

— Cent ! s'exclama Marshall avant de s'interrompre.

Tous trois, nous nous figeâmes, le dos au-dessus du sol. J'entendais Becca respirer avec difficulté et tentai de ne pas sourire.

— Tenez ! ordonna Marshall et à la force de ma volonté, je conservai cette posture.

— Tenez ! répéta-t-il.

Je commençai à trembler.

— Relâchez, dit-il enfin et je dus faire tout mon possible pour ne pas m'effondrer par terre en émettant le même bruit sourd.

Je parvins à décrocher mes jambes de celles de Becca et à reposer mon dos au sol sans montrer le moindre empressement. Du moins, c'est ce que j'espérais.

Les respirations saccadées emplirent la pièce. Je me tournai vers Bobo. Ce dernier m'adressait un sourire radieux, à quelques mètres de moi.

— Comment on se sent, Lily ? demanda-t-il en haletant.

— J'aurais pu en faire trente de plus, répondis-je sans conviction.

Il eut un petit rire sot.

Aujourd'hui, Marshall ne nous avait pas demandé de mettre nos protections. Sûrement en partie à cause de la présence de Toni (même les étudiants que nous appelions « les nouveaux » venaient depuis un mois), il décida de nous apprendre à pratiquer les libérations. Il y avait environ quatre mouvements simples que chaque novice se devait d'apprendre. Alors que les autres pratiquaient des manœuvres plus complexes, on m'assigna la tâche d'enseigner ces mouvements à Toni. Elle protesta plusieurs fois nerveusement, arguant qu'elle ne faisait que rendre visite à Bobo – elle ne viendrait probablement plus jamais à ce cours. Je continuai tout de même. Personne (et encore moins la timide Toni) n'osait jamais dire *non* à Marshall. Du moins, personne à ma connaissance.

Mon estime pour la fille grimpa au fur et à mesure que je m'entraînais avec elle. Elle faisait de son mieux, même si le seul fait d'être ici la mettait manifestement mal à l'aise. J'appréciais cette détermination – l'admirais même.

— Qu'est-ce que tu es forte ! dit-elle en essayant de ne pas paraître fâchée quand je lui agrippai les poignets en lui demandant de mettre en pratique la méthode de libération que je venais tout juste de lui apprendre.

— Je m'entraîne depuis des années.

— Tu es une sorte d'héroïne pour Bobo, ajouta-t-elle, le regard rivé sur moi pour guetter ma réaction.

Je n'avais aucune idée de ce qu'il fallait répondre à ça. Je tentai de faire comme si de rien n'était, mais elle refusa de bouger quand je lui saisis le poignet, jouant mon rôle d'agresseur. Elle attendit, le visage levé vers le mien.

— Je suis tout sauf une héroïne, répondis-je sèchement. Maintenant, libère-toi de mon emprise !

À la fin du cours, je partis rapidement. Janet avait quitté la salle encore plus vite après m'avoir confié qu'elle avait un rencard ; elle n'était donc pas là pour papoter avec moi à la sortie et la salle de muscu était presque vide. Il me sembla entendre Bobo m'appeler, mais je poursuivis ma route. J'allais le voir le lendemain après-midi, de toute manière.

Chapitre 7

J'étais épuisée, mais incapable de dormir. Continuer de mettre mon lit sens dessus dessous en me tournant et en me retournant ne rimait à rien. Aussi, j'enfilai mon jean dans l'obscurité, un soutien-gorge de sport noir, un vieux tee-shirt noir Nike et mes baskets. Je posai toujours mes clés et mon portable au même endroit, sur la commode ; je les fourrai dans ma poche et me glissai par la porte d'entrée pour aller marcher.

Cette agitation inutile qui habitait mes nuits avait trop duré. Trop de soirées passées à arpenter une ville silencieuse – plus précisément le silence de Shakespeare, ces quatre dernières années. Et avant ça, d'autres endroits, d'autres États : Tennessee, Mississippi. Je foulai le pavé dans un calme absolu.

Quand Jack était avec moi, j'éprouvais rarement ce besoin pressant de déambuler. Quand j'étais dans cet état, je satisfaisais cette agitation d'une manière bien plus intime. Mais ce soir, je me sentais vieille et abattue.

L'un des patrouilleurs de nuit, Gardner McClanahan, me salua quand sa voiture me dépassa au pas. Il se garda bien de s'arrêter pour discuter. Même si Claude ne me l'aurait jamais avoué, j'avais entendu la police municipale m'appeler la Marcheuse nocturne, un jeu de mots en rapport avec une vieille série télé. Chaque officier de patrouille savait pertinemment que j'avais anonymement prévenu la police d'au moins cinq cambriolages et trois problèmes domestiques, mais nous étions tacitement d'accord pour qu'ils prétendent ignorer l'identité de leur informateur. Après ce qui était arrivé l'année précédente, ils connaissaient tous mon passé. Je trouvais très étrange de constater que cela leur inspirait du respect pour moi.

Je ne levai pas la main pour répondre à Gardner, comme je le faisais certaines nuits. Je poursuivis simplement mon chemin.

Quarante minutes plus tard, j'avais fait des tours et des détours, visité les quatre points de la boussole, et je n'étais pourtant toujours qu'à six pâtés de maisons de chez moi. Sur Main Street, je passai devant chez Joe C., songeant une nouvelle fois à sa taille et à son âge, quand soudain, je m'arrêtai net. N'avais-je pas décelé un mouvement dans les buissons du jardin des Prader ? Je baissai la main vers mon téléphone dans ma poche, mais ce n'était pas la peine d'appeler la police si jamais je m'étais trompée. Je me glissai furtivement dans le jardin, me déplaçant aussi silencieusement que possible à travers les massifs d'arbustes.

Oui. Devant moi, quelqu'un bougeait. Quelqu'un vêtu intégralement de noir. Quelqu'un d'aussi rapide et discret que moi. Le lampadaire le plus proche se trouvait à plusieurs rues de là et le jardin était plongé dans les ténèbres.

Il ne me fallut que quelques secondes pour réaliser que l'intrus était en train de s'éloigner de la maison et non de s'en approcher. Je me demandai s'il avait essayé d'ouvrir la porte en espérant pouvoir entrer et commettre un vol.

Je me frayai un chemin aussi discrètement que possible à travers la jungle de Joe C.

Puis je sentis une odeur de fumée. Je me figeai, tournant la tête pour essayer de localiser la provenance de l'émanation entêtante.

Elle venait de la maison. Inquiète, je sentis mes poils se hérisser. Sans même prendre garde de rester silencieuse, je me pressai contre une fenêtre du salon de Joe C., dont les rideaux étaient ouverts, et scrutai l'intérieur de la pièce, pièce que j'avais nettoyée seulement trois jours plus tôt. Maintenant que j'étais sortie des buissons, le lampadaire me donna une légère visibilité. Il n'y avait aucune lumière à l'intérieur, mais j'aurais dû pouvoir distinguer le contour des meubles. À la place, je discernai un mouvement dense dans la pièce. Au bout d'une seconde, je me rendis compte que cette dernière était emplie de fumée ; elle tourbillonnait contre les vitres, comme pour demander à sortir. Le regard plongé dans le nuage sombre et mouvant, je vis le premier départ de flamme.

Je me mis à courir, traversai les myrtes et les camélias trop développés, contournai la maison et grimpai les marches branlantes qui menaient à la porte de derrière. Cette dernière devait être la plus éloignée des flammes. Inutile de perdre du temps à essayer de poursuivre l'intrus. Tandis que je martelais la porte pour réveiller le vieil homme, je sortis mon téléphone de ma poche et composai le numéro des pompiers.

Quand j'eus expliqué la situation à la standardiste, cette dernière me répondit : « Nous serons là dans une minute, Lily », réplique que j'aurais probablement trouvée amusante à un autre moment. L'odeur de fumée redoublait de seconde en seconde. Je rangeai mon téléphone et me risquai à toucher la poignée de porte. Elle n'était pas chaude. Alors que je m'attendais à trouver la porte verrouillée, celle-ci s'ouvrit sans difficulté.

Un voile noir s'échappa en tourbillonnant, accompagné de l'odeur terrible d'objets consumés par le feu. Haletante de peur, je savais que je devais essayer de retrouver Joe C.

J'eus un honteux moment d'hésitation, craignant de me faire piéger si j'entrais. Je savais que je devais refermer la porte derrière moi pour empêcher les courants d'air d'attiser les flammes. Pendant une seconde interminable, je fus terriblement tentée de rester sans bouger sur le perron. Mais je ne pus m'y résoudre. J'inspirai profondément une bouffée d'air frais, puis je pénétrai à l'intérieur de la maison en flammes et refermai la porte pour plus de sûreté.

Je m'apprêtai à allumer les lumières, avant de me raviser. Dans l'obscurité étouffante, je me frayai un chemin à travers la cuisine jusqu'à l'évier double et tâtonnai pour trouver la lavette qui servait à la vaisselle. Je l'humidifiai, la plaquai contre ma bouche et mon nez, et quittai la cuisine en trébuchant pour me diriger vers le couloir menant à la chambre de Joe C.

J'inspirai pour appeler le vieil homme, et mon cri fut mêlé d'une toux rauque. Je distinguai des flammes sur ma droite, dans le salon. La fumée, meurtrière silencieuse et implacable, envahissait le couloir. Je posai une main sur le mur pour m'orienter et sentis sous mes doigts la photo de la mère de Joe C. qui, je m'en souvenais, était accrochée à moins d'un mètre sur la gauche de la porte de la chambre du vieillard. J'entendais maintenant des sirènes, mais personne d'autre que moi ne toussait.

— Joe C. ! hurlai-je, inspirant un peu de fumée qui provoqua une quinte de toux.

J'aurais dû entendre quelque chose. Finalement, après le second appel, il me sembla distinguer une vague réponse. Le feu s'était déclaré dans le salon, se rapprochant du couloir, léchant le mobilier avec une certaine avidité. Je sentis soudain une progression dans son intensité, comme s'il avait avalé un bonbon. Peut-être s'était-il emparé de l'antique secrétaire de Joe C., dont le bois était asséché par un siècle et demi d'utilisation, véritable nourriture pour les flammes.

La porte de la chambre de Joe C. était fermée. Je ne savais pas si c'était ou non dans ses habitudes. Je tournai la poignée et elle s'ouvrit. Au moins, j'avais de la chance avec les portes, ce soir.

— Joe C. ! appelai-je d'une voix rauque. Où êtes-vous ?

Je pénétrai prudemment dans la chambre et fermai la porte derrière moi.

— Ici, dit une faible voix. J'essaie d'ouvrir cette foutue fenêtre.

La chambre et la cuisine étant situées à l'arrière de la maison, loin de la lueur du lampadaire, entre la fumée et l'obscurité naturelle, je n'aurais su dire où se trouvait le vieil homme.

— Dites quelque chose !

Je commençai à avancer à tâtons dans la pièce, heurtant la colonne de lit au passage, ce qui me permit de me situer.

Joe prononça deux ou trois choses que je me garderai de répéter.

Je finis enfin par le rejoindre, et en l'entendant commencer à tousser violemment, je sus qu'il n'allait pas tenir longtemps. Je suivis ses mains pour repérer les deux loquets de la fenêtre et pris le relais pour essayer de les tourner. Le droit ne posa aucun problème, mais le gauche était très rigide. Je luttai pour le décoincer, décidant de briser la vitre s'il ne lâchait pas dans la seconde.

— Bon sang, femme, sortez-nous d'ici ! dit Joe C. avec empressement. Les flammes ont atteint la porte !

Puis il fut secoué d'une nouvelle quinte de toux.

Je regardai par-dessus mon épaule et vis que la porte commençait à craqueler, des fissures rouge vif. Si je touchai la poignée maintenant, j'allais me brûler les mains.

Tout comme mon corps tout entier si cette foutue fenêtre… là ! Le loquet céda, je baissai les mains pour saisir les poignées et tirai de toutes mes forces. La fenê-tre, que je m'étais attendue à voir résister, s'ouvrit brus-quement et je faillis perdre l'équilibre. Je passai la main dans l'ouverture et rencontrai une moustiquaire. Merde.

Je reculai d'un pas, levai la jambe et l'enfonçai contre l'obstacle. La moustiquaire sauta comme le bouchon d'une bouteille et je déclarai, entre deux spasmes de toux sèche :

— Je sors en premier, ensuite je vous aide à passer par-dessus et je vous réceptionne, Joe C.

Il s'agrippa à moi, une ombre dans l'obscurité étouf-fante, et je dus retirer ses mains pour passer la jambe par-dessus le rebord de la fenêtre. Bien sûr, les buissons étaient épais au-dessous, et dans la mesure où la mai-son était surélevée, le sol devait être à une trentaine de centimètres plus bas que dans mon esprit. Je n'atterris pas bien à plat sur mes pieds mais me déportai sur le côté et m'agrippai aux branches pour ne pas finir par terre. Puis, après avoir repris l'équilibre, je me tournai et tendis les mains jusqu'à réussir à les caler sous les ais-selles de Joe C.

— Agrippez-vous à mes épaules ! le pressai-je, et il enfonça ses doigts osseux dans ma peau.

Je reculai légèrement le pied gauche pour rester sta-ble, et soulevai. À cause de la hauteur de la fenêtre, l'inclinaison était mauvaise : j'étais trop petite pour avoir une bonne prise. Je tirai petit à petit Joe C. à mi-chemin de la sortie. Il se mit à crier. Je fis deux petits pas en arrière et tirai de nouveau, les épaules au supplice sous l'effort. Le vieil homme se dégagea un peu plus. Je répétai le procédé, mais Joe C. commençait à hurler sérieusement. Je tendis le cou pour voir derrière lui et constatai que son pied gauche était coincé au niveau de l'appui de la fenêtre, dans un angle assez inquiétant.

Pendant un instant, je fus prise de panique. Pour me sauver moi – et le sauver *lui* – je ne savais pas comment j'allais pouvoir l'extraire de là. Heureusement, je n'eus pas à résoudre ce problème. Une véritable agitation régnait maintenant autour de la maison. Jamais je ne fus aussi heureuse qu'en voyant le pompier qui me poussa pour décoincer le pied de Joe C. et le sortir de là. Je trébuchai sous le poids du vieillard et instantané-ment, des hommes m'aidèrent à me relever et transpor-tèrent à la hâte le rescapé dans une ambulance.

Ils essayèrent de faire de même avec moi, mais je résistai. Je ne suis pas une martyre, mais je n'ai qu'une assurance maladie minimale et je pouvais encore marcher.

Je m'assis sur le hayon du pick-up du chef des pom-piers pendant que deux d'entre eux m'administraient de l'oxygène, ce qui eut un effet fort agréable sur mes pou-mons. Ils me firent passer un examen de contrôle ; pas la moindre brûlure. J'empestais la fumée et je n'étais pas certaine de pouvoir respirer de nouveau normale-ment un jour, mais pour le moment, il s'agissait de considérations mineures. Six pompiers au moins me répétèrent combien j'avais eu de la chance. Ils ajoutè-rent également que j'aurais dû attendre leur aide pour sortir Joe C. Je me contentai de hocher la tête ; nous savions tous pertinemment que si j'avais attendu, Joe C. n'aurait pas eu une seule chance.

Quand ils furent assurés que j'allais bien, les deux hommes qui s'étaient occupés de moi allèrent prêter main-forte de l'autre côté de la rue, une activité certainement plus excitante pour eux. Je ne savais pas s'ils allaient réussir à éteindre le feu avant que le premier étage s'effondre, mais dans tous les cas, Joe C. n'allait jamais pouvoir réaliser le souhait qu'il exprimait souvent : mourir chez lui.

Progressivement, malgré le vacarme qui persistait autour de moi, je parvins à penser à autre chose qu'à la frayeur que je venais d'avoir. Je pus réfléchir à ce que j'avais vu.

— Vous vous sentez mieux ? demanda une voix nasillarde. (Je hochai la tête sans lever les yeux.) Alors, vous voulez bien me dire comment vous vous êtes retrouvée ici ?

Celui qui me posait la question était Norman Farraclough, le second de Claude. On le surnommait « Jump » Farraclough, la conséquence d'une histoire que je n'avais jamais totalement comprise. Je l'avais croisé plusieurs fois. Il semblait toujours porter un jugement sur moi en réserve, jusqu'à ce qu'il ait le loisir de m'observer un peu plus longtemps. En réalité, je ressentais à peu près la même chose à son égard.

Jump était un haltérophile qui s'entraînait tard le soir, quand son quart le lui permettait. Il arrivait souvent chez Body Time alors que je sortais du cours de karaté. L'adjoint au chef de la police avait un nez fortement recourbé, une petite moustache et un corps gonflé qui lui donnait une drôle d'allure dans son uniforme bleu.

Le chef des pompiers, Franck Parrish, qui tenait son casque par la sangle, s'approcha de Jump, et ils me regardèrent tous deux, dans l'expectative.

110

J'expliquai très lentement que j'étais passée devant la maison de Joe C. Lentement, non seulement parce que le simple fait de respirer n'était pas encore un acte naturel, mais aussi parce que je voulais m'assurer de ne pas faire la moindre erreur dans mon récit, de ne pas faire une déclaration ambiguë. Je leur confiai avoir aperçu quelqu'un dans le jardin, senti une odeur de fumée et trouvé la porte de derrière ouverte.

Le visage de Jump resta inexpressif, mais Franck était franchement troublé par mon histoire.

— C'était un homme ou une femme ? demanda-t-il quand j'eus terminé.

— Je ne saurais le dire.

— Dans quelle direction est-il parti ?

— Vers l'arrière du jardin, mais il n'y a pas de clôture. Il a pu aller n'importe où ensuite.

— Et donc, la porte de derrière n'était pas fermée à clé ?

Je poussai un soupir que j'espérai inaudible.

— C'est ça.

C'était la troisième fois que Franck me posait la question.

— Vous travaillez pour Joe C., n'est-ce pas ?

Jump s'accroupit pour pouvoir me regarder droit dans les yeux. Si c'était une tentative d'intimidation, elle ne fonctionna pas.

— Oui.

— Vous vous entendez bien, tous les deux ?

— C'est un vieux dégueulasse, répondis-je.

Voilà qui les choqua, m'entendre dire à voix haute ce que tout le monde savait déjà.

— Mais vous êtes entrée pour le sauver ?

— Évidemment que je suis entrée.

Même si je commençais à le regretter.

— Ce terrain vaut un sacré paquet de pognon, remarqua Franck dans la fraîcheur du soir.

Je n'avais aucune réponse à lui donner. Je voulais prendre une douche, me débarrasser de cette horrible odeur de fumée. Je ne voulais plus jamais la sentir.

— Je vais rentrer chez moi, déclarai-je en me levant et en commençant à m'éloigner.

— Oh là, une minute ! s'exclama Jump en me rattrapant. Écoutez, ma petite dame, vous n'avez plus aucun privilège maintenant que votre copain est parti.

— C'est de votre *patron* que vous parlez ? Le patron au mariage duquel j'ai assisté ? En tant que *meilleure amie* de sa femme ?

Ce comportement ne me ressemblait pas, mais j'allais faire tout mon possible pour m'éloigner de ce feu, de cette vieille maison et de toute cette fumée.

— Ça ne prend pas avec moi, déclara Jump, mais je ne le croyais pas.

— C'est votre testostérone qui parle, lui dis-je. (Il ne put s'empêcher de baisser les yeux.) J'ai vu un départ d'incendie, je l'ai signalé en bonne citoyenne et j'ai aidé un vieil homme à échapper à la mort. Vous pouvez trouver quelque chose de louche là-dedans si vous voulez, mais je ne pense pas que ça mène à grand-chose.

Puis j'allongeai le pas, le laissant sur place, le regard braqué sur moi avec une expression d'irritation déconcertée sur son visage sombre.

Chapitre 8

Le lendemain matin, je dormis tard. J'avais dû éteindre mon réveil sans même m'en rendre compte, car quand je vérifiai l'heure, je m'aperçus que j'étais censée avoir commencé mon premier ménage du samedi matin. Je laissai mon lit défait, mon petit déjeuner intact, et arrivai au bureau de Carrie groggy et sans maquillage. Mais personne n'était là pour voir quoi que ce soit, et j'accélérai donc le rythme pour achever mon travail au cabinet avant de me rendre à l'agence de voyages.

J'avais mis si efficacement mon adrénaline à profit que je finis même en avance. En rentrant chez moi, je m'effondrai sur ma table de cuisine en essayant de décider quoi faire du reste de ma journée. D'habitude, je passe mes samedis à faire des courses et à nettoyer mon intérieur. Je tentais de me rappeler ce que j'avais prévu d'autre.

Oh. C'était les funérailles de Deedra. Janet allait venir dans moins d'une heure pour m'y accompagner. Puis Bobo devait passer, dans un but indéterminé. Et je devais tout de même faire des courses et le ménage, puisque Jack arrivait le lendemain.

Tout ce que je voulais, c'était dormir, ou louer un film et m'avachir dans mon fauteuil. Mais à la place, je me relevai et allai prendre une douche chaude.

Quand Janet frappa à la porte quarante-cinq minutes plus tard, j'étais maquillée et j'avais revêtu mon tailleur noir, avec des bas et des chaussures à talons qui me donnaient l'impression d'être une étrangère pour moi-même. Je venais de terminer de me préparer et allai ouvrir la porte d'entrée tout en finissant d'accrocher ma boucle d'oreille gauche.

— Lily, tu es belle en noir, me dit Janet.

— Merci. Toi aussi tu es très bien.

C'était la vérité ; Janet portait une robe fourreau couleur noisette avec une veste aux teintes marron, or et vert, ce qui mettait en valeur son teint et sa silhouette.

Il était l'heure de partir, j'attrapai donc mon sac et verrouillai la porte derrière moi.

— Oh, au fait, reprit Janet, j'ai dit à Becca qu'on passerait la prendre à la résidence.

Je haussai les épaules. Je ne comprenais vraiment pas pourquoi les gens avaient besoin d'être ensemble pour se rendre à des funérailles, mais je n'émis aucune objection.

Becca sortit par les grandes portes de la résidence à l'instant précis où nous y arrivions. Elle portait une robe bleu foncé à gros pois polka blancs et avait relevé ses cheveux sous un chapeau de paille bleu marine. Avec son maquillage théâtral habituel, Becca semblait tenir un petit rôle dans un film où il s'agissait de charmer d'excentriques hommes du Sud.

— Ohé ! lança-t-elle toute guillerette ; je la dévisageai. Désolée, ajouta-t-elle après une seconde, il faut que je me calme. C'est que je viens juste d'apprendre une bonne nouvelle et je ne me la suis pas encore sortie de la tête.

— On peut savoir ? demanda Janet.

Ses yeux bruns et ronds jaillissaient presque de leurs orbites sous l'effet de la curiosité.

— Eh bien, répondit Becca, rose de plaisir... si Revlon ne s'en était pas déjà chargé, mon frère va venir me voir.

Janet et moi échangeâmes un regard entendu. Becca n'avait mentionné son frère Anthony qu'une fois ou deux, et Janet s'était un jour demandé à voix haute pourquoi c'était Becca qui avait hérité de la résidence. Pourquoi ne pas avoir fait un partage équitable entre frère et sœur ? Je n'avais pas répondu, car la façon dont Pardon avait géré ses biens ne me regardait absolument pas, mais j'avais dû admettre en mon for intérieur que cet héritage unique pour Becca m'avait semblé quelque peu insolite. Maintenant que nous allions rencontrer le frère, nous allions peut-être découvrir la raison pour laquelle Becca avait été favorisée.

D'une voix polie, Janet déclara :

— Très bien.

Nous étions trop près de l'église pour continuer cette conversation.

Distraite par l'humeur et la nouvelle de Becca, je n'avais pas remarqué que notre petite rue était embouteillée. Des voitures étaient garées des deux côtés de Track Street et jusqu'à l'angle, d'après ce que je pus voir. Track Street est au carrefour de trois rues disposées comme un U incliné sur la gauche. Le jardin botanique remplit la partie vide du U et l'Église réunie de Shakespeare se trouve sur la barre supérieure. C'est une église chrétienne fondamentaliste avec un pasteur, Joel McCorkindale, qui sait lever des fonds comme personne. Beau et rayonnant, Joel ressemblait à une star de western avec sa coupe de cheveux ras et ses dents blanches et parfaites. Sa moustache était taillée avec tant de précision qu'il semblait pouvoir couper sa viande avec.

L'ERS, comme l'appelaient tous les Shakespeariens, avait ajouté deux ailes à sa structure au cours des trois dernières années. Elle comporte une garderie, une maternelle et un gymnase pour les adolescents. Les gens devaient trouver le temps d'aller à la messe le dimanche, quelque part entre le Rendez-vous des Célibataires, la chorale et des cours du genre « Comment contenter son mari dans un mariage chrétien ». J'y avais travaillé une ou deux fois, et le révérend McCorkindale et moi avions eu quelques conversations très intéressantes.

Le clocher se mit à sonner impérieusement à l'instant où nous montions toutes les trois la légère pente qui menait à l'entrée de l'église. Le corbillard blanc des Pompes funèbres Shields était aligné, avec sa limousine, parallèle au trottoir directement devant l'église et, à travers les vitres fumées du véhicule, je distinguai la famille qui attendait pour entrer. Même si je ne voulais pas les dévisager, j'eus du mal à m'en empêcher. Lacey semblait accablée et désespérée. Jerrell, lui, semblait résigné.

Janet, Becca et moi passâmes les portes principales et fûmes escortées jusqu'à notre banc par un placeur. Je m'assurai que Becca passe la première pour qu'il saisisse son bras plutôt que le mien. L'église était pleine de gens pâles aux vêtements sombres. Les rangs réservés à la famille, le premier laissé vide pour Lacey et Jerrell, étaient occupés par tous les cousins, oncles et tantes de la défunte, et je distinguai la tête blonde de Bobo à côté de celle, plus sombre, de Calla Prader. J'avais oublié que Deedra était la cousine de Bobo.

Le placeur nous fit signe de prendre place au fond d'un banc situé vers le milieu. Nous étions arrivées au

116

bon moment, puisque c'était le dernier endroit pouvant accueillir trois personnes ensemble. Janet regarda autour d'elle avec curiosité. Becca étudia le programme que nous avait donné le placeur. J'aurais aimé être ailleurs, n'importe où. Jack serait là demain et j'avais beaucoup à faire ; je m'inquiétais de sa visite, des problèmes que nous allions rencontrer. Le parfum des gerbes de fleurs embaumait l'église entière et s'ajoutait à celui de toutes les personnes présentes ; je commençais à avoir mal à la tête.

Joel McCorkindale, dans une robe de cérémonie noire dont les manches étaient ornées de bandes de velours plus noires encore, apparut à l'avant de l'église quand l'orgue eut achevé ses morceaux mornes et lugubres. Tout le monde se leva et, avec toute la solennité professionnelle requise, l'équipe des pompes funèbres (un homme et une femme de la famille Shields) poussa le cercueil muni de roues dans l'allée. Derrière le cercueil suivaient les croque-morts, deux par deux, portant chacun une rose à son revers et marchant lentement, les yeux baissés. Il n'y avait que des hommes et, en observant leurs visages, je me demandai combien parmi eux avaient connu intimement le corps qui les précédait dans l'église. C'était une pensée grotesque dont je n'étais pas fière. La plupart des hommes étaient assez âgés, de l'âge de Jerrell ou Lacey, ces derniers arrivant sur les talons des croque-morts.

Lacey s'agrippait à Jerrell et il dut lui venir en aide pour atteindre leur banc. Quand le couple passa à côté du reste de la famille, je me demandai soudain pourquoi Becca était assise à côté de moi plutôt que de l'autre côté de l'église. Elle aussi était une cousine de Deedra, même si elle n'avait pas eu vraiment l'occasion de la connaître.

La semaine avait été chargée pour le clan Prader/ Dean/Winthrop/Albee. Combien d'entre eux pensaient à

117

l'incendie de la maison de Joe C. la nuit précédente plutôt qu'au meurtre de la femme dans le cercueil ?

Quelques personnes se glissèrent sur les bancs du fond tandis que les placeurs fermaient les portes. L'église était pleine à craquer. Non seulement Deedra avait été trop jeune pour mourir, mais elle avait été assassinée. Le facteur curiosité était donc sans doute pour beaucoup dans cette affluence.

Peut-être parce que j'étouffais – la pression du monde et le parfum de fleurs entêtant me submergeaient presque – je me surpris à me demander s'il y aurait eu autant de monde à mes obsèques, si j'étais morte quand on m'avait enlevée des années plus tôt. Il n'était que trop facile pour moi de visualiser mes parents en train de suivre le cercueil, et j'étais même assez certaine de connaître l'identité de mes croque-morts...

Je me forçai à revenir à la réalité. Il y avait quelque chose de concupiscent et malsain à imaginer mes funérailles.

La cérémonie se déroula à peu près comme je l'avais prévu. Nous écoutâmes deux chanteuses qui interprétèrent deux vieux standards, « Amazing Grace » et « What a Friend we Have in Jesus ».

N'étant moi-même pas dépourvue de cordes vocales, les résultats furent intéressants, mais cela s'arrêtait là. Personne, ici à Shakespeare, ne savait que je chantais régulièrement, par le passé, pour des anniversaires et des enterrements dans ma petite ville natale, et ça me convenait très bien. J'étais meilleure que la femme qui chanta « Amazing Grace », mais je n'avais pas la même tessiture que celle qui interpréta la deuxième chanson.

Je soupirai et croisai les jambes. Janet gardait le regard convenablement fixé sur les chanteuses et Becca examinait ses cuticules, retirant un bout de fil de la monture sertie de sa bague en diamant.

J'aurais dû me douter que Joel McCorkindale n'allait pas laisser passer une pareille occasion et faire un éloge tout simple s'il avait décidé de mettre un fait en évidence. Sans surprise, il fonda son sermon sur un passage des *Thessaloniciens* où Paul nous prévient que le jour du Seigneur va arriver à la manière d'un voleur dans la nuit.

Le pasteur en fit tout un plat, plus encore que je m'y étais attendue. La teneur de son discours consistait à montrer que quelqu'un avait usurpé les droits de Dieu en prenant la vie de Deedra. Finalement, je finis par m'assombrir, avec l'impression qu'il s'agissait là d'un affront. Il éloignait le cœur des funérailles de la personne de Deedra, qui était tout de même la défunte ici présente, pour se concentrer sur l'homme qui l'avait tuée.

Ce qui m'effraya, c'est de voir que les membres de la congrégation, habitués à son style de prédication, se mirent à approuver à voix haute les points qu'il soulignait. De temps en temps, un homme ou une femme levait les mains au-dessus de sa tête et déclarait « Amen ! Loué soit le Seigneur ! »

Je tournai légèrement la tête pour voir la réaction de Janet. Ses yeux s'arrondirent, et quand elle vit que j'étais aussi stupéfaite qu'elle, elle les écarquilla de manière significative. Je n'avais jamais vu une église où il est parfaitement normal pour les membres de la congrégation de s'exprimer à voix haute et, d'après la mimique de son visage, Janet non plus. Becca, de son côté, souriait légèrement, comme si tout ça était une prestation, une mise en scène à son intention de spectatrice.

Je m'aperçus que ceux qui avaient l'habitude de venir à cette église étaient totalement à l'aise avec ce, cette... pratique participative. Malgré tout, j'étais terriblement embarrassée, et quand je vis Lacey se pencher en avant

119

sur son siège, les mains jointes au-dessus de sa tête, les larmes roulant sur ses joues, je faillis me lever et partir. Je ne m'étais moi-même jamais adressée à Dieu, toute inclination pour la foi m'étant devenue impossible après ce fameux été à Memphis ; mais si je devais avoir de telles conversations, je savais qu'elles auraient lieu en privé et que personne ne serait au courant. En réalité, je m'en fis même la promesse.

Janet et moi fûmes si heureuses quand le service se termina que nous dûmes nous retenir de ne pas quitter l'église en courant. Becca semblait intriguée par l'expérience dans son ensemble.

— Est-ce que vous avez déjà vu un truc pareil auparavant ? demanda-t-elle, mais d'une voix qui n'était pas assez basse à mon goût.

Nous étions toujours à côté des proches en deuil, qui se dispersaient pour monter dans leurs voitures et se rendre au cimetière.

Janet secoua la tête en silence.

— Qui sait ce qu'il va se passer devant la tombe ! ajouta Becca, heureuse à cette perspective.

— Tu devras rentrer avec Carlton, dis-je en désignant du menton mon voisin qui sortait tout juste de l'église. Je rentre chez moi.

Je commençai à m'éloigner et Janet trotta derrière moi.

— Attends, Lily ! Je ne pense pas non plus aller au cimetière. Cet office m'a un peu retournée. J'imagine que les Méthodistes sont trop coincés pour être aussi... ouverts émotionnellement.

— Ouverts, raillai-je en continuant de marcher. Ça ne m'a pas plu.

— L'église, tu veux dire ? Les gens ?

Je hochai la tête.

120

— Eh bien, moi non plus je n'ai pas été élevée comme ça, mais ça a semblé leur faire du bien, fit prudemment remarquer Janet. Je ne sais pas, ça a dû les rassurer. (Je haussai les épaules.) Bon, qu'est-ce que tu fais, maintenant ?

— Je vais appeler l'hôpital.

— Pourquoi ?

— Joe C.

— Oh, oui, il y a eu un incendie chez lui hier, c'est ça ? J'acquiesçai.

— À plus tard, lançai-je à Janet, avant de me forcer à ajouter : Merci d'être venue avec moi.

Janet sembla ravie.

— Je t'en prie. Merci de m'avoir laissée utiliser ton allée !

Elle monta dans sa Toyota rouge et démarra le moteur, avant de me faire un signe tout en reculant.

La rue était bondée de voitures qui s'éloignaient en direction du cimetière. Debout devant ma porte d'entrée, je la vis se vider de toute sa vie comme un film accéléré. Seule une Jeep resta stationnée plus haut dans la rue. J'étais seule avec les arbres du jardin botanique de l'autre côté de la rue.

Non, pas tout à fait seule. Quand je fis un pas en arrière pour rentrer chez moi, je vis un homme descendre de la Jeep et commencer à se diriger vers moi.

Je réalisai avec surprise qu'il s'agissait de Bobo, et me rappelai notre rendez-vous. Tout en marchant, il desserra sa cravate avant de la retirer et de la fourrer dans la poche de son costume sombre. Il ouvrit un bouton de son col avec des doigts bronzés et passa sa main dans ses cheveux.

Soudain, l'exaltation post-funérailles de me sentir vivante me frappa. Je sentis le crépitement de la foudre sur le point de s'abattre. L'homme sur le trottoir qui se dirigeait vers moi le sentit aussi. Il accéléra le pas jusqu'à être sur le point de courir, en gardant toute son attention fixée sur moi. Quand il arriva devant ma porte, sans dire un mot, il me serra dans ses grands bras et m'embrassa passionnément.

Mon cerveau me criait *repousse-le !* mais mon corps n'écoutait pas. J'emmêlai mes doigts dans les cheveux de Bobo, mon bassin fermement pressé contre le sien, et lui rendis son baiser avec la même fougue.

À la vue du premier passant venu.

Ce dut être précisément ce qui vint à l'esprit de Bobo car il me poussa quelque peu à l'intérieur de la maison en titubant et, d'une main, il ferma la porte derrière nous.

Il me mordit dans le cou et je grognai en me plaquant contre lui. Puis mon haut fut soudain déboutonné, et les mains de Bobo glissées à l'intérieur pour me caresser à travers mon soutien-gorge. Bobo grogna à son tour et je passai les mains sous sa veste pour m'agripper à ses fesses. Puis, notre rythme s'accorda et sans savoir comment, il toucha précisément le bon endroit et je vis des étoiles. Il gémit et je sentis l'avant de son pantalon s'humidifier.

Il n'y eut plus alors que le son de nos halètements.

— Par terre, suggéra Bobo, et nos genoux se dérobèrent.

Mon salon n'est pas très grand et il n'y a pas beaucoup d'espace au sol. J'étais assise juste à côté du jeune homme affalé par terre et mon sang battait toujours fort dans mes veines.

Mais après quelques secondes seulement, l'erreur stupide que je venais de commettre me submergea. Avec quelqu'un que je considérais comme un ami, en plus. La veille du retour de Jack.

Toutes ces années passées à faire tant d'efforts pour ne pas commettre d'impair venaient de partir en fumée.

— Lily, dit une voix douce.

Bobo se soutenait sur un coude à côté de moi. Son visage avait retrouvé ses couleurs normales et il avait repris son souffle. Sa main dut traverser une distance infinie pour prendre la mienne.

— Lily, ne sois pas triste.

J'étais incapable de parler. Je me demandais même si Bobo avait vingt et un ans. Je me traitais intérieurement d'imbécile dépravée dans les termes les plus rudes. J'avais envie de me cogner littéralement la tête contre un mur.

— C'était une pulsion, dit-il.

Je pris une profonde inspiration.

— Oui, répondis-je.

— Ne sois pas si contrariée, répéta-t-il. Je ne veux pas être cru, Lily, mais c'était qu'une baise à sec.

Je n'avais jamais entendu cette expression auparavant.

— Tu as presque souri, j'ai vu ta bouche remuer, fit-il, ravi.

Je repoussai ses cheveux en arrière pour libérer son front.

— Est-ce qu'on peut faire comme si ça n'était jamais arrivé ?

Ma voix tremblait moins que je l'avais craint.

— Non, je crois pas. Ce que c'était, c'était génial. J'ai toujours eu un truc avec toi. (Il porta ma main à ses lèvres et l'embrassa.) Mais j'ai jamais rien imaginé de ce genre-là. C'était la fièvre des funérailles. Tu sais, elle est morte mais nous, on est vivants. Le sexe, c'est un super-moyen de se prouver qu'on est en vie.

— Quelle sagesse…

— Il est temps que tu fasses un break, que tu laisses quelqu'un d'autre s'occuper de la sagesse.

— Je fais plein de choses qui ne sont pas si malignes, répliquai-je, incapable de masquer l'amertume dans ma voix.

— Lily, ça n'arrivera plus jamais. Tu ne le permettras pas. Alors soyons complètement honnêtes l'un envers l'autre.

Je ne savais pas trop où ça allait nous mener. J'attendis qu'il poursuive.

— Je ne sais pas combien de fois j'ai fantasmé sur toi quand ma mère t'avait engagée. Quand tu sais qu'une femme superbe et mystérieuse nettoie ta chambre, c'est sûr qu'on en vient à imaginer... et si ? Mon fantasme préféré...

— Non, pitié, le coupai-je.

— Oh, d'accord. (Il eut la délicatesse de paraître légèrement embarrassé.) Mais tout ça pour dire que je *sais*... je sais que ce n'était qu'un fantasme, que tu es réelle, qu'on ne se met pas ensemble. Je sais que tu m'aimes bien juste comme... un ami.

Un peu plus que ça, songeai-je avec regret. Mais je me gardai bien de le dire à voix haute.

— Tu ne me connais pas vraiment, lui dis-je aussi gentiment que j'en étais capable.

— Je sais beaucoup de choses sur toi que tu n'admets pas toi-même, rétorqua-t-il.

Je ne comprenais pas.

— Tu sauves des vieillards de bâtiments en feu. Tu as sauvé la vie de Jack Leeds et tu l'as presque payé de la tienne. Tu es prête, et suffisamment courageuse, pour risquer ta vie pour protéger les autres.

Quelle mauvaise interprétation !

— Non, non, non ! protestai-je avec colère.

Il fit un geste avec ses mains. Je me redressai et tendis la main vers la pile de linge plié sur la chaise, linge que je n'avais pas eu une minute pour ranger aujourd'hui. Je

124

lui donnai une petite serviette et il se mit à tamponner l'avant de son pantalon, en tentant péniblement de ne pas paraître gêné.

— Tu fais ce genre de choses. Tu es courageuse.

Il avait un ton catégorique, définitif.

Je ne voulais pas entendre de discours encourageant de la part de Bobo Winthrop. J'allais regretter ce qui venait de se passer pendant très, très longtemps.

— Et tu es intelligente, tu travailles dur et tu es vraiment, vraiment très jolie.

Subitement, des larmes naquirent derrière mes cils. L'humiliation finale, j'imagine.

— Il faut que tu partes, dis-je brusquement.

Je me penchai pour l'embrasser sur la joue. Pour la dernière – et unique – fois, je le serrai contre moi après que nous nous fûmes relevés.

— Maintenant, tu y vas, et ça ira mieux dans une semaine ou deux, entre nous, lui dis-je, espérant que ce soit la vérité.

Il me regarda très sérieusement, avec un visage si solennel que j'eus peine à le supporter.

— Je dois te dire quelque chose d'autre, insista Bobo. Écoute-moi, Lily. Je change de sujet, là.

Je hochai la tête, à contrecœur, pour lui montrer que je l'écoutais.

— Cet incendie a été provoqué. Le chef des pompiers est venu le dire à Calla ce matin, et elle a appelé toute la famille. Pas Lacey, bien sûr, mais tous les autres. Quelqu'un a essayé de tuer Joe C., mais tu l'en as empêché.

Je ne prêtai nulle attention à la nouvelle nuance d'encouragement dans le discours de Bobo, et me concentrai sur la première phrase. Je n'étais pas surprise. En fait, j'avais même tenu pour acquis que la personne aperçue dans le jardin de Joe C. était bien celle

125

qui avait allumé le feu. Intrus + feu soudain = incendie volontaire.

— Comment s'est-il déclaré ?

— Un paquet de cigarettes. Pas une seule cigarette, mais un paquet entier. Elles ont été allumées sur le canapé. Mais les flammes ont fui le canapé et ne l'ont pas consumé, donc il y avait toujours des traces.

— Comment va Joe C. ? demandai-je.

Il sembla surpris pendant une minute, comme s'il s'était attendu à une exclamation de ma part et à une question différente.

— Rien ne peut tuer Joe C., déclara Bobo, presque avec regrets, en repoussant ses cheveux de son front. C'est comme un cafard humain. Hé, t'as de nouveau les lèvres qui ont bougé !

Je détournai les yeux.

— Lily, ce n'est pas la fin du monde.

Je vis que je lui faisais du mal et ce n'était pas ce que je voulais. J'aurais voulu n'avoir *rien* fait de tout cela aujourd'hui.

Et j'étais bien décidée à rester sur un sujet qui ne me concernait pas.

— Si Joe C. était mort, qui aurait hérité ? demandai-je.

Bobo devint tout rouge.

— Je ne suis pas censé connaître la réponse, mais je la connais, avoua-t-il. Parce que j'ai vu une copie du testament chez Joe C. Il l'avait fourré dans le vieux secrétaire. J'ai toujours aimé ce bureau. Zut, j'imagine qu'il est carbonisé maintenant. Mais je jouais avec depuis tout petit, tu sais, à fouiller dans les petits compartiments secrets qu'il m'avait montrés.

— Le testament était là ? fis-je pour l'inciter à continuer en voyant que les souvenirs lui revenaient en mémoire.

126

— Oui. La dernière fois que je suis allé voir Joe... la semaine dernière, je crois... j'étais assis dans le salon avec Toni pendant que tante Calla aidait Joe C. à remettre ses chaussures après sa sieste. Il avait demandé à tous les adultes de venir – petits-enfants, nièces et neveux, Deedra, moi, Amber et Howell III, Becca. Les trois autres vivent en Caroline du Nord... Et donc, je montrais à Toni l'endroit où il faut pousser pour ouvrir le compartiment. Et voilà où il était. Je ne pensais pas à mal en le lisant, je te le jure.

Après avoir été sa maîtresse sexy pendant une courte période, voilà que je redevenais pour Bobo la femme avisée qui devait approuver ses actes. Je soupirai.

— Qu'est-ce qu'il disait ?

— Il y avait un tas de vocabulaire d'avocat, répondit Bobo avec un haussement d'épaules. Mais ce que je peux te dire, j'imagine, c'est que grand-oncle Joe C. a laissé une chose, un meuble, à chacun de nous, les enfants Winthrop. Amber, Howell III et moi pouvions chacun choisir un objet. J'espérais pouvoir avoir le bureau. Je me suis dit qu'il faudrait que j'essaie de faire mon choix le premier. Maintenant, tout a brûlé ou bien est abîmé par l'eau, j'imagine.

Il sourit, son beau sourire, amusé et confus de sa cupidité.

— Bien sûr, le principal, c'est la maison. Joe C. laisse le produit de la vente à ses arrière-petits-enfants. Les trois enfants de Walker, les deux d'Alice Whitley et pour Lacey... oh, mais... Deedra est morte, résuma lentement Bobo.

J'assimilai lentement cette nouvelle en songeant qu'il était tout aussi intéressant de voir ceux que Joe C. avait intégrés au testament, que ceux qu'il en avait exclus.

— Rien pour Calla, soulignai-je. C'est une petite-fille.

Bobo eut l'air horrifié.

— Mais elle s'occupe de lui depuis des années ! s'exclama-t-il.

Je repensai au grand-père de Bobo. Il n'avait été qu'un beau-frère pour Joe C., mais ils venaient du même moule. Je me demandai de quoi les mères de Shakespeare avaient nourri ces hommes, à cette époque, pour les rendre aussi méchants.

— Est-ce que quelqu'un d'autre est au courant ?

— Ouais. Enfin, j'imagine, je ne sais pas, murmura-t-il.

Il semblait toujours bouleversé par la mesquinerie de son grand-oncle.

Ses pensées durent suivre le même cheminement que le mien, car il me demanda soudain :

— De quel genre de personnes je *suis issu, moi* ?

— Tu viens de tes parents, et ce sont tous les deux des gens charmants.

J'avais des réserves quant à sa mère, mais ce n'était pas le moment d'y penser.

— Ton père est un homme gentil, dis-je, sincère. Ta grand-mère est une vraie dame.

Ce qui englobait des attributs moins plaisants tout comme d'autres beaucoup plus nobles, mais là encore, j'étais toujours plus habile à taire les choses qu'à les exprimer. Parfois, c'était la meilleure attitude.

Bobo sembla un peu moins triste.

— Et toi, tu es un homme bien.

— Tu le penses ?

— Tu sais bien que oui.

— C'est ce que tu aurais pu me dire de mieux.

Il m'observa sobrement pendant une longue minute avant qu'un sourire vienne fissurer sa façade rigide.

— Plutôt que de m'appeler ton incroyable étalon et ton esclave sexuel pour l'éternité.

Tout à coup, je me sentis mieux. Je constatais que notre brève connexion charnelle avait disparu et que notre vieille camaraderie l'avait remplacée ; que nous allions effectivement réussir à oublier les vingt minutes passées, ou du moins les excuser sans trop de problèmes.

Mais Jack arrivait toujours le lendemain, et le répit que je m'étais accordé face au dégoût que je m'inspirais fut de nouveau englouti sous le flot d'angoisse provoqué par l'idée de le revoir.

Bobo leva une main pour me toucher les cheveux, ou me caresser le cou, mais quelque chose sur mon visage lui fit interrompre son geste.

— Au revoir, Lily.

— Au revoir, répondis-je calmement.

Il ouvrit la porte d'entrée et boutonna sa veste pour couvrir, au moins partiellement, la tache à l'avant de son pantalon. Il se tourna à demi après avoir passé le perron.

— Tu penses que Calla pourrait faire ça ? demanda-t-il, comme s'il questionnait un étudiant sur les parts sombres du cœur humain. Tu penses qu'elle pourrait faire ça à Joe C. ? Allumer un incendie ? La porte était ouverte. Elle a les clés.

— Je pense qu'elle pourrait vouloir qu'il meure si elle connaissait le testament, répondis-je honnêtement.

Il fut surpris, mais il sembla me croire sur paroles.

En secouant la tête, il s'éloigna dans la rue pour retrouver sa Jeep, sa petite amie et ses parents.

Et je restai seule avec ma foutue conscience.

Chapitre 9

Je venais de ranger mes courses quand j'entendis un léger coup frappé à ma porte d'entrée.

Becca Whitley se tenait là, le maquillage toujours aussi éclatant, mais elle s'était changée et portait un jean et un tee-shirt.

— Tu es occupée ? demanda-t-elle.

— Entre, proposai-je, soulagée en réalité que quelqu'un vienne interrompre mes pensées.

Becca n'était venue qu'une seule fois chez moi jusque-là, et elle ne se détendit donc pas instantanément en pénétrant à l'intérieur.

— Ton petit copain est là ce week-end ? demanda-t-elle, debout au milieu de mon minuscule salon.

— Pas avant demain. Tu veux boire quelque chose ?

— Du jus de fruit ou de l'eau, répondit-elle. Peu importe.

Je lui servis un verre de jus de pamplemousse rose et nous prîmes place dans le salon.

— Est-ce que la police est repassée ? demandai-je, ne voyant rien d'autre à dire.

— Pas depuis deux jours. Ils t'ont demandé une liste des hommes qui sont montés là-haut ?

— Oui.

— Qu'est-ce que tu leur as dit ?

— Que les types partaient toujours avant mon arrivée.

— Pas bien, pas bien !

— Qu'est-ce que tu leur as dit, toi ?

— Je leur ai donné une liste.

Je haussai les épaules. Je ne m'attendais pas à ce que les autres fassent la même chose que moi.

— J'ai entendu dire que la porte automatique du shérif n'arrête pas de s'ouvrir et de se fermer tant il y a d'allées et venues.

— Tu as entendu ? Ou quelqu'un a eu la langue un peu trop pendue ?

— Anna-Lise Puck.

Anna-Lise était la partenaire d'entraînement de Becca. Elle était également employée civile au département du shérif.

— Est-ce qu'elle est censée te parler de ça ?

— Non, répondit Becca. Mais ça l'excite tellement d'être dans la confidence qu'elle ne peut pas résister, tout simplement.

Je secouai la tête. Anna-Lise allait se retrouver au chômage dans peu de temps.

— Elle ferait mieux de faire attention, dis-je à Becca.

— Elle pense qu'elle a la sécurité de l'emploi.

— Pourquoi ?

— Eh bien, elle était proche du premier shérif Schuster. Elle s'imagine que le second shérif Schuster ne la virera pas, grâce à ça.

Nous échangeâmes un regard et Becca me sourit. Bien.

— Quand je suis passée la prendre pour déjeuner hier, reprit-elle, devine qui j'ai vu sortir ?

Je la regardai d'un air interrogateur.

— Jerrell Knopp, dit-elle avec un ton lourd de sous-entendus. Le beau-père en personne.

Pauvre Lacey. Je me demandai si elle était au courant.

— Et, poursuivit-elle en appuyant lourdement sur le mot, notre estimé voisin Carlton.

Je fus choquée. Je m'étais toujours dit que Carlton était trop délicat pour Deedra. Je sentis un rictus soulever mes lèvres. Je venais d'avoir la preuve du contraire.

— En fait, ajouta Becca, tous les gars du cours de karaté y sont passés, y compris notre estimé *sensei*.

— Raphael ? Bobo ?

Raphael était l'homme le plus marié que je connaissais et Bobo était le cousin de Deedra !

— Ouais, et les nouveaux aussi. Plus quelques types qui ne sont pas venus en cours depuis longtemps.

— Mais pourquoi ?

Même Deedra n'aurait pas pu organiser de rendez-vous avec chacun des élèves de karaté.

Becca haussa les épaules.

— Je n'en ai aucune idée.

Manifestement, il y avait une raison, quelque chose qu'on avait découvert pendant l'enquête qui avait mené à tout ça.

— Est-ce qu'ils ont convoqué les gens du cours de taekwondo ? demandai-je.

Becca sembla ravie.

— C'est exactement ce que j'ai demandé à Anna-Lise. Oui, tous les types qui font des arts martiaux à Shakespeare rendent une petite visite au shérif. Qu'il soit avéré ou non qu'ils aient connu notre ancienne voisine.

— Ça fait un sacré paquet d'hommes, ça, fis-je en hésitant, avant de poursuivre : Je me demande seulement s'ils retrouveront jamais celui qui l'a tuée.

— Lily, je veux que la police résolve cette histoire. Tu sais que c'est un type qui a couché avec elle qui lui a fait ça.

— Peut-être.

— Ils ont trouvé un sacré paquet de draps.

— Elle avait un tiroir rempli de préservatifs.

Bien sûr, je ne pouvais pas être certaine qu'elle s'en servait, mais je songeai que la peur d'une grossesse l'aurait convaincue, si celle d'attraper une maladie n'avait pas suffi.

Becca me dévisageait, les yeux comme deux billes bleues, pendant qu'elle réfléchissait à ce que je venais de dire.

— Donc on ne devrait pas trouver de traces de sperme sur les draps. Donc pas d'ADN à tester et à comparer. (Elle avait croisé les jambes et commença à balancer un pied.) Il n'y a peut-être pas d'ADN dans son corps, d'ailleurs. Hé, elle n'est jamais sortie avec des femmes ?

Je lui rendis son regard avec intérêt, sans paraître trop choquée. J'en apprenais beaucoup sur moi-même, aujourd'hui.

— Si c'est le cas, je n'en ai jamais rien su.

— Allez, sois pas si coincée, Lily, me taquina Becca en voyant que cette conversation me mettait mal à l'aise. Tu sais, beaucoup de femmes qui seraient passées par une épreuve comme la tienne pourraient s'orienter vers ça après coup. Peut-être que Deedra avait fait le tour des hommes et qu'elle voulait connaître autre chose.

— Et là encore, ça ne nous regarderait absolument pas, répliquai-je de manière insistante.

— Oh, tu n'es pas drôle ! s'exclama Becca en recroisant les jambes avant de ramasser le journal du matin et de le laisser retomber. Bon, comment va le vieux Joe C. ?

— Je n'ai pas encore appelé l'hôpital, mais j'ai entendu dire qu'il était encore en vie.

— Il a eu de la chance que tu passes par là.

Son visage étroit était d'une totale neutralité.

— Quelqu'un aurait peut-être fini par appeler les pompiers et ils l'auraient sorti de là.

— Eh bien, je vais quand même te remercier, puisque Joe est mon arrière-grand-père.

— Est-ce que tu allais souvent le voir ?

— J'ai quitté Shakespeare quand j'étais toute petite. Mais depuis la mort de Pardon, quand j'ai emménagé ici, je suis allée le voir peut-être toutes les deux semaines, quelque chose comme ça. Ce vieux fripon apprécie toujours les jupes courtes et les hauts talons, tu sais ?

— Oui, je sais.

— Un peu pathétique. Mais c'est un vieux salaud plein d'entrain ; on peut au moins lui accorder ça. Toujours capable de te rentrer dedans en un clin d'œil, si on lui en laisse l'occasion. Et de te faire un deuxième trou au cul.

— Dans le tien en particulier ?

— Non, non. Je parlais de manière générale. Pas du mien.

Étais-je censée demander à qui elle songeait ? Je décidai d'éviter, par pure perversité.

— J'ai compris que c'était vous qui héritiez, les arrière-petits-enfants, préférai-je déclarer, sans savoir pourquoi je commentais ce que m'avait confié Bobo.

— Ouais, c'est ce que j'ai entendu, répondit Becca avec un large sourire. Mais le vieux n'est pas encore mort !

Elle semblait ravie d'être liée à un tel énergumène. Mais son visage devint ensuite sérieux.

— Ce que je suis venue te dire, en fait, Lily, c'est qu'il se pourrait bien que tu reçoives une nouvelle visite du shérif.

— Pourquoi ?

— Anna-Lise m'a dit qu'ensuite, ce serait le tour de toutes les femmes pratiquant le karaté. À cause de la manière dont est morte Deedra.

— Comment elle est morte ?

— Elle a...

Un coup frappé à ma porte interrompit cette intéressante conversation.

— Trop tard, dit Becca, presque gaiement.

Avant que j'aie pu dire quoi que ce soit, Becca se leva et se dirigea vers ma porte de derrière. J'allai donc ouvrir la porte d'entrée avec un mauvais pressentiment.

— Shérif Schuster, dis-je, et il me fut impossible de dissimuler ma réticence.

Cette journée avait déjà été trop chargée pour moi.

— Mademoiselle Bard, dit-elle d'un ton piquant.

Marta entra, l'adjoint Emanuel sur ses talons.

— Asseyez-vous, je vous en prie, proposai-je d'une voix froide et hypocrite.

Bien entendu, ils s'exécutèrent.

— Les résultats de l'autopsie de Deedra Dean sont très intéressants, déclara Marta Schuster.

Je levai la main, la paume vers le haut : *en quoi* ?

— Malgré les diverses choses qu'on lui a faites après sa mort – je ne pouvais m'empêcher de repenser au reflet de verre entre les cuisses de Deedra – elle a succombé à un seul coup violent porté au plexus solaire.

Le shérif tapota son propre plexus pour m'aider à visualiser.

J'avais certainement l'air aussi perplexe que j'en avais l'impression. Je ne savais pas quoi dire d'autre que :

— Et donc... ?

— C'était un coup massif qui a arrêté son cœur. Elle n'est pas morte sous la torture ou par strangulation.

Je secouai la tête. J'étais toujours désemparée. Quelle que soit la réaction que Marta Schuster attendait de moi, elle ne l'avait pas obtenue et ça l'énervait.

— Bien sûr, il se pourrait que ce soit un accident, déclara soudain Clifton Emanuel, et nous nous tournâmes toutes deux vers lui. Ce n'était peut-être pas dans l'intention de la tuer. Quelqu'un l'a peut-être frappée sans connaître sa force.

Je le fixai toujours avec un regard un peu bête. Je tentai de comprendre la signification de cette déclaration, qu'il avait fini par livrer comme s'il me donnait l'Indice déterminant.

— Un coup violent, répétai-je avec des yeux vides.

Ils patientèrent, une expression d'attente et d'espoir similaires sur le visage, jubilant presque.

Et alors je fis le lien.

— Comme un coup de *karaté*, dis-je. Alors… vous pensez… qu'est-ce que vous pensez ?

— Le légiste a dit que pour assener un tel coup, la personne doit être sacrément forte et certainement bien entraînée.

Je sentis le sang quitter mon visage. Il n'y avait aucune défense contre des soupçons. Aucun moyen de démentir ce qu'ils ne faisaient que penser. Tant de choses me vinrent à la fois en tête que j'eus du mal à faire le tri dans mes idées. Je songeai aux personnes de mon cours de karaté et passai en revue les visages alignés. Chacun des élèves qui y participait depuis quelques mois (comme vous pouvez l'imaginer, le taux de désabonnement est assez élevé) connaissait Deedra. Raphael Roundtree avait été le professeur de maths de Deedra au secondaire, Carlton Cockroft avait fait sa comptabilité, Bobo était son cousin, Marshall avait aperçu Deedra entrer et sortir des cours de gym de Body Time. Même si j'avais peine à le croire, chacun d'entre eux aurait également pu avoir couché avec elle.

Et il ne s'agissait là que des hommes. Janet connaissait Deedra depuis des années, Becca était sa propriétaire... et moi, je travaillais pour elle.

Je songeai : *il y va de mon entreprise.* J'avais survécu à d'autres scandales et bouleversements à Shakespeare, et j'avais continué de travailler, quoi que moins activement qu'auparavant. Mais si de réels soupçons pesaient sur moi, je pourrais dire adieu à mon gagne-pain. Et je devrais déménager. Encore une fois.

Personne ne veut avoir peur de sa femme de ménage.

Schuster et Emanuel attendaient toujours une réponse de ma part, mais je ne trouvais pas la moindre chose à dire. Je me dirigeai vers ma porte et l'ouvris. J'attendis qu'ils sortent.

Ils échangèrent un regard interrogateur, puis Schuster haussa les épaules.

— Nous vous verrons plus tard, déclara-t-elle froidement, avant de précéder Emanuel sur mon perron.

— Je ne crois pas, rétorquai-je avant de fermer la porte derrière eux.

Je m'assis, posai les mains sur mes genoux et tentai de réfléchir à ce que je pouvais faire. Je pouvais appeler un avocat lundi... lequel ? Je devais bien en connaître un ou deux. Carlton pourrait certainement m'en recommander un. Mais ce n'était pas ce que je voulais, je n'avais pas l'intention de perdre du temps et de l'argent pour me défendre contre une accusation dénuée de tout fondement. Le frère du shérif lui-même était légèrement plus suspect que moi. Je songeai que c'était certainement la raison pour laquelle elle accordait un peu trop d'importance au « coup de karatéka ». Comment pouviez-vous décrire cela aussi précisément ? Un coup était un coup, point. Si vous pouviez qualifier un arrêt

138

du cœur comme le résultat d'un « coup de karaté », vous pouviez tout aussi bien déclarer : « Ce coup a été assené par un élève droitier qui prend des cours de karaté *goju-ryo* depuis environ trois ans par un *sensei* d'origine asiatique. »

Si une autopsie pouvait démontrer qu'on avait frappé Deedra alors que cette dernière se tenait debout, ce serait certainement un élément important. Il n'y avait probablement pas tant d'hommes, et encore moins de femmes, à Shakespeare, capables de porter un tel coup, ou même de réaliser qu'il pourrait être fatal. Mais si on avait frappé Deedra quand elle était assise ou allongée – dans chacun des cas, appuyée contre une surface dure – eh bien, cet exploit pouvait avoir été accompli par un échantillon de personnes bien plus large.

À cet instant, je ne visualisais pas vraiment comment une telle série d'événements avait pu arriver, mais c'était possible. Parmi les nombreux éléments que le shérif avait oublié de mentionner, il y avait le viol artificiel de Deedra. Avait-il eu lieu *post mortem* ou *ante mortem* ?

En y réfléchissant, *beaucoup* de choses dépendaient de cette interrogation.

Et pourquoi l'avait-on laissée dans les bois ? Son abandon sur une route que je fréquentais souvent était très mauvais pour mon innocence. Il y avait d'autres maisons et entreprises sur Farm Hill Road, bien sûr. Un mécanicien se trouvait à quatre cents mètres environ derrière la maison de Mme Rossiter et un marché d'antiquités/artisanat/puces à moins de deux kilomètres. Je me détendis légèrement ; le doigt n'était pas aussi ostensiblement dirigé vers moi.

Où me trouvais-je, la nuit où Deedra avait été tuée ? Ce devait être un dimanche. Dimanche dernier, même si j'avais l'impression que cela faisait un mois. Ce week-end-là, Jack n'était pas venu. J'avais effectué mes corvées habituelles le samedi, la même liste que j'essayais de terminer ce dimanche-ci : deux rapides ménages, nettoyer mon propre intérieur et faire les courses. Je poursuivais toujours en cuisinant pour la semaine à venir et en congelant les plats. Oui, je me souvenais d'avoir cuisiné toute la soirée du samedi pour n'avoir rien d'autre à faire le dimanche qu'aller m'entraîner à la salle, laver mon linge et finir une biographie que j'avais empruntée à la bibliothèque.

Et c'était exactement le programme que j'avais suivi. Aucun appel imprévu, pas d'apparition en public, à l'exception de la gym une heure dans l'après-midi. Janet et Becca étaient présentes ; je me rappelai avoir parlé avec elles. Dimanche soir, j'avais regardé un film que j'avais loué, puis j'avais terminé mon livre. Personne ne m'avait téléphoné. Un dimanche soir typique pour moi.

Que pouvait-on conclure de tout ça ?

Je connaissais Deedra, et je faisais du karaté. J'étais en quelque sorte familière de l'endroit où l'on avait retrouvé son corps.

C'était tout.

Et ces mêmes conditions s'appliquaient à tout un tas d'autres personnes.

Non, je n'allais pas laisser le shérif Schuster me faire paniquer.

Pas tout de suite.

Je terminai machinalement de ranger mes courses, mais je me sentais trop ébranlée pour commencer à préparer mes plats pour la semaine. Il était presque l'heure de dîner et les grands arbres du jardin botanique de l'autre côté de la rue jetaient des ombres sur le pavé. J'essayai de trouver une raison de sortir pour ne pas aller marcher sans but. Je décidai d'aller voir Joe C. à

140

l'hôpital. Il n'entendait pas grand-chose au téléphone, de toute façon.

Il faisait suffisamment froid pour enfiler une veste. Quand je sortis, Track Street était paisible. Carlton avait tondu son gazon pour la première fois et l'odeur fraîche libéra en moi un souffle apaisant – aromathérapie naturelle. Cette senteur, quand j'étais petite, m'inspirait la maison, Papa et l'approche de l'été. Mes soucis s'atténuèrent et le poids devint un peu moins lourd.

Un verset de la Bible me vint brusquement à l'esprit : « Car mon joug est doux, et mon fardeau léger. » L'évangile selon saint Matthieu. Je laissai mon esprit y réfléchir tout en dépassant l'Église réunie de Shakespeare. Quand j'avais été violée, atrocement tailladée sur le ventre et la poitrine, et que la terrible infection qui en avait résulté avait dévasté mes organes reproducteurs, le pasteur de mes parents était venu me voir à l'hôpital. Je l'avais renvoyé. Mes parents avaient pensé, et c'était peut-être toujours le cas, que j'avais refusé le secours de la religion car j'en voulais au destin. Mais je ne me disais pas « pourquoi moi ? » C'était inutile. Pourquoi *pas* moi ? En quoi la foi aurait-elle pu m'épargner toute souffrance ?

Ce qui m'avait fait enrager au point de transformer ma vie, c'était de savoir ce qui allait arriver aux hommes qui m'avaient fait subir des choses aussi horribles. Ma haine était si forte, si catégorique qu'elle pompait toute mon énergie mentale. J'avais étouffé cette partie de moi-même qui voulait s'ouvrir aux autres, qui voulait pleurer ma peine et ma peur, être horrifiée d'avoir tué un homme. J'avais fait mon choix, celui de vivre, mais ce n'était pas toujours un choix confortable. J'étais convaincue qu'il ne s'agissait pas d'une décision divine.

À cet instant, arrêtée au carrefour à un pâté de maisons du modeste hôpital de Shakespeare, je secouai la tête. Je me heurtais toujours au même mur quand je repensais à ma situation de l'époque ; enchaînée à un lit dans une cabane pourrie, dans l'attente du retour de l'homme qui m'avait enlevée, un pistolet dans ma main qui ne contenait qu'une balle. Je pouvais me suicider ; Dieu n'aurait pas apprécié. Je pouvais tuer mon ravisseur, et c'est ce que j'avais fait ; le tuer non plus, ce n'était pas bien. Je n'avais jamais envisagé une troisième option. Mais au cours des années depuis lors, de temps en temps, j'avais pensé que j'aurais mieux fait d'utiliser cette balle contre ma personne.

À cet instant, dans cette cabane, l'expression sur son visage avait valu le coup.

— Qu'est-ce que j'aurais pu faire d'autre ? murmurai-je à voix haute alors que je me frayais un chemin entre les voitures sur le parking de l'hôpital.

Je n'avais toujours pas de réponse. Je me demandai ce que Joel McCorkindale aurait eu à me dire. Je savais que je ne lui poserais jamais la question.

Les heures de visite étaient presque terminées, mais le bénévole à la réception sembla ravi de me donner le numéro de chambre de Joe C. Notre vieil hôpital, constamment menacé de fermeture, avait été agrandi et rénové pour s'adapter à la médecine moderne ; résultat, c'était un labyrinthe inextricable même avec un plan d'étage. Mais je trouvai la chambre. Quelques personnes se tenaient dans le couloir, parlant de cette voix basse et étouffée qui convient aux hôpitaux ; Bobo, sa mère Beanie et Calla Prader. Si j'avais bien retenu l'arbre généalogique de la famille, Calla était la cousine germaine du grand-père de Bobo.

Je n'étais pas prête à revoir Bobo si tôt et je faillis faire volte-face pour m'éloigner et attendre qu'ils partent à

142

leur tour, mais Calla m'aperçut et fondit sur moi avant que j'aie pu cligner l'œil.

Je n'attends pas grand-chose des gens, mais je supposais qu'elle allait me remercier d'avoir sauvé Joe C. des flammes. À la place, Calla leva la main pour me flanquer une gifle.

Je ne permets pas ce genre de choses.

Avant que sa main n'atteigne ma joue, je lui saisis le poignet et maintins fermement son bras. Nous nous figeâmes, offrant un tableau tendu. Puis la fureur sembla quitter Calla en emportant avec elle son énergie. Les couleurs de la colère quittèrent son visage, et même ses yeux semblèrent vides et pâles. Quand je fus certaine qu'elle était calmée, je lâchai son poignet et elle laissa retomber son bras le long de son corps comme si ses os avaient fondu.

Je jetai un coup d'œil à Beanie par-dessus l'épaule de Calla et haussai les sourcils. Calla venait manifestement d'apprendre la teneur du testament de Joe C., et je me demandai une nouvelle fois où elle se trouvait quand l'incendie s'était déclaré.

— Je suis tellement désolée... dit Beanie, mortifiée au-delà des mots semblait-il. Notre famille vous doit beaucoup, Lily.

Cette déclaration devait lui coûter, compte tenu de la conversation que nous avions eue quand elle avait mis un terme à mon engagement.

— Calla est simplement... hors d'elle, n'est-ce pas, chérie ?

Calla n'avait pas détourné les yeux de mon visage.

— Vous étiez au courant, vous aussi ? demanda-t-elle à voix basse. (Je ne pouvais terminer mentalement cette phrase. Je secouai la tête.) Vous saviez qu'il ne me laissait rien ? Vous le saviez aussi ? Tout le monde en ville a l'air d'être au courant sauf moi.

D'habitude, je dis toujours la vérité, même si je ne la crie pas sur tous les toits. Mais je voyais bien que c'était le moment de mentir.

— Non, répondis-je d'une voix aussi faible que la sienne. Ça fait de lui un vieux salaud, n'est-ce pas ?

Malgré la violence de ses sentiments, ce mot lui causa un choc.

Puis elle sourit. Mais ce n'était pas un sourire gentil. Ce n'était pas celui d'une dame d'âge moyen de l'Arkansas rural qui va à l'église. C'était un sourire de délectation, de cruauté et un tantinet triomphant.

— Les vieux salauds, répéta-t-elle clairement, doivent se débrouiller tout seuls, n'est-ce pas ?

Je lui rendis son sourire.

— Oui, j'imagine.

Calla Prader quitta l'hôpital le dos droit, ce sourire heureux et mauvais toujours sur les lèvres.

Beanie la regarda s'éloigner, interloquée. Âgée d'une quarantaine d'années, Beanie est une femme séduisante et athlétique dont le trait le plus admirable est l'amour qu'elle porte à ses enfants.

— Merci de vous y être aussi bien prise, Lily, déclarat-elle d'un air incertain.

Elle portait une robe en lin beige et blanche et, associée à sa peau hâlée et à ses cheveux bruns, cette dernière lui allait merveilleusement bien. L'apparence luxueuse de la mère de Bobo cachait un cœur égoïste et une intelligence superficielle, partiellement dissimulés derrière de bonnes manières.

Je sentais Bobo qui se rapprochait sur ma gauche, mais je ne pouvais me résigner à le regarder dans les yeux.

— Merci, Lily, répéta-t-il.

Mais sa voix rappela sa présence à sa mère et elle se tourna vers lui comme un serpent prêt à mordre.

— Et *toi*, jeune homme, commença Beanie, apparemment heureuse d'avoir trouvé quelqu'un sur qui passer ses nerfs, c'est *toi* qui as révélé le contenu du testament à Calla.

— Je ne savais pas qu'elle était juste derrière moi, répondit Bobo d'une voix plaintive, ce qui lui donna l'air d'avoir quatorze ans. Et de toute façon, maintenant qu'on est au courant, est-ce que ce n'est pas simplement honnête de lui dire ?

Voilà qui stoppa la colère de Beanie comme l'aurait fait une douche froide ; cette question de moralité, et le fait qu'elle se soit rappelé que j'étais toujours là, témoin de leurs troubles familiaux.

— Merci d'avoir sauvé la vie de Joe C., reprit Beanie plus formellement. La police m'a dit que vous aviez aperçu quelqu'un dans le jardin avant le départ des flammes ?

— Oui.

— Mais vous n'avez pas pu voir de qui il s'agissait ?

— Il faisait trop sombre.

— Certainement un jeune délinquant. Ces gamins aujourd'hui, ils feraient tout ce qu'ils voient à la télévision.

Je haussai les épaules. Beanie m'avait toujours réduite à des gestes et des monosyllabes.

— Mais ça m'ennuie que ce soit parti d'un paquet de cigarettes, reprit-elle en semblant parler à une véritable personne, moi, plutôt qu'à la Femme de ménage.

Je le savais de Bobo, mais j'avais dans l'idée qu'il ne serait pas très avisé de ma part de le révéler.

— On a mis le feu avec des cigarettes ?

C'était suffisamment expansif sans rien divulguer.

— Joe C. a dit qu'il n'en avait pas. Bien sûr, le chef des pompiers pense qu'il peut l'avoir allumé lui-même en fumant dans le salon. Mais Joe C. s'entête à nier. Vous ne voudriez pas entrer et discuter avec lui ?

— Juste pour voir comment il va.

— Bobo, emmène Lily, s'il te plaît.

La phrase avait beau avoir été formulée comme une question, il s'agissait clairement d'un ordre.

— Lily, dit Bobo en me tenant ouverte la porte de la chambre de Joe C.

Quand je passai devant lui, il posa brièvement une main sur mon épaule, mais je continuai d'avancer et gardai les yeux rivés devant moi.

Joe C. semblait avoir une centaine d'années. Privé de toute sa vitalité, il ressemblait à un pitoyable vieillard. Jusqu'à ce qu'il me voie et lâche :

— Vous auriez pu vous bouger un peu, jeune fille ! J'avais les chaussons qui commençaient à roussir !

Je ne m'en étais pas encore fait la réflexion jusqu'à maintenant, mais je me rendis compte que Joe n'ayant plus de maison, je ne travaillais plus pour lui. Je sentis mes lèvres se retrousser et me penchai sur lui.

— Peut-être que j'aurais dû passer mon chemin, dis-je très doucement, mais il entendit chaque mot.

Je le vis à son visage.

Puis intérieurement, j'eus honte. Et c'était là le but de sa mâchoire soudain tremblante. Peu importait sa cruauté, Joe C. était très vieux et très faible, et il comptait bien me le rappeler, il en jouerait autant que possible. Mais je pouvais partir, et ce fut ce que je choisis de faire.

Je m'éloignai du vieil homme et de son petit-neveu, et fermai mon cœur à tous deux.

Chapitre 10

J'étais écœurée par le monde, par les gens qui le peuplaient, mais plus encore, par moi-même. Je fis alors quelque chose qui ne m'était pas arrivé depuis des années : je rentrai chez moi et me mis au lit sans me laver ni manger. Je me contentai de me déshabiller, de me laver les dents, d'enfiler une chemise de nuit, et me glissai dans mes draps frais.

Quand je rouvris les yeux, je vis tout d'abord les chiffres lumineux de mon réveil digital posé sur ma table de nuit. 3 h 07. Je me demandai pourquoi je m'étais réveillée.

Je compris alors qu'il y avait quelqu'un dans la pièce avec moi.

Mon cœur se mit à marteler furieusement mes côtes, mais je distinguai, au-delà, le bruissement de vêtements qu'on retire, la fermeture Éclair d'un sac de sport, et il me vint à l'esprit que je n'allais pas attaquer l'intrus, car quelque part, j'avais déjà reconnu qui se trouvait dans ma chambre.

— Jack ?

— Lily, dit-il en se glissant à côté de moi sous les couvertures. J'ai pris un vol plus tôt.

Mon cœur ralentit légèrement, s'adaptant au rythme d'un autre genre d'excitation.

Son odeur, sa peau, ses cheveux et son déodorant, son eau de Cologne et ses vêtements, la combinaison de parfums qui criaient *Jack* emplirent mes sens. J'avais prévu de repousser sa visite à Shakespeare, d'attendre jusqu'à ce que je lui parle, que je lui avoue avoir été infidèle – en quelque sorte – pour qu'il décide s'il voulait venir me voir ou me quitter pour de bon. Mais dans l'intime obscurité de ma chambre, et parce que Jack m'était aussi nécessaire que l'eau pour vivre, je tendis les mains derrière sa tête, les doigts ankylosés par mon demi-sommeil, et détachait sa queue-de-cheval. Je caressai ses cheveux sombres et épais.

— Jack, dis-je d'une voix qui sembla triste même à mes propres oreilles, j'ai quelque chose à te dire.

— Pas maintenant, d'accord ? murmura-t-il à mon oreille. Laisse-moi juste… laisse-moi… OK ?

Ses mains commencèrent à se mouvoir de manière déterminée. Je le dirai pour nous ; ensemble au lit, nous étions sous l'effet d'un sortilège. Nos passés troubles et notre avenir incertain n'avaient pas leur place ici.

Plus tard, dans l'obscurité, je caressai les muscles, la peau et les os que je connaissais si bien. Jack est fort et balafré, tout comme moi, mais sa cicatrice est constamment visible, une seule ligne fine et plissée qui court de la racine de ses cheveux à côté de son œil droit jusqu'à sa mâchoire. Jack avait été policier ; il avait été marié ; il avait bu et fumé, avec excès.

Je commençai à lui demander comment s'était passée l'affaire qui l'avait amené en Californie ; je songeai à prendre des nouvelles de ses amis Roy Costimiglia et Elizabeth Fry (tous deux également détectives privés à Little Rock). Mais tout ce qui comptait, c'était que Jack soit là, ici et maintenant.

Je me rendormis, bercée par le son calme et régulier du souffle de Jack à mes côtés. À huit heures, je me réveillai avec l'odeur du café en train de passer dans la cuisine. De l'autre côté du couloir, je vis que la porte de salle de bains était ouverte, et Jack en sortit, uniquement vêtu de son jean. Ses cheveux humides tombaient sur ses épaules. Il venait de se raser.

Je l'observai, l'esprit vide, tournée vers mes sentiments : j'étais heureuse de le voir ici, chez moi, en paix avec la chaleur qui régnait dans mon cœur. Il croisa mon regard et me sourit.

— Je t'aime, dis-je, sans jamais en avoir eu l'intention, comme si le son de ces mots était aussi naturel que de respirer.

C'était quelque chose que j'avais gardé en moi comme un code secret, refusant de le révéler à quiconque, même à Jack, qui en était l'instigateur.

— Nous nous aimons, répondit-il, son sourire ayant disparu au profit d'une expression plus agréable encore. Nous devons nous voir plus souvent.

Pour le genre de conversation qui allait suivre, il fallait être habillé. Jack semblait si propre et lisse que je me sentais miteuse et toute chiffonnée, en comparaison.

— Laisse-moi prendre une douche avant d'en discuter, dis-je.

Il hocha la tête et se dirigea à petits pas vers la cuisine.

— Tu veux des pancakes ? demanda-t-il, comme si de rien n'était.

— Pourquoi pas, répondis-je, dubitative.

— Détends-toi, me conseilla-t-il quand j'entrai dans la salle de bains. Ce n'est pas tous les jours qu'on trouve le courage de parler de nos sentiments.

Je souris pour moi-même devant le miroir de la salle de bains. Ce dernier était toujours embué par la douche de Jack. Je vis dans mon reflet une version plus douce et tendre de Lily ; et, puisque j'avais installé le miroir pile à la bonne hauteur, je ne voyais pas la plupart de mes cicatrices. Un long processus m'avait permis d'éviter de les regarder, de les regarder et de penser à ce à quoi mon corps ressemblerait sans elles. Je ne me souvenais pas vraiment de mon apparence sans les crêtes blanches, ou de ma poitrine sans les cercles incisés tout autour. Comme cela m'arrivait parfois, je me surpris à regretter de n'avoir pas mieux à offrir à Jack et, comme toujours, je me rappelai à moi-même qu'il semblait me trouver tout à fait à son goût.

Nous nous observâmes prudemment tout en prenant place à table. Jack avait ouvert la fenêtre de la cuisine et l'air frais du matin charriait des parfums printaniers. J'entendis une voiture démarrer et jetai un coup d'œil à ma montre. Carlton se rendait au cours de Catéchisme pour Célibataires à l'église méthodiste, et il serait de retour à midi et quart, juste après la messe. Puis il se changerait et irait voir sa mère pour le déjeuner dominical ; au menu, rôti braisé et purée de carottes et de pommes de terre, ou poulet au four avec sauce et patates douces. Je savais tout ça. J'avais passé plus de quatre ans à apprendre à connaître cette ville et ses habitants, à me faire une place.

Avant même que Jack et moi n'entamions notre conversation, je sus que je n'étais pas prête à partir. Bien sûr, je n'avais pas de famille à Shakespeare ; je pouvais à n'en pas douter faire tout aussi bien le ménage à Dubuque (ou à Little Rock) qu'à Shakespeare. Et effectivement, mon commerce avait beaucoup souffert depuis l'année passée. Mais j'avais gagné une sorte de bataille ici, à Shakespeare, et je voulais y rester, du moins pour l'instant. Je commençai à me crisper, en prévision d'une dispute.

— Je n'ai pas besoin d'habiter à Little Rock, déclara Jack.

Je me dégonflai comme un ballon percé d'une aiguille.

— Je fais une bonne partie de mon boulot sur ordinateur de toute façon, ajouta-t-il en me regardant intensément. Bien entendu, il faudra toujours que j'aille à Little Rock de temps en temps. Je peux garder mon appartement là-bas, ou en trouver un plus petit, moins cher. Ce serait mieux.

Nous étions si prudents !

— Tu veux donc habiter avec moi ici à Shakespeare, dis-je pour être absolument certaine de bien comprendre.

— Oui, répondit-il. Qu'est-ce que t'en penses ?

Je pensais à ce que j'avais fait la veille. Je fermai les yeux, j'aurais voulu que la foudre me frappe sur l'instant, pour m'empêcher de jamais révéler quoi que ce soit à Jack. Mais il n'en fut rien. Nous avions toujours été honnêtes l'un envers l'autre.

— J'ai embrassé quelqu'un d'autre, déclarai-je. Je ne te laisserai pas me frapper, mais si ça peut t'aider à te sentir mieux, tu peux casser quelque chose.

— Tu as embrassé quelqu'un, répéta-t-il.

Je n'arrivais pas à le regarder en face.

— C'était une réaction post-funérailles.

— Tu n'as pas couché avec… ?

— Non.

Devais-je réellement entrer dans les détails ? N'avais-je pas été assez honnête ? Je décidai que cela suffisait.

Je risquai un coup d'œil à Jack. Je vis son visage se crisper. Au lieu de frapper quelque chose, il semblait plutôt avoir lui-même reçu un coup. Il agrippait le bord de la table.

— Est-ce que c'est quelqu'un… est-ce que ça va se reproduire ? finit-il par demander, la voix extrêmement rauque.

— Non, répondis-je. Jamais.

Progressivement, il relâcha la table. Progressivement, son visage redevint humain.

— Quel âge as-tu, Lily ? demanda-t-il de but en blanc.

— Trente et un. Bientôt trente-deux.

— J'en ai trente-six, dit-il avant de prendre une profonde inspiration. On en a vu beaucoup, tous les deux.

Je hochai la tête. Nos noms surgissaient toujours de temps à autre dans les journaux. (« Après un viol collectif brutal rappelant celui de la citoyenne de Memphis, Lily Bard, une femme de Pine Bluff a été admise à l'hôpital... » ou encore « Aujourd'hui, l'officier sous couverture Lonny Todd a été licencié de la police de Memphis, accusé d'entretenir une relation inconvenante avec l'une de ses informatrices. Todd est le dernier d'une chaîne de licenciements survenus au cours des quatre dernières années sur des accusations similaires, qui avait commencé avec le renvoi de l'officier Jack Leeds, dont la relation avec l'épouse d'un collaborateur avait mené au meurtre de cette dernière. »)

— Ça reste ce que j'ai vécu de mieux, dit-il.

Il devenait blanc comme un linge, mais il poursuivit :

— Tu as eu un...

Là, il bredouilla, butant sur le mot.

— J'ai eu un moment d'égarement.

— OK, fit-il et il sourit, sans paraître amusé pour autant. Tu as eu un moment d'égarement. Mais ça n'arrivera plus jamais, parce que tu l'as affirmé et que tu tiens toujours ta parole.

Je ne m'étais jamais considérée comme un modèle d'honneur, mais c'était vrai, je tenais ma parole. J'essayai de ne pas montrer ma surprise face à la réaction si calme et mesurée de Jack.

Il semblait attendre.

— Je te l'ai dit : plus jamais, répétai-je. Et je tiens toujours ma parole.

Jack sembla se détendre légèrement. Il se reprit, saisit sa fourchette et piqua un morceau de pancake.

— Ne me révèle jamais son identité, ajouta-t-il sans me regarder.

— Tu deviens si sage.

Jack avait un réel problème avec la maîtrise de soi.

— Il m'a fallu assez longtemps, dit-il et son sourire, cette fois, était sincère. Alors, tu ne m'as pas répondu.

Je pris une profonde inspiration.

— Oui. Je veux que tu emménages avec moi. Tu penses qu'on aura assez de place ici ?

— Est-ce que je peux installer un bureau dans ta salle d'entraînement ?

Un peu surprise de la facilité avec laquelle il réglait tout ça, je hochai la tête en silence. J'avais suspendu un sac de sable au plafond de ma deuxième chambre. Je pouvais m'en passer. Je pourrais me servir des protections matelassées chez Body Time.

Puis j'imaginai alors partager ma salle de bains avec Jack à plein temps. Elle était toute petite, et la place sur le meuble était presque inexistante. Je me demandai ce qu'on allait faire de ses affaires. Comment allions-nous diviser les factures ?

Nous venions tout bonnement de nous compliquer énormément la vie, et j'avais peur du changement. Il y avait tant de détails à régler…

— Tu n'as pas l'air très heureuse, fit remarquer Jack.

Il m'observait de l'autre côté de la table.

— Je le suis, répondis-je avec un sourire, et il eut de nouveau cette expression stupide. J'ai peur, aussi, admis-je. Pas toi, un peu ?

— Si, confessa-t-il. Ça fait un certain temps.

— Au moins, l'un d'entre nous a déjà tenté une expérience similaire. Moi, je n'ai jamais sauté le pas.

Jack prit une profonde inspiration.

— Tu préférerais qu'on aille plus loin et qu'on se marie ? demanda-t-il, tous les muscles tendus à l'extrême. Ça pourrait être bien, non ?

Je dus à mon tour inspirer à fond tandis que je cherchais les mots adéquats pour exprimer ce que je ressentais. Je détestais devoir m'expliquer, et le seul fait de ne pas vouloir blesser Jack m'incita à dépasser la gêne provoquée.

— S'il n'y avait pas les autres, je t'épouserais aujourd'hui, dis-je lentement. Mais tu sais combien les journaux seraient ravis s'ils le découvraient ? Tu vois la manière qu'auraient les gens de nous féliciter d'une petite tape dans le dos ? Ces deux pauvres âmes blessées, elles se sont trouvées !

Les traits de Jack commencèrent à se décomposer et je me hâtai donc de poursuivre :

— Mais ce n'est pas une raison pour passer à côté du bonheur qu'on peut avoir. Tu sais ce que je voudrais vraiment ? J'aimerais être mariée avec toi sans que quiconque sur terre soit au courant, du moins jusqu'à ce que ça fasse un certain temps.

Jack ne savait pas si c'était un oui ou un non. Il peinait à saisir le message. Je le sus quand il se pencha vers moi en me scrutant.

— Ce serait juste entre nous, répétai-je, certaine de ne pas m'être fait comprendre.

J'avais toujours été quelqu'un d'assez réservé.

— Le mariage, c'est ce qui te plairait ?

— Oui, répondis-je, surprise de moi-même. C'est ce qui me plairait.

— Et qu'on le garde secret ?

— Pendant un moment. J'ai juste envie d'être habituée à l'idée avant de l'annoncer à quelqu'un.

— Maintenant ?

— Non, répondis-je avec un haussement d'épaules. N'importe quand. Mais dans le journal, ils publient les bans. Comment on pourrait contourner ça ? À condition que tu... ?

L'attente de sa réponse me rendit terriblement nerveuse.

— Oui, répondit-il lentement. Ça me plairait aussi.

Il sembla tout de même surpris de le découvrir. Il posa sa main sur la mienne, sur la table.

— Bientôt, acheva-t-il.

Je tentai d'imaginer Jack n'ayant pas pour moi les sentiments que je lui vouais. Je tentai d'imaginer Jack se lassant de moi dans un mois ou deux, au profit d'une quelconque femme de Little Rock, plus arrangeante et moins compliquée. Je me projetai dans cette position de souffrance et de rejet.

Mais je n'arrivai pas à le concevoir.

Je ne comptais pas sur grand-chose dans cette vie, mais je comptais sur l'amour de Jack. Même s'il ne me l'avait avoué que ce matin, je savais déjà que Jack était épris de moi, et je le savais avec certitude.

Je n'allais pas me mettre à sauter partout, à hurler et à courir chez ma mère pour lui dire de choisir la porcelaine et de réserver l'église, non. L'époque où j'aurais été susceptible d'agir ainsi était depuis longtemps révolue. Maintenant que j'avais Jack, je possédais tout ce qu'il me fallait. Je n'avais pas besoin des félicitations et des cadeaux des autres pour le confirmer.

— Bon sang ! s'exclama Jack en souriant comme un fou.

Il bondit sur ses pieds et commença à agiter ses bras comme s'il ne savait pas trop quoi en faire.

— Bon sang !

Je me sentais aussi radieuse que si j'avais été enduite de lumière. Sans m'en rendre compte, je me levai et me retrouvai collée à Jack, enfouie dans ses bras, et nous avions tous deux des sourires idiots plaqués sur les lèvres qui nous empêchaient de parler.

Il y avait toujours eu beaucoup d'électricité entre nous, mais l'émotion intense qui s'emparait de nos êtres nous transforma en véritables dynamos.

Nous célébrâmes cela de manière exceptionnelle.

Par la suite, la cuisine fut encore plus en désordre. Puisque Jack avait fait les pancakes, c'était à moi de nettoyer pendant qu'il faisait le lit. Puis, avec la perspective inhabituelle d'avoir un jour de liberté devant nous, nous décidâmes d'aller nous promener.

C'était une matinée parfaite, tant grâce à nos projets de vie commune qu'au temps qu'il faisait. Cette température de printemps était juste assez chaude, et le ciel bleu et clair. Je n'avais pas éprouvé ce sentiment de bien-être depuis des années. Je ne m'en étais même pas approchée. J'étais si heureuse que cela me faisait presque mal, et j'avais peur de mourir.

Après avoir parcouru quelques pâtés de maisons, je commençai à parler de Deedra à Jack. Je lui parlai du nouveau shérif, et de son frère ; de Lacey qui m'avait demandé mon aide et des objets gênants que j'avais trouvés chez Deedra ; de Becca et Janet aux funérailles, et de l'incendie chez Joe C. ; du testament que Bobo avait trouvé en fouinant dans le vieux bureau.

— Joe C. ne laisse rien du tout à Calla ? s'exclama Jack, incrédule. Alors qu'elle prend soin de lui depuis quinze ans, en tout cas depuis qu'il est devenu trop faible ?

— Au moins quinze ans, oui. D'après ce qu'elle m'a dit. Aux enfants plus éloignés, petite-nièce et petits-neveux – Bobo, Amber Jean et Howell III, les enfants Winthrop – il laisse un objet ou un meuble. Bon, ça me semble définitivement compromis, même s'il y a peut-être des choses récupérables dans la maison. Je ne sais pas. Et les descendants directs devront se partager le produit de la vente du terrain.

— Qui sont les descendants directs, déjà ?

— Becca et son frère, Anthony, commençai-je en essayant de me rappeler ce que m'avait dit Calla quelques semaines auparavant. Ils viennent de...

— Fais-moi juste la liste, pas les descendances, m'interrompit Jack.

Je me souvenais que Jack allait à l'église quand il était enfant ; je me souvenais qu'il avait été élevé chez les Baptistes. Je me demandai s'il y avait d'autres sujets desquels discuter.

— D'accord. Alors il y a aussi Sarah, Hardy et Christian Prader, qui vivent en Caroline du Nord. Je ne les ai jamais vus. Et Deedra, qui est hors jeu maintenant.

— Et tu penses que le terrain et la maison valent quoi ?

— Le chiffre que j'ai entendu, c'est trois cent cinquante mille.

— Soixante-dix mille chacun, ce n'est pas une somme dérisoire.

Je songeai à ce que soixante-dix mille dollars pourraient changer à ma vie.

Dans les journaux, je lisais presque tous les jours des articles sur les corporations qui ont des millions et des millions de dollars. À la télévision, je voyais des personnes qui « valaient » cette somme. Mais pour quelqu'un comme moi, soixante-dix mille dollars, c'était une sérieuse somme d'argent.

Soixante-dix mille. Je pourrais m'acheter une nouvelle voiture, un besoin qui devenait urgent. Je ne serais plus obligée de me serrer la ceinture pour payer les impôts fonciers, mon abonnement à la salle de sport et mes assurances, voiture et santé. Si je tombais malade, je pourrais aller chez le médecin et payer la facture sur le coup et je n'aurais pas à faire gratuitement le ménage au cabinet de Carrie pendant des mois ensuite.

Je pourrais acheter un joli cadeau à Jack.

— Qu'est-ce que tu voudrais que je t'offre si je gagnais soixante-dix mille dollars ? lui demandai-je, une petite fantaisie inhabituelle de ma part.

Jack se pencha et me murmura quelque chose à l'oreille.

— Tu peux avoir ça pour presque rien, dis-je ensuite en tentant de ne pas avoir l'air embarrassé.

Nous nous approchâmes de l'entrée de la maison de Joe C. et je lui indiquai du doigt les fenêtres noircies de la façade. Sans commentaire, Jack s'engagea dans l'allée et fit le tour de la maison. À travers les hauts taillis (ceux que les pompiers avaient complètement déformés), je le distinguai à différents endroits, en train d'inspecter le sol, ou un point au-dessus de lui, passant les alentours au crible. Je vis progressivement son visage s'assombrir.

— Tu es entrée à l'intérieur, dit Jack en me rejoignant.

Il s'arrêta devant moi et me regarda.

Je hochai la tête sans le regarder, occupée à évaluer les dégâts. L'étage avait l'air en état, du moins depuis le trottoir. Il y avait des débris éparpillés dans le jardin, des bouts carbonisés ici et là. Quand la brise changea de direction, je pus sentir l'horrible odeur de brûlé.

— Tu *es entrée à l'intérieur*, répéta Jack.

— Oui, répondis-je, plus hésitante.

— Est-ce que t'avais perdu ta *putain de tête* ? s'exclama-t-il d'une voix grave et intense qui retint toute mon attention.

— Il y avait le feu.

— On n'entre pas dans un bâtiment *en feu* ! répliqua-t-il, et la colère qu'il avait réprimée le matin même explosa. On s'en *éloigne* !

— Je savais que Joe C. était à l'intérieur ! m'exclamai-je en sentant à mon tour la colère monter. (Je n'aime pas devoir expliquer une évidence.) Je n'allais pas le laisser brûler.

— Écoute-moi, Lily Bard, déclara-t-il en s'éloignant sur le trottoir presque trop rapidement pour que je puisse le suivre. Écoute-moi bien.

Il s'arrêta net, se tourna vers moi et commença à agiter un doigt vers mon visage. Je baissai les yeux sur mes pieds, sentant le début d'un sourire apparaître sur mon visage.

— Quand une maison est en feu, tu n'y entres pas, m'informa-t-il en gardant une voix basse avec un effort visible. Peu importe qui se trouve à l'intérieur de cette maison... si ta maman est dans cette maison, si ton papa est dans cette maison, si ta sœur est dans cette maison. Si je suis dans cette maison. Tu. N'entres. Pas.

Je pris une très profonde inspiration en restant concentrée sur mes Nike.

— Oui, maître, dis-je doucement.

Il leva vivement ses mains en l'air.

— C'est tout ! dit-il au ciel. C'est tout !

Il s'éloigna à grands pas.

Je n'allais pas le poursuivre car j'aurais lutté pour tenir son rythme, et il n'en était pas question. Je m'éloignai dans la direction opposée.

— Lily ! appela une voix de femme derrière moi. Lily, attends !

Même si j'étais tentée de m'enfuir en courant, je m'arrêtai et me retournai.

Becca Whitley se dirigea prestement vers moi, la main enroulée autour du biceps d'un homme immense avec des cheveux clairs et bouclés. Ma première pensée fut que cet homme aurait dû s'associer à l'adjoint Emanuel pour former une équipe de lutteurs professionnels.

Becca était aussi empanachée que d'habitude, avec des boucles d'oreilles en strass et le contour des lèvres dessiné avec une couleur si foncée que le résultat était irréfutablement tapageur. Quand elle était affublée de toute ses peintures de guerre, j'avais toujours du mal à me rappeler qu'elle était si gracieuse et précise en cours de karaté et qu'elle gérait assez efficacement la résidence Shakespeare Garden. Évidemment, je culpabilisais de faire des généralités, une chose que je détestais quand j'en étais moi-même victime.

— Voici mon frère, Anthony, déclara-t-elle fièrement.

Je levai la tête vers lui. Il avait de petits yeux bleus assez doux. Je me demandai si Becca avait les mêmes quand elle ne portait pas ses lentilles de couleur. Anthony me sourit tel un géant bienveillant. Je tentai de ne pas oublier mes bonnes manières, mais je pensais toujours à Jack. Je serrai la main du frère de Becca et appréciai l'effort qu'il fit pour ne pas écraser la mienne.

— Est-ce que vous restez longtemps à Shakespeare, Anthony ? demandai-je.

— À peu près une semaine seulement. Ensuite, Becca et moi allons certainement partir en voyage. Nous n'avons pas vu certaines personnes de la famille de Papa depuis des années.

— Dans quelle branche travaillez-vous ? continuai-je pour tenter de montrer un intérêt courtois.

— Je suis avocat dans une prison du Texas, répondit-il en souriant, révélant de belles dents blanches.

Il savait que cette déclaration allait provoquer une réaction.

— Dur boulot, dis-je.

160

— Ce sont les types qui sont durs, précisa-t-il en secouant la tête. Mais ils méritent une seconde chance une fois qu'ils ont purgé leur peine. J'ai l'espoir de pouvoir les faire sortir en meilleure forme qu'à leur arrivée.

— Je ne crois pas à la réinsertion, dis-je franchement.

— Mais regardez ce garçon qui vient de se faire arrêter, poursuivit-il raisonnablement. Le garçon qui a vandalisé la voiture de Mlle Dean l'année dernière. Maintenant, il a replongé. Vous ne pensez pas qu'un garçon de dix-huit ans a besoin de toute l'aide qu'on peut lui apporter ?

Je regardai Becca pour avoir un éclaircissement.

— Ce garçon qui travaille dans les matériaux de construction, expliqua-t-elle. Le shérif a fait correspondre sa voix à celle qui passait ces coups de téléphone à Deedra, les coups de fils obscènes. Deedra avait sauvegardé ses messages sur une petite cassette qu'on a retrouvée dans le tiroir de sa table de nuit.

Deedra avait donc pris ces appels au sérieux. Et leur source était un authentique quidam, un homme que tout le monde semblait qualifier de « garçon ».

— Vous voyez, il a donc bien appris la leçon en prison ? dis-je à Anthony.

Anthony Whitley sembla espérer me persuader qu'il valait la peine de tenter de sauver ce garçon, mais il abandonna avant même de s'être mis à la tâche. Bien avisé.

— Je voulais vous remercier d'avoir sauvé arrière-grand-papa, dit-il d'un ton un peu raide, après une pause inconfortable. Becca et moi, nous vous sommes très reconnaissants.

Je tournai rapidement la paume de ma main vers le haut ; ce n'était rien. Je jetai un coup d'œil au loin, me demandant jusqu'où Jack était allé.

— Oh, Lily, si tu peux passer à la résidence plus tard, je dois te parler de quelque chose, me demanda Becca – je devais vraiment avoir l'air d'être sur le point de partir.

Je murmurai des salutations, me tournai dans la direction opposée – peut-être allais-je suivre Jack, après tout –, ôtant de ma vue et de mon esprit les deux Whitley.

Jack avait fait demi-tour. Nous nous croisâmes à mi-chemin du pâté de maisons suivant. Nous nous adressâmes mutuellement un léger signe de tête. Nous n'allions pas recommencer à nous disputer. Le sujet était clos, désormais.

— Qui était-ce ? demanda-t-il en regardant par-dessus mon épaule.

— C'est Becca Whitley, tu la connais. Et son frère, Anthony. Je viens de le rencontrer. Un géant.

— Hmm. Frère ?

— Ouaip. Anthony. Frère.

Jack passa un bras autour de mes épaules et nous partîmes tranquillement comme s'il ne s'était jamais fâché.

— Ils ne se ressemblent pas beaucoup, dit-il après un moment.

— Pas beaucoup, non, acquiesçai-je en me demandant si j'avais manqué quelque chose. Est-ce que tu ressembles à ta sœur ?

— Non, pas du tout, dit Jack. Elle a le teint beaucoup plus rose et les cheveux beaucoup plus clairs que moi.

Nous parlâmes peu sur le chemin du retour. Le fait que nous soyons amoureux l'un de l'autre nous donnait suffisamment à contempler pour le moment. Jack décida qu'il allait se rendre chez Body Time tant que la salle était encore ouverte pour travailler ses abdos, mais j'étais affreusement courbaturée depuis que j'avais essayé de hisser Joe C. par la fenêtre de sa chambre.

— Je peux m'occuper de ton linge si veux y aller, dis-je.

— Tu n'as pas à faire ça, protesta-t-il.

— Ça ne me pose aucun problème.

Je savais pertinemment que Jack détestait faire la lessive.

— Je ferai le dîner, proposa-t-il.

— D'accord, tant que ce n'est pas de la viande rouge.

— Des fajitas au poulet ?

— OK.

— Alors je passerai à l'épicerie en rentrant.

Tandis que Jack reculait sa voiture dans mon allée, je réalisai à quel point notre conversation avait été centrée sur le quotidien. Je ne souris pas complètement, mais un sourire flotta autour de mon cœur tandis que j'ouvrais la valise de Jack, qui était en réalité un sac de marin amélioré. Jack ne passait pas forcément pour quelqu'un de soigné, mais il l'était. Il avait des vêtements pour plusieurs jours pliés de manière compacte dans le sac, et ils avaient tous besoin d'être lavés. Dans ses poches latérales, Jack rangeait des choses pour passer le temps : un livre de mots croisés, un thriller de poche et un programme télé.

Il emportait toujours le sien quand il voyageait car ça lui épargnait une certaine exaspération. Celui de la semaine à venir était neuf et lisse ; celui de la semaine passée était tout froissé et corné.

J'étais sur le point de jeter le vieux à la poubelle quand je me rendis compte qu'il s'agissait de la même édition que celui disparu chez Deedra. Je parcourus les pages du magazine comme si cela pouvait m'apprendre quelque chose. Une nouvelle fois, je m'apprêtai à le jeter quand je changeai d'avis et le posai sur la table de ma cuisine. Il m'aiderait à me rappeler de parler à Jack du seul objet manquant dans l'appartement de Deedra.

Tandis que je triais le linge de Jack, mes pensées dérivèrent de l'appartement de Deedra à celui de Becca. Elle avait voulu me parler. Je jetai un coup d'œil à ma montre. Jack n'allait pas rentrer avant une bonne heure. Je lançai une machine avec ses jeans et ses tee-shirts, et fourrai mes clés dans ma poche après avoir verrouillé la porte derrière moi. Je me rendis à la résidence. La soirée était fraîche et je regrettais de ne pas avoir emporté de veste. Empruntant l'allée à l'arrière du bâtiment, je me promenai dans le parking, rien de plus qu'un hangar numéroté – un emplacement par appartement. Dans la mesure où c'était un beau dimanche et où deux appartements de l'immeuble étaient temporairement inoccupés, il n'y avait que deux véhicules garés, la Dodge bleue de Becca et le nouveau pick-up de Claude.

En regardant la place vide de Deedra, une idée me vint subitement. Je n'aimais pas les détails inexpliqués. Je pénétrai sous la structure ouverte en bois – qui n'était vraiment qu'un abri amélioré – et me mis à examiner les objets suspendus aux clous sur les murs inachevés. Un ancien locataire avait dû accrocher ses outils là. Deedra avait laissé un parapluie, et je trouvai sur une étagère un bidon de liquide lave-glaces, un chiffon pour le niveau d'huile, un grattoir et du produit à vitre. Je décrochai le parapluie de Deedra, le secouai et il en tomba… rien du tout. Le double des clés de Deedra n'était plus dans sa cachette habituelle.

Je trouvai cela plus étrange encore que la disparition de son sac sur la scène de crime. Son meurtrier avait même connu ce détail sur Deedra, l'endroit où elle cachait son double de clés. Il pouvait maintenant être en possession de *deux* clés de l'appartement – la première étant sur le trousseau dans son sac à main, du contenu restant de son sac et du programme télé de Deedra.

Il ne me semblait rien pouvoir faire pour cette clé manquante. Il faudrait que j'en informe le shérif la prochaine fois que je le verrais. Je haussai les épaules.

164

J'entrai par la porte arrière de la résidence et montai les escaliers. La porte de Becca était la dernière sur ma gauche. Claude Friedrich occupait l'appartement voisin côté façade. Claude et Carrie étaient censés rentrer de leur mini-lune de miel ce soir, je supposais qu'ils iraient s'installer chez Carrie de manière permanente. Trois appartements vides, donc ; j'espérais que Becca serait trop occupée pour les nettoyer avant l'arrivée de nouveaux locataires. J'allais avoir besoin de sous.

Je frappai à la porte de Becca. Elle ouvrit presque immédiatement, comme si elle s'était tenue juste de l'autre côté. Elle semblait surprise.

— Tu as dit que tu voulais me parler, lui rappelai-je.

— Oh, oui, effectivement ! C'est juste que je ne pensais pas… peu importe. Je suis contente de te voir.

Becca s'effaça sur le côté pour me laisser entrer.

J'essayai de me rappeler si j'étais revenue dans l'appartement depuis qu'elle y vivait. Becca n'avait pas changé grand-chose depuis l'époque de son oncle Pardon. Elle avait simplement réarrangé les meubles, ajouté une table ou deux et acheté une nouvelle télévision (Pardon, lui, avait un tout petit poste très ancien).

— Tu veux boire quelque chose ?

— Non, merci.

Becca me pressa de m'asseoir et je m'installai au bord du canapé. Je ne voulais pas m'attarder.

— Anthony est allé laver la voiture, m'apprit Becca. Je pensais que c'était lui quand tu as frappé.

J'attendis qu'elle en vienne au fait.

— Si Anthony et moi on part faire ce voyage, reprit-elle, est-ce ça t'intéresserait d'être en charge de la résidence pendant mon absence ?

— Dis-moi exactement ce que ça implique.

Elle m'expliqua, me donna les détails, me montra une liste d'ouvriers réguliers qui s'occupaient des réparations de l'immeuble, et m'indiqua comment déposer les chèques de loyer. Sous sa couche de maquillage, Becca était une femme sensible qui exposait les choses à la perfection.

Cet argent supplémentaire serait le bienvenu et ce boulot m'apporterait une visibilité dont j'avais besoin. Et puis, j'avais déjà nettoyé quatre des huit appartements du bâtiment, mais c'était deux ans auparavant. Je répondis à Becca que je m'en chargerais avec plaisir, et elle sembla ravie et soulagée.

Je me levai pour partir et, dans cet instant de silence avant que Becca n'entame les salutations d'usage, j'entendis quelque chose à l'étage au-dessus.

Dans l'appartement de Deedra.

Becca déclara :

— Eh bien, Lily...

Je levai la main et elle se tut immédiatement, ce qui me plut, puis elle mima avec ses lèvres : « Quoi ? »

Je pointai le plafond du doigt.

Nous levâmes la tête, immobiles, comme si nous étions équipées d'une vision à rayons X et pouvions voir ce qui se passait là-haut. De nouveau, j'entendis du mouvement dans l'appartement de la défunte. Pendant une seconde, ma peau fourmilla.

— Est-ce que Lacey est là ? soufflai-je en essayant de capter le moindre son.

Becca et moi étions figées comme des statues, mais des statues dont la tête pivotait en silence pour entendre le mieux possible.

Becca secoua la tête, et le ruban qu'elle avait noué autour de l'élastique retenant ses longs cheveux blonds glissa sur ses épaules.

Je désignai du menton la porte de Becca. Je la regardai d'un air interrogateur.

Elle hocha la tête et franchit en silence le seuil.

— La police ? demandai-je à voix basse.

Elle secoua la tête.

— C'est peut-être la famille, murmura-t-elle avec un haussement d'épaules.

Personne n'aurait pu se glisser comme Becca et moi dans les escaliers. Nous étions suffisamment accoutumées aux lieux pour savoir quelles marches craquaient et nous fûmes devant la porte de Deedra avant même d'avoir eu le temps de nous y préparer.

Nous n'avions pas de pistolet, aucune arme à l'exception de nos mains, alors que la personne à l'intérieur pouvait très bien avoir un arsenal complet. Mais c'était la propriété de Becca et elle semblait déterminée à confronter l'intrus sur-le-champ. Nous prîmes une posture maîtrisée et je fis rouler mes épaules pour les échauffer et les détendre.

Becca frappa à la porte.

L'agitation stoppa net à l'intérieur. Il y eut un silence figé pendant que nous attendions, haletantes, de connaître le prochain geste de l'intrus.

Ce silence dura trop longtemps au goût de Becca et elle frappa de nouveau à la porte avec moins de patience.

— Nous savons que vous êtes là-dedans, et il n'y a aucune autre issue à part cette porte !

C'était la vérité, ce qui créait un risque d'incendie pour les appartements. Je me souvenais de Pardon en train de pendre des échelles de corde pour les locataires du deuxième étage pendant un temps, mais il s'était découragé en constatant qu'ils avaient tous emporté l'échelle en déménageant ; en cas d'incendie, les occupants du deuxième étage devraient se débrouiller tout seuls. J'eus le loisir de repenser à ces échelles de corde car le silence se prolongea.

Et encore.

— On ne va nulle part ! déclara calmement Becca.
J'admirais son assurance.

— D'accord, Lily, dit-elle plus fort. Appelle la police.

La porte s'ouvrit d'un coup comme si elle était montée sur ressorts.

— N'appelez pas ma sœur, supplia Marlon Schuster.

Becca et moi échangeâmes un regard de concert et si je lui ressemblais, alors je devais avoir l'air assez idiote. Les yeux bleus de Becca semblaient sur le point de jaillir de leurs orbites, de stupeur et de dépit. Coincer le frère du shérif dans une telle position, dans l'appartement d'une victime de meurtre... Nous nous étions tiré une balle dans le pied avec notre propre provocation. Personne, vraiment personne n'allait nous remercier pour ça.

— Oh, bon sang, fit Becca avec du dégoût dans la voix. Venez, allons chez moi.

Avec un air de chien battu, Marlon se glissa dans l'appartement de la propriétaire des lieux, l'air d'avoir rapetissé comme jamais. Il avait coupé ses cheveux très courts, pour les funérailles j'imagine, et maintenant que j'avais un instant pour l'observer, je réalisai que le jeune homme avait les os très fins. Je doutais qu'il puisse soulever trente-cinq kilos. J'avais espéré que nous tenions l'assassin de Deedra, mais je ne savais désormais plus quoi penser.

Sans y avoir été invité, Marlon se laissa tomber sur la seule chaise posée face au canapé. Becca et moi nous plantâmes devant lui et elle lui intima de parler.

Marlon regardait ses mains, comme si les réponses pouvaient en surgir. Il n'était pas loin de pleurer.

— Comment êtes-vous entré ? demandai-je pour le guider.

— Deedra m'avait donné une clé, répondit-il et je décelai une nuance de fierté dans sa voix.

— Elle ne donnait jamais de clé, répliquai-je pour voir sa réaction.

— Elle m'en a donné une.

La note de fierté était indubitable cette fois-ci.

Becca s'agita à mes côtés.

— Alors pourquoi ne l'avez-vous pas rendue ? demanda-t-elle. J'ai dû céder la mienne à la police, et pourtant je suis la propriétaire des lieux.

— Je l'ai gardée parce qu'elle me l'a donnée, répondit simplement Marlon.

J'examinai attentivement son visage. Je ne suis pas un détecteur de mensonges, mais il me sembla croire ce qu'il disait. J'avais cru remarquer auparavant que Marlon ressemblait plus à son père qu'à sa mère, selon moi du moins. Mais la petite taille du shérif Schuster avait donné une fausse idée de ce dernier ; il avait eu une féroce réputation de policier qui joue de la matraque avant de poser les questions. Si son fils avait hérité de la même brutalité, alors cette dernière était très profondément enfouie.

— Bon, vous êtes donc entré avec une clé que vous a donnée la locataire, résuma Becca d'un air songeur, comme si elle réfléchissait à la légalité de sa visite.

Marlon hocha la tête avec impatience.

— Pourquoi ? demandai-je.

Une rougeur inconvenante monta aux joues de Marlon.

— Je voulais seulement…

Sa voix s'estompa, car il prit certainement conscience qu'une phrase qui commençait ainsi ne pouvait finir de manière convaincante.

— Oui, vous êtes entré pour… ? insista Becca.

Marlon prit une profonde inspiration.

— Le film.

— Deedra et vous aviez fait une vidéo ?

J'avais gardé une voix aussi neutre que possible, mais le jeune homme rougit plus encore. Il hocha la tête et l'enfouit dans ses mains.

— Alors vous avez de la chance, parce que c'est moi qui ai tous les films amateurs chez moi. Je vais les trier et quand je trouverai le vôtre, je vous la rendrai.

Je pensai qu'il allait s'effondrer de soulagement. Au lieu de quoi, il sembla perdre son courage.

— Il y avait d'autres choses, dit-il avec hésitation. Que Mme Knopp ne doit pas voir, vous voyez ?

— Je m'en suis occupée, répondis-je.

Becca assimila cette information en nous observant tour à tour.

— C'est vous qui l'avez trouvée, mademoiselle Bard, reprit Marlon en me fixant longuement, comme s'il avait voulu m'ouvrir la tête et voir les images à l'intérieur. Qu'est-ce qui lui est arrivé ? Marta n'a pas voulu me laisser la voir.

— Marta a eu raison. Si vous aimiez Deedra, alors vous n'auriez pas voulu la trouver comme ça.

— Comment ? demanda-t-il, suppliant.

J'étais très mal à l'aise. Je tentai de soutenir fermement le regard du jeune homme pour qu'il me croie :

— Elle était nue dans la voiture, sans blessure apparente, expliquai-je avec prudence. Elle était assise.

— Je ne comprends pas.

Qu'y avait-il à comprendre ? L'explication la plus simple de la scène était probablement la bonne, peu importaient mes difficultés à l'accepter. Deedra avait eu un homme de trop. Cet homme l'avait attirée dans les bois, s'était mis en colère contre elle ou avait simplement décidé que le monde pouvait se passer d'elle, et l'avait tuée.

— Est-ce qu'elle a été violée ? demanda-t-il.

— Je ne fais pas les autopsies, répondis-je d'une voix trop dure.

Deedra était si prompte à avoir des relations sexuelles consenties qu'il devait être délicat d'établir ne serait-ce qu'une théorie sur le viol, à moins qu'il y ait beaucoup de lésions, j'en étais certaine. Peut-être que l'insertion de la bouteille était censée cacher des dégâts d'une autre nature et d'une autre source ? Peut-être indiquait-elle que l'homme avait eu un problème de performance ?

Ou peut-être n'était-ce qu'un acte de mépris.

Becca lui déclara, sans méchanceté :

— Vous savez, Marlon, que Deedra avait beaucoup d'amis.

Son ton définissait clairement de quel genre d'amis elle parlait.

— Oui, je sais. Mais c'était terminé, elle me l'avait dit. Pour moi. Parce qu'elle m'aimait réellement, et moi aussi.

J'y croyais comme j'étais convaincue de la blondeur naturelle des cheveux de Becca. Mais tout le monde avait le droit de se bercer d'illusions... enfin, les autres peut-être. Je soupirai et lui adressai un signe de tête, ayant l'impression d'avoir un million d'années.

— Bien sûr, dis-je.

— Vous devez me croire, insista-t-il, soudain enflammé.

Il se redressa sur sa chaise, les yeux lançant des éclairs et, pour la première fois, je compris ce que Deedra avait vu chez lui, la passion qui rendait ce jeune homme beau et attirant.

— Elle me l'a dit, intervint Becca.

Nous la dévisageâmes tous deux. Quand elle poursuivit, ce fut d'une voix calme et neutre :

— La dernière fois que j'ai parlé avec Deedra, elle m'a dit qu'elle avait enfin rencontré quelqu'un qui était important pour elle, quelqu'un dont elle pourrait tomber amoureuse.

Le visage de Marlon rayonna de soulagement et de fierté. Voyant là l'occasion d'agir, je tendis la main et il y déposa la clé sans réfléchir. Je la rangeai et il n'eut pas un mot de protestation.

Deux minutes plus tard, il quittait l'appartement plus heureux qu'en y entrant. On lui avait dit de ne pas s'inquiéter pour la vidéo qu'il avait tournée avec Deedra, on lui avait repris la clé, il était donc libéré du poids de la culpabilité, et il avait eu la consolation, flatteuse pour son ego, de savoir que sa dernière bien-aimée l'avait elle aussi aimé, suffisamment pour vouloir changer son mode de vie.

Qui ne se serait pas senti mieux ?

— Est-ce que tu as tout inventé ? demandai-je à Becca après le départ de Marlon.

— En partie, admit-elle. La dernière fois que j'ai parlé à Deedra, elle se plaignait encore de la hausse du loyer. Mais quand j'ai dit quelque chose au sujet du fait que je voyais très souvent Marlon, elle a dit qu'elle avait décidé d'être monogame pendant un temps.

— Je n'aurais pas cru qu'elle connaissait ce mot, fis-je remarquer, absente.

— Bon, elle n'a peut-être pas employé le terme « monogame », mais c'est ce qu'elle a voulu dire.

— C'était quand, Becca ?

— Je sais exactement quand c'était, parce que la police n'a pas arrêté de me le demander. C'était samedi après-midi. On rentrait en même temps de nos courses.

— Qui était là, ce week-end-là ?

— Ça aussi, ils me l'ont demandé. Ton ami le chef de la police a passé le week-end chez sa fiancée. Les Bickle étaient eux aussi parties chez leur mère à Fayetteville.

Daisy et Dawn Bickel étaient des sœurs jumelles qui travaillaient dans l'administration, Daisy pour la branche locale d'une grosse chaîne de magasins de vêtements, et Dawn à l'usine de matelas.

— Terry Plowright est allé à un rallye de *monster truck* samedi, de l'autre côté de Little Rock. Il n'a pas dû rentrer avant une heure du matin et, d'après ce que je sais, il a dû dormir une bonne partie du dimanche. Il vit juste en face de chez moi. Au rez-de-chaussée.

Je hochai la tête.

— L'appartement au-dessus de celui de Deedra est inoccupé. Celui qui est face au sien de l'autre côté de la cage d'escalier est occupé par une femme qui travaille au supermarché Wal-Mart et elle a bossé la majeure partie du week-end – au moins dimanche, j'en suis sûre, et quelques heures samedi, je pense. Et l'autre appartement côté façade, c'est Tick Levinson, et tu sais comment il est.

« Comment il est » signifiait alcoolique. Tick parvenait toujours à assumer son travail à la gazette locale en tant que journaliste, mais sans un changement spectaculaire, Tick ne risquait plus d'exercer ce métier l'année prochaine.

— Donc parmi eux, qui peut avoir un lien avec Deedra, à ton avis ?

— Eh bien, Terry, c'est sûr. Il avait beaucoup de « liens » avec elle, et très souvent. Mais je ne pense pas qu'aucun d'entre eux ait pris ça à cœur, dit lentement Becca. Terry n'est sérieux qu'avec les voitures et les camions, tout simplement. Il adore être célibataire. Je pense que les jumelles ne parlent jamais – ne parlaient jamais – à Deedra, à part pour lui dire bonjour. Claude... eh bien, tu sais, en fait je pense que Claude a peut-être rendu visite à Deedra une ou deux fois, si tu vois ce que je veux dire.

Je n'aurais pas pu être plus stupéfaite. J'étais certaine que cela se lisait sur mon visage.

Et j'étais également dégoûtée.

— Tu sais comment sont les hommes, ajouta sèchement Becca.

Oui, je le savais, c'est sûr.

— Mais d'après ce que m'a dit Deedra, c'était il y a des années, peut-être après qu'il a réemménagé à Shakespeare après Little Rock. Avant qu'il retrouve ses repères, si on veut. Juste après son divorce.

Tout de même.

— Rien de récent, quoi qu'il en soit. Et Tick ? Je ne pense pas que Tick éprouve du désir pour quoi que ce soit d'autre que la prochaine bouteille, vois-tu. Est-ce que tu l'as déjà vu descendre les escaliers après le week-end pour aller au boulot ? C'est sinistre. S'il fumait, je me serais inquiétée qu'il nous brûle tous dans notre sommeil.

Pas faux.

— Et avant que tu me demandes, comme l'ont fait les flics, je n'ai vu aucun étranger rôder dans le coin ce week-end-là, mais ça ne veut pas dire qu'il n'y en avait pas. Tout le monde a sa propre clé pour les portes de l'extérieur.

Les portes étaient verrouillées à vingt-deux heures, après quoi, les résidents devaient se servir de leur clé.

— À propos de clé, reprit brusquement Becca en se dirigeant vers son bureau près de la porte.

Elle ouvrit le tiroir du haut et en sortit une.

— Voilà la clé de la porte d'entrée, pour quand je partirai en voyage avec Anthony.

Je la rangeai dans ma poche et me levai pour partir quand Anthony fit son entrée. Je vis au sac qu'il portait qu'il s'était rendu chez Stage, où l'une des sœurs jumelles travaillait. Il avait acheté beaucoup de vête-ments. L'excitation du voyage, j'imagine.

— Où est-ce que vous allez, alors ? demandai-je.

J'essayais de me montrer polie.

— Oh, qui sait ! s'exclama Becca en riant. On pourrait aller au Mexique, on pourrait aller en République domi-nicaine ! Si un endroit nous plaît vraiment, il se pourrait qu'on y reste.

— Tu vendrais la résidence ?

— C'est une possibilité, répondit Becca plus sobre-ment. Tu dois bien admettre, Lily, que je suis comme un poisson hors de l'eau ici.

Plus que vrai.

— Becca a besoin de voir le monde, déclara fièrement Anthony.

Ils étaient fébriles, aucun doute là-dessus. L'idée de partir en voyage ne me rendrait certainement pas heu-reuse, moi, mais il était évident que Becca était prête à quitter la ville. Elle ne s'était jamais vraiment sentie chez elle à Shakespeare.

Je rentrai chez moi et trouvai Jack, déconcerté, accroupi à côté de la télévision, deux piles de cassettes sur sa droite.

— Lily, tu voudrais bien me dire où tu as eu ces cas-settes ? gronda-t-il, les yeux rivés sur l'épisode de la Belle et l'Audacieux qui se déroulait sur l'écran. Il y a des pornos amateurs mélangés à des *Oprah* et des feuille-tons à l'eau de rose.

Je souris. Je fus incapable de m'en empêcher. Je lui expliquai mon désir de virer ces enregistrements de l'appartement de Deedra.

— Je crois que tu ferais mieux de me raconter encore une fois l'histoire de Deedra depuis le début, dit-il. C'était pas cette fille qui n'avait pas de menton et qui habitait dans l'appartement au-dessus de moi ?

L'automne précédent, Jack avait loué un appartement quand il travaillait sous couverture à Shakespeare.

— Ouais, c'était elle.

Je soupirai. La fille qui n'avait pas de menton. Quelle superbe manière de rester dans les esprits… Je racontai de nouveau toute l'histoire à Jack – la découverte du corps de Deedra, le cri du colin, le silence de la forêt, la femme morte au teint gris assise sur le siège conducteur de la voiture.

— Bon, et elle était morte depuis combien de temps ? demanda Jack.

— Dans le journal, ils ont cité Marta qui déclarait qu'elle était morte depuis dix-huit à vingt-quatre heures.

— Tu as toujours l'article ?

J'allai fouiller dans ma corbeille de recyclage.

Jack s'étendit par terre, remplissant presque mon petit salon, pour lire. Je me rappelai avec un sursaut soudain qu'il emménageait avec moi, et que j'allais pouvoir le regarder à loisir, tous les jours. Je n'avais pas besoin de faire le plein pour pouvoir me repasser les images pendant son absence. Mais il allait souvent prendre beaucoup de place, comme maintenant. Il y avait quelques embûches sur la route qui s'ouvrait devant nous, c'était certain.

— Donc la dernière personne à l'avoir vue, c'est sa mère, quand Deedra a quitté l'église dimanche pour rentrer chez elle à pied.

Jack parcourut une nouvelle fois l'article, le tee-shirt relevé dans le dos et le pantalon de jogging m'offrant un joli spectacle sur son fessier. J'étais très heureuse de le voir ainsi étalé sur mon sol. J'eus envie de lui retirer le journal des mains. Demain matin il allait partir et j'allais devoir travailler, et nous ne profitions pas de l'instant présent comme il le fallait.

— Je me demande ce qu'elle faisait, reprit Jack, qui étudiait l'affaire à la manière de l'ancien flic qu'il était. Est-ce qu'elle est arrivée jusque chez elle ? Comment en est-elle repartie ?

Je rapportai à Jack ce que je savais des locataires qui étaient présents ce dimanche après-midi.

— Becca était en ville, mais je ne sais pas exactement où, conclus-je. Claude était parti, les Bickel aussi, Terry Plowright aussi. Tick était ivre, j'imagine. D'après Becca, cette femme qui travaille chez Wal-Mart, Do'mari Clayton, était au supermarché.

— Où était Becca ?

— Je ne sais pas, elle ne me l'a pas dit.

Je n'avais aucune idée de la manière dont Becca occupait habituellement ses dimanches. Elle n'allait pas à l'église, et même si elle faisait souvent une apparition chez Body Time, elle ne restait pas longtemps. Peut-être que le dimanche, elle flemmardait en pyjama et lisait les journaux, ou un livre.

— Est-ce que son frère était arrivé ?

— Non, je l'ai vu pour la première fois hier.

— Donc il n'a même jamais connu Deedra.

Jack posa son menton sur ses mains et garda les yeux rivés sur le parquet. Pendant ce temps, j'allai chercher le vieux programme télé dans ma chambre – notre chambre – et l'ouvris à la page du samedi. C'était la page la plus pertinente concernant Deedra, puisqu'elle était morte le dimanche.

Je parcourus tous les résumés, vérifiai les sports, cherchai parmi les spectacles du soir. Quand Jack sortit de sa rêverie et me demanda ce que je faisais, je tentai de le lui expliquer, mais le résultat eut l'air plus flou encore que ça ne l'était en réalité.

— Peut-être qu'il y avait du sang sur le programme télé ou quelque chose comme ça, alors le tueur l'a emporté avec lui, suggéra-t-il, désintéressé. Ou peut-être que Deedra a renversé un soda dessus et l'a jeté à la poubelle. C'est le sac qui est plus intéressant. Qu'est-ce qu'il pouvait bien y avoir dedans ? Est-ce qu'elle possédait un de ces énormes sacs, dans lesquels on aurait pu mettre des briques ?

— Non. Le sien était juste assez gros pour son porte-feuille, une brosse, un miroir de poche, des bonbons à la menthe et des mouchoirs. Pas grand-chose d'autre.

— Son appartement n'a pas été fouillé ?

— D'après ce que je sais, non.

— Qu'est-ce qui est suffisamment petit pour être emporté dans un sac à main ?

Jack roula sur le dos, une pose encore plus attrayante. Il concentra son regard noisette sur le plafond.

— Elle avait des bijoux ?

— Pas des bijoux de valeur. Rien qui vaille la peine de créer cette mise en scène élaborée. Si on l'avait assommée avec une pierre pendant qu'elle se baladait dans une rue piétonne, ce serait une chose. Elle avait quelques chaînes en or, ses perles, mais ça devait être tout. Mais là, cette disposition dans les bois... ça me semble personnel. Et ses perles étaient là, suspendues à une branche d'arbre.

— Alors on revient à sa vie sexuelle. Avec qui a-t-elle vraiment couché, ceux dont tu es sûre ?

En posant la question, Jack sembla légèrement gêné. C'était assez bizarre.

— Tous ceux avec qui c'était possible, répondis-je d'un ton absent en commençant à avoir des soupçons. Tu veux une liste ?

Jack hocha la tête, mais il garda les yeux rivés au plafond.

— Marcus Jefferson, le type qui habitait tout en haut à l'avant – l'appartement que tu as eu aussi, déclarai-je, avant de réfléchir quelques secondes. Le fils de Brian Gruber, Claude, Terry Plowright, Darcy Orchard, Norvel Whitbread, Randy Peevely pendant qu'il était séparé d'Heather, plus ou moins – je comptais sur mes doigts – quatre autres. Et ce ne sont que ceux que j'ai vus là-bas, que j'ai vus chez elle. Je n'allais quand même pas donner la liste à Marta Schuster.

— Tu ne l'as pas dit à la police ?

— Ça ne les regardait pas. Il se peut que l'un d'entre eux ait tué Deedra, mais ce n'est pas une raison pour qu'ils subissent tous ça. Et je ne suis pas convaincue qu'aucun d'entre eux ait *vraiment* tué Deedra.

— Tu te fondes sur quoi ?

— Eh bien... Pourquoi ? fis-je en me penchant vers lui, les mains sur les genoux. Pourquoi auraient-ils fait ça ?

— La peur du scandale, répondit Jack, en commençant sa phrase avec assurance et l'achevant avec un doute dans la voix.

— Qui aurait eu peur de cela ? Tout le monde en ville savait que Deedra était... très disponible. Personne ne la prenait au sérieux. C'était le drame de sa vie.

Mon ardeur et ma voix tremblantes me surprirent moi-même. Je m'étais plus souciée d'elle que je l'avais réalisé, pour des raisons que j'ignorais.

— Jack, est-ce que tu t'es senti suffisamment seul en arrivant à Shakespeare pour... ?

Jack devint rouge écarlate. C'était lent et disgracieux.

— Non, répondit-il. Mais c'était pas loin. C'est seulement parce que j'ai pensé au sida que j'ai laissé tomber. Elle avait des préservatifs et j'étais excité, mais j'avais fait un test et j'étais sain, et je... je savais bien que c'était une...

— Une pute ? le coupai-je en sentant la colère monter en moi.

Et je ne comprenais pas pourquoi.

Jack hocha la tête.

C'est fou comme un bon après-midi peut s'envoler, comme ça.

— Tu peux me dire pourquoi tu es aussi furieuse ? demanda Jack dans mon dos.

J'étais à genoux dans la salle de bains, récurant le sol à la main.

— Je ne crois pas, répondis-je sèchement.

Mes mains transpiraient sous mes gants de ménage et je savais qu'elles allaient sentir la vieille chaussette quand j'allais les retirer.

J'essayais moi-même de comprendre. Deedra n'avait eu aucune estime pour elle-même. Ce n'était pas la faute des hommes qui baisaient avec elle. C'était elle qui s'offrait à eux, aucun doute là-dessus. Elle ne demandait rien en retour, sauf peut-être un peu d'attention, un peu de tendresse. Elle n'avait jamais cherché une relation sur le long terme, elle n'avait jamais réclamé d'argent ou de cadeaux. Ce qu'elle voulait, c'était être l'objet du désir, même fugace, parce qu'à ses propres yeux, cela lui donnait de la valeur.

Les hommes pouvaient-ils donc être considérés comme fautifs pour lui avoir donné ce qu'elle voulait ? Quand quelque chose est offert gratuitement, peut-on blâmer ceux qui en profitent ?

Eh bien, moi, oui. Et c'était précisément ce que j'étais en train de faire.

J'allais tout simplement devoir digérer l'information. Ils étaient trop nombreux, parmi les hommes que j'appréciais et le peu que je respectais. Les hommes suivaient seulement leur nature, comme Deedra avait écouté la sienne. Mais je regrettais de ne pas avoir

180

donné la liste des noms au shérif. Pour les faire transpirer un petit peu. Cela aurait été légèrement gênant pour eux, mais celle qui avait souffert, c'était Deedra.

Et finalement, finalement, Deedra avait trouvé Marlon Schuster. Il me semblait être un frêle roseau, mais il voulait être son roseau à elle. Aurait-elle été assez forte pour tourner le dos à son mode de vie et s'engager avec lui exclusivement ? Avait-elle seulement eu de l'affection pour lui ? Même s'il lui offrait ce qu'elle avait toujours cherché, cela ne voulait pas dire qu'elle allait s'en saisir.

Et nous ne le saurions jamais. Deux ans de plus et Deedra aurait pu devenir la femme de Marlon, une femme intègre et blanche comme neige, peut-être même serait-elle tombée enceinte de leur premier enfant.

Mais on avait arraché cette perspective à Deedra, et à Marlon.

Et c'était *ça* qui me rendait furieuse.

Je me sentis mieux une fois que la salle de bains fut étincelante. Au moment d'aller me coucher, je m'étais détendue et, tout en écoutant la respiration profonde et régulière de Jack à côté de moi, je décrétai que son « quasi-frotti-frotta » avec Deedra m'absolvait du mien avec Bobo. Même si Jack ne me connaissait pas bien à l'époque, il m'avait déjà rencontrée et j'avais maintenant l'impression que sa faute annulait la mienne.

Je remuai et me retournai légèrement, incapable de trouver le sommeil. Je songeai au fait de devoir aller travailler le lendemain matin, à Jack qui repartait pour Little Rock. Je me demandais si Birdie Rossiter allait vouloir que je lave son pauvre Durwood ; je me demandais si Lacey allait encore avoir besoin de mon aide dans l'appartement de Deedra.

Finalement, il me vint à l'esprit que le remède à mon insomnie était étendu juste à côté de moi. Je me pelotonnai contre lui, passai la main par-dessus son corps et entamai un massage doux qui, j'en étais certaine, allait le réveiller en un rien de temps.

J'avais raison.

Chapitre 11

Il faisait plus chaud le lendemain, avec un soupçon de la tiédeur étouffante qui annonce l'approche de l'été : un appel au réveil pour les habitants du sud de l'Arkansas.

Jack et moi nous étions levés de bonne heure pour aller nous entraîner ensemble chez Body Time. Nous avions travaillé les triceps ; je savais pertinemment que j'allais être courbaturée après avoir effectué cet exercice avec Jack, parce que j'essayais des poids plus lourds quand il était avec moi et j'y allais plus fort sur les séries supplémentaires.

Janet était là, et elle retourna sur sa machine après avoir salué Jack. Je me rendis alors compte que Marshall sortit de son bureau pour la chercher. J'étais ravie. Il fallait que Marshall remarque Janet, qui en pinçait depuis longtemps pour lui.

Jack, de son côté, ne serait jamais très juste envers mon *sensei* car il était au courant que Marshall et moi avions partagé nos soirées pendant un temps. Il ne se montrait pas ridicule à ce sujet, mais j'avais remarqué une raideur dans sa manière d'évoquer Marshall.

Ce dernier semblait être de très bonne humeur, riant et plaisantant avec Janet, avant de faire le tour de la salle pour saluer les personnes présentes.

— Quoi de neuf ? demanda Jack quand Marshall s'approcha de nous.

— Mon ex se remarie, déclara Marshall, rayonnant, une expression qui faisait un drôle d'effet sur son visage.

J'avais eu quelques démêlés avec Thea, qui était tout petite, toute jolie et largement respectée. Comme un petit serpent venimeux.

— Qui est le malchanceux ? demandai-je après avoir achevé ma deuxième série de pompes.

D'habitude, Jack et moi les faisions contre le rack où reposaient les poids les plus lourds. Nous posions nos mains rapprochées l'une de l'autre au sommet du rack et, les pieds aussi loin derrière que notre taille le permettait, nous commencions ensuite à nous laisser descendre jusqu'à ce que nos nez touchent les poids, puis nous remontions, et ainsi de suite. Je secouai les bras pour évacuer la douleur.

— Un type de Montrose, répondit Marshall, qui riait carrément à voix haute. Et si elle se remarie, j'arrête de payer la pension !

— Quand a lieu le mariage ? demanda Jack en installant ses mains pour faire sa série.

— Dans trois mois, répondit Marshall en m'adressant un sourire rayonnant. Fini, Thea ! Et il possède la concession de John Deere, alors il est installé. Elle ne va même pas recommencer à travailler.

Thea était nourrice, et pas des meilleures, à la garderie de l'ERS.

— Bonne nouvelle, dis-je. J'espère qu'il ne va rien arriver au type avant le mariage.

— Il est dans toutes mes prières, répondit Marshall sans plaisanter.

Il me donna une petite tape sur l'épaule, fit un signe de tête à Jack et se dirigea de nouveau vers Janet, qui se tamponnait le visage avec une serviette. Elle essayait de contenir le plaisir qu'elle ressentait en étant ainsi sollicitée par Marshall, mais c'était peine perdue. Elle brillait d'un tout autre éclat que celui de la sueur.

De retour chez moi, je me douchai et me maquillai pendant que Jack préparait son sac pour repartir et avalait son petit déjeuner. Puis il prit son tour dans la salle de bains pendant que je grignotais un toast et faisais le lit.

Nous pouvions réussir à cohabiter, songeai-je. Il faudrait faire quelques concessions, chacun de nous deux étant habitué à vivre seul, et ça allait certainement prendre du temps, mais on pouvait y arriver.

Jack et moi sortîmes nos voitures de l'allée en même temps, lui pour retourner à Little Rock et moi pour me rendre chez Mme Rossiter.

Birdie était lancée à plein régime, ce matin. À la différence de la plupart des gens, qui ont tendance à partir quand ils voient ma voiture s'engager dans leur allée, Birdie, elle, me voyait comme une compagne qui s'avérait accessoirement être femme de ménage. Et donc, de mon entrée dans la maison jusqu'à mon départ, elle me suivait constamment, en jacassant et en posant des questions, y allant de ses ragots et de ses conseils.

Ça m'épuisait.

Je me demandai si elle parlait à Durwood quand je n'étais pas là. Je pensai que Durwood avait tout du chien béni.

Mais parfois, au milieu de son bavardage inconséquent, Birdie laissait tomber une pépite, un détail utile ou intéressant. Ce matin, Birdie Rossiter m'apprit que Lacey Dean Knopp avait demandé à Jerrel Knopp de déménager.

— J'imagine qu'elle ne sait plus où elle en est depuis que la pauvre petite Deedra s'est fait assassiner, déclara Birdie, la bouche plissée dans un mélange de commisération et de jouissance. Cette Deedra, c'était la lumière de la vie de Lacey. Je sais que quand Jerrell lui faisait la cour, il faisait extrêmement attention à ne pas dire un seul mot sur Deedra. Je parie qu'il en avait après l'argent de Lacey. Chaz Dean, son premier mari, qui est mort avant que vous n'arriviez à Shakespeare... eh bien, Chaz a laissé à Lacey un sacré paquet d'argent. Je savais qu'elle allait se remarier. Pas seulement pour l'argent, Lacey est une belle femme, aucun doute là-dessus, et qui ne fait certainement pas la cinquantaine, ou un âge s'en approchant. Lacey est simplement belle. Si vous épousez quelqu'un qui est beau et qui a de l'argent, vous avez tiré le gros lot, n'est-ce pas ?

Je ne savais pas quel élément constituait le gros lot, l'argent ou la beauté. Lacey, qui possédait les deux, ne me semblait pas être une personne particulièrement chanceuse pour autant.

Pendant que Birdie allait se verser une autre tasse de café, je repensai à ce qu'elle venait de m'apprendre, et aux horribles spéculations auxquelles Janet et moi nous étions laissées aller. Je m'étais dit que personne ne s'inquiéterait si Deedra rendait publique l'une de ses liaisons, mais j'avais temporairement oublié Jerrell. S'il avait mis en danger sa relation avec Lacey, Deedra devait être éliminée, sans pitié. Jerrell était fou de son épouse. Je ne l'avais moi-même jamais aimé et de mon point de vue, la découverte de la culpabilité du beau-père serait une excellente résolution au meurtre de Deedra.

Mais tout en rinçant l'éponge avant de la reposer dans son petit bac, je me renfrognai. Je n'arrivais pas à trouver d'arguments convaincants contre Jerrell, malgré tous mes efforts. Même si je voyais bien Jerrell frapper Deedra avec un objet à portée de main, même lui tirer dessus, je ne le voyais vraiment pas organiser une mise en scène aussi élaborée dans les bois. Les vêtements éparpillés, la position du corps, la bouteille... non, vraiment pas.

Birdie fut de retour, babillant de plus belle, mais je ne l'écoutai plus. Je considérai attentivement la réflexion que je venais de me faire et décidai de mettre au point un plan.

C'était un lundi qui ressemblait étrangement à cet autre lundi ; le temps était clair et dégagé et il faisait une chaleur agréable, comme si l'on se tenait pile à la bonne distance d'un four ouvert.

Au lieu de me garer sur Farm Hill Road, je m'engageai sur le sentier gravillonné. Je ne voulais pas prendre le risque d'abîmer mes suspensions en mauvais état sur les ornières et me garai donc à la lisière du bois. Je restai assise dans ma voiture, l'oreille tendue une minute ou deux. Pas de colin aujourd'hui, mais j'entendis un oiseau moqueur et un cardinal. Il faisait légèrement plus frais à l'ombre.

Je soupirai et sortis de mon véhicule, en retirai les clés que je rangeai dans ma poche pour plus de sûreté. On n'est jamais trop prudent.

Puis je remontai le sentier en me disant que cette fois-ci, il ne risquait pas d'y avoir une voiture garée au milieu des bois, sachant pertinemment qu'il était impossible qu'il s'en trouve exactement au même endroit...

Mais en réalité, il y en avait *bien* une juste là, arrêtée à la même place ! Et, tout comme celle de Deedra, celle-ci ne me faisait pas face. Je m'arrêtai net.

Il s'agissait d'une Bronco vert foncé, ce qui expliquait pourquoi je ne l'avais pas repérée plus tôt. Il y avait quelqu'un dans l'habitacle.

— Oh, non, murmurai-je.

Je secouai la tête de droite à gauche. C'était comme l'un de ces rêves dans lesquels on est contraint de faire quelque chose qu'on redoute, quelque chose qui, on le sait avec certitude, finira horriblement mal. Quand mes pieds se mirent à avancer, je serrai la mâchoire pour m'empêcher de claquer des dents et portai une main à mon cœur qui martelait mes côtes.

Je m'approchai de la fenêtre du conducteur, en restant tout de même à distance pour ne pas sentir une nouvelle fois l'odeur putride. Je ne pensais pas pouvoir la supporter sans vomir et je ne voulais pas m'infliger cela. Je me penchai légèrement pour regarder à l'intérieur et me figeai. Je regardai droit dans le canon d'un pistolet.

Les yeux de Clifton Emanuel étaient aussi ronds et sombres que le canon, et presque aussi effrayants.

— Ne bougez pas, ordonna-t-il d'une voix rauque.

J'étais trop choquée pour dire quoi que ce soit, et je ne comptais pas bouger le moindre muscle. En une seconde, une multitude de choses me traversa l'esprit. Je sus que si je réagissais immédiatement, je pouvais le désarmer, même s'il était lui aussi prêt à presser la détente. Mais c'était un représentant de la loi et j'avais plutôt intérêt à lui obéir, même si je savais par expérience que certains d'entre eux étaient tout aussi malades ou corrompus que les sociopathes qu'ils arrêtaient.

Dans l'ensemble... je restai figée.

— Reculez, ordonna-t-il de cette voix sinistre qui me disait qu'il était aussi tendu qu'un arc.

Pour reculer, il allait falloir que je bouge, mais ce n'était pas le moment d'ergoter. Je fis un pas en arrière.

Marshall nous avait toujours prévenus que, peu importe notre niveau en arts martiaux, dans certaines situations, c'est l'homme qui tient le pistolet qui décide.

Je regardai, en retenant mon souffle, Clifton Emanuel ouvrir la portière de la voiture et en descendre. Même s'il fit bien attention à garder son arme pointée sur moi, j'aurais pu faire un mouvement, mais mon incertitude me paralysait.

Et même si je ne pensais pas que l'adjoint allait tirer, je restai en alerte et prête à l'action. Ses yeux étaient un peu trop blancs à mon goût. Mais je songeai qu'il avait dû m'entendre remonter le sentier, sortir son pistolet et s'asseoir dans la voiture en attendant mon arrivée ; son air étrange n'était donc pas surprenant.

— Contre la voiture, ordonna-t-il ensuite.

Maintenant que j'étais certaine qu'il n'allait pas me tirer dessus d'emblée, je commençai à m'énerver. Je posai les mains sur la voiture, écartai les jambes et le laissai me palper, mais je sentais mon niveau de tolérance s'évanouir en même temps que ma peur.

Il me fouilla aussi impersonnellement que j'aurais pu le souhaiter, ce qui en disait long.

— Retournez-vous, dit-il d'une voix moins rauque.

Je lui fis face et dus lever la tête pour évaluer son état émotionnel d'après son visage. Son corps se détendit légèrement et son regard sembla un tantinet moins nerveux. Je m'appliquai à ne pas avoir l'air menaçant, à empêcher mes muscles de se raidir, et essayai de respirer calmement. Il me fallut une sacrée concentration.

— Qu'est-ce que vous faites ici ? demanda-t-il.

Il était en tenue civile, même si je remarquai que son pantalon kaki et sa chemise en tissu écossais brun ne s'éloignaient pas beaucoup de l'esprit de l'uniforme.

— Je pourrais vous retourner la question, répliquai-je en tentant de ne pas le défier autant que mon for intérieur m'y exhortait.

Je n'aime pas me sentir impuissante. Je déteste ça plus que toute autre chose.

— Répondez-moi, dit-il.

— Je voulais de nouveau jeter un coup d'œil à l'endroit parce que...

J'hésitai, mécontente de devoir éclaircir ce qui n'avait été qu'une vague impression.

— Pourquoi ? insista-t-il.

— Parce que je voulais y réfléchir, achevai-je. Vous voyez, je pensais... (Je secouai la tête, cherchant comment formuler mes propos.) Il y avait quelque chose qui clochait.

— À part le meurtre d'une jeune femme, vous voulez dire ? fit-il sèchement.

J'opinai, ignorant le sarcasme.

Il abaissa son arme.

— C'est aussi ce que je crois.

Il semblait désormais plus étonné qu'autre chose, comme s'il était stupéfait que je puisse repenser à ce que j'avais vu ce jour-là, repenser aux derniers instants de Deedra après avoir signalé sa mort. Dans la tête de Clifton Emanuel, j'étais quelqu'un de si solide que la mort d'une femme que je connaissais depuis des années ne devait pas m'affecter. Ce serait merveilleux, songeai-je, d'être solide à ce point.

Il rangea son arme dans son holster. Il ne s'excusa pas de m'avoir tenue en joue, et je ne lui demandai rien de tel. À sa place, j'aurais fait la même chose.

— Allez-y, m'incita-t-il.

— J'en suis venue à me demander... commençai-je avant de faire une pause, essayant de faire en sorte qu'il me comprenne bien. On est *censés* croire qu'un homme est sorti de chez Deedra avec cette dernière au volant de sa voiture.

— Ou peut-être qu'il lui avait donné rendez-vous ici, intervint-il et je hochai la tête pour lui montrer que je lui accordais cela.

— Soit. Donc, elle est ici, le meurtrier aussi, peu importe comment il est venu. Et puis on est censés croire que le tueur a fait sortir Deedra de la voiture pour une petite partie de jambes en l'air, et lui a dit de retirer ses vêtements. Elle se dépouille devant lui en jetant ses vêtements n'importe où, les collants ici, son chemisier là, ses perles, sa jupe... et elle se retrouve là, au milieu des bois, nue comme un ver. Ensuite elle couche avec lui et il utilise un préservatif, à moins que ce ne soit un crétin fini. Ou peut-être qu'ils ne font rien du tout ? Je ne sais pas ce qu'a révélé l'autopsie. Mais à ce moment-là, quelque chose dégénère.

Clifton approuva de sa grosse tête.

— Ils se disputent à propos d'on ne sait quoi, suggéra-t-il en prenant la relève. Peut-être qu'elle le menace de répéter à sa femme qu'il la saute. Mais ça me semble peu probable, puisque tout le monde atteste que les hommes mariés ne l'intéressent pas. Admettons qu'elle lui dit penser être enceinte, même si elle ne l'était pas. Ou peut-être qu'elle lui dit qu'il n'est pas un bon coup. Peut-être que son truc ne se dresse pas.

Ceci m'avait déjà brièvement traversé l'esprit auparavant à cause du viol artificiel de Deedra avec la bouteille. Quand Clifton Emanuel le suggéra, cette possibilité me parut prendre encore plus de sens. J'observai l'adjoint avec surprise et il hocha sinistrement la tête.

— Chez certaines personnes, l'impuissance est une raison suffisante pour se mettre en rogne, déclara-t-il avec tristesse.

Je détournai le regard dans les ombres profondes du bois et frissonnai.

— Alors il lui a *montré* sa virilité, poursuivit Emanuel. Il l'a frappée au plexus solaire suffisamment fort pour la tuer et pendant qu'elle agonisait, il l'a hissée dans sa voiture et lui a enfoncé la bouteille dans… heu, il la lui a enfoncée.

Il se racla la gorge d'une manière curieusement délicate.

— Et il a filé. Comment ? demandai-je. S'il est arrivé dans la voiture de Deedra, comment est-il reparti ?

— Et s'il est venu par ses propres moyens, il n'a laissé aucune trace. Ce qui est possible, surtout s'il avait un bon véhicule sans fuite d'huile ni rien de ce genre. Le sol était sec cette semaine, mais pas assez pour être friable. Dans ces cas-là, pas de traces. Mais il me semble plus probable qu'il soit venu avec elle dans sa voiture, pour ne pas risquer d'être vu alors qu'il la menait ici. Il devait donc déjà avoir sa voiture garée non loin d'ici. Ou peut-être qu'il avait un téléphone portable. Il a pu appeler quelqu'un pour venir le chercher et inventer une histoire pour se justifier. Quelqu'un en qui il avait confiance et qui ne serait pas allé voir la police.

Je me demandai un instant pourquoi un représentant des forces de l'ordre se montrait aussi disposé à la spéculation.

— Elle n'était pas enceinte, murmurai-je.

Il secoua sa lourde tête.

— Non. Et elle avait eu un rapport avec quelqu'un qui avait mis une protection. Mais on ne sait pas nécessairement s'il s'agit du tueur.

— Alors vous pensez qu'il n'y est peut-être pas arrivé et qu'elle l'a fait enrager ?

Mais ce genre de railleries ne me semblait pas être dans le tempérament de Deedra. Oh bon sang, comment pouvais-je bien savoir comment elle se comportait avec les hommes ?

— C'est possible. Mais j'ai parlé avec l'un de ses anciens partenaires qui a été confronté à ce problème, déclara l'adjoint Emanuel, me surprenant une nouvelle fois. Il a dit qu'elle s'était montrée très gentille à ce sujet, en lui assurant que ça irait mieux la fois suivante.

— Ça n'empêcherait pas certains hommes de la frapper, intervins-je.

L'adjoint acquiesça, m'accordant le crédit de l'expérience.

— C'est donc toujours une possibilité, mais ça ne me semble vraiment pas crédible.

Il fit une pause en me fixant dans les yeux. Il ne me faisait aucun effet, ce qui me convenait parfaitement.

— Donc, conclut-il, on en revient à la question initiale : pourquoi quiconque aurait-il voulu liquider Deedra si ce n'était pas pour une affaire d'ordre sexuel ? Pourquoi vouloir nous faire croire que le mobile était sexuel ?

— Parce que ça permet d'ajouter bien plus de suspects sur la liste ! dis-je.

Emanuel et moi hochâmes la tête de conserve en admettant la pertinence de cette idée.

— Est-ce qu'elle aurait pu apprendre quelque chose à son travail ? Le cabinet du sous-préfet est assez important.

— Les salaires de la région, les taxes foncières... oui, le cabinet du sous-préfet gère un paquet d'argent et de responsabilités. Et nous avons parlé avec Choke Anson plusieurs fois, aussi bien du comportement de Deedra au bureau que de sa relation avec elle. Il m'a semblé hors de tout soupçon. Et quand bien même Deedra aurait détenu des informations liées à son boulot, quelque chose qu'elle n'aurait pas dû savoir, presque tout ce qui s'y passe est d'ordre public et tous les autres employés ont accès aux mêmes dossiers. Ce n'est pas comme si Deedra avait exclusivement...

Il ne termina pas sa phrase, mais je compris où il voulait en venir.

— Je vais vous dire quelque chose, repris-je.

— OK, répondit-il. J'y comptais bien.

Ayant la sensation que cette trahison était nécessaire, je lui relatais l'étrange visite de Marlon Schuster dans l'appartement de Deedra.

— Il avait une clé, dis-je. Il dit qu'il l'aimait. Mais s'il avait découvert qu'elle le trompait ? Il dit qu'elle était elle aussi amoureuse de lui, c'est pourquoi elle lui avait donné une clé. Mais avez-vous jamais retrouvé la propre clé de Deedra ?

— Non, répondit Emanuel en baissant les yeux sur ses énormes pieds. Non, jamais. Ni son sac.

— Et vous et Deedra ? demandai-je brusquement.

J'en avais assez de me poser cette question.

— Je ne l'aurais jamais touchée pour tout l'or du monde, dit-il, le dégoût donnant un ton aigre à sa voix. C'est la seule chose que j'ai en commun avec Choke Anson. J'aime les femmes un peu plus difficiles à satisfaire, qui ont un peu plus de respect pour elles-mêmes.

— Comme Marta.

Il me jeta un regard froid.

— Tout le monde chez nous pense que Marlon est coupable, poursuivit calmement l'adjoint Emanuel. (Il s'adossa contre sa voiture et cette dernière tangua légèrement.) Chacun est d'accord pour dire que Marta est complètement aveugle et aurait dû mettre son frère en garde à vue. Ils parlent tous dans son dos. Impossible de les raisonner. Il est le dernier à l'avoir vue alors ils s'imaginent que c'est lui le responsable.

194

Voilà donc la raison pour laquelle Emanuel se confiait à moi. Il était exclu de son propre clan.

— Marlon était avec Deedra samedi soir ? demandai-je.

L'adjoint acquiesça.

— Et dimanche matin. Mais il assure qu'il ne l'a pas revue après être parti à l'église. Il dit qu'il a essayé d'appeler chez elle plusieurs fois. Et le relevé téléphonique de Deedra le confirme.

— Qui a-t-elle appelé ?

— Sa mère, répondit Emanuel avec intensité. Elle a appelé sa mère.

— Vous savez pourquoi ? demandai-je en gardant une voix douce, parce qu'il me semblait que Clifton était sur le point de faire sauter le couvercle du silence, et je voulais en apprendre un maximum avant que la source ne se tarisse.

— D'après sa mère, c'était une affaire de famille.

Ce couvercle se refermait.

— À propos de Jerrel qui batifolait avec Deedra avant de courtiser Lacey ?

Ses lèvres se crispèrent en une ligne dure et il m'adressa un mouvement de tête qui pouvait signifier tout et n'importe quoi. Le couvercle s'était refermé.

— Je vais y aller, dis-je.

Il regrettait maintenant de m'avoir parlé, le luxe de spéculer avec un autre parti sceptique envolé, surpassé dans son esprit par le fait d'être un représentant de la loi. Il en avait trop dit et il s'en voulait. S'il n'avait pas été aussi épris de Marta Schuster, s'il avait été en bons termes avec ses collègues, il n'aurait jamais prononcé un mot. Je vis qu'il était tiraillé quand il essaya de trouver quoi ajouter pour s'assurer de mon silence.

— Pour ce que ça vaut, dis-je, je ne pense pas que Marlon l'ait tuée. Et une rumeur circule comme quoi Lacey, hier, a demandé à Jerrell de déménager.

L'adjoint Emanuel cilla et considéra cette information en plissant les yeux.

— Et les perles, vous savez ?

Il opina du chef d'un air absent.

J'inclinai la tête vers la branche sur laquelle on les avait retrouvées suspendues.

— Je ne pense pas qu'elle les aurait jetées comme ça.

Cette histoire de perles m'avait tracassée. Clifton Emanuel m'adressa un geste de la main, m'incitant à poursuivre. Je haussai les épaules.

— C'est son père qui lui avait offert ce collier. Il avait de la valeur pour elle.

Clifton Emanuel me sonda avec son regard impénétrable. Selon moi, il devait se demander s'il pouvait me faire confiance ou non. À moins que je ne me trompe ; peut-être hésitait-il à commander un hamburger ou des nuggets quand il passerait au drive-in du Burger Tycoon.

Après un moment de silence, je tournai les talons et parcourus le sentier en sens inverse, plus que consciente qu'il me suivait des yeux. Je n'éprouvais pas cette sensation désagréable avec l'adjoint Emanuel, ce picotement à l'arrière de la nuque que me procuraient certaines personnes ; la sensation qui m'avertissait qu'une entité malsaine et peut-être dangereuse se cachait dans la psyché de cet individu. Mais après notre petite conversation, j'estimais que Marta Schuster était chanceuse d'avoir la dévotion de cet homme, et j'étais heureuse de ne pas être l'ennemie de cette dernière.

Sur le chemin du retour, je réfléchis intensément. Maintenant plus que jamais, il me semblait – et il devait en être de même pour Clifton Emanuel – que quelque chose clochait dans cette scène de crime au milieu des bois. Bien que l'adjoint se fût méfié de moi avant la fin de la conversation, il avait également semblé douter du scénario suggéré par les pièges laissés sur place.

Chez Camille Emerson, mon prochain ménage sur la liste, j'eus la chance de trouver les lieux totalement vides. Je pus cogiter à loisir tout en travaillant.

Le scénario tacite : même si je venais d'en faire le tour avec Emanuel, il me trottait toujours dans la tête. Deedra et son flirt vont dans les bois avec la voiture de Deedra. Le flirt incite la jeune femme à se déshabiller, ce qu'elle fait avec abandon, éparpillant vêtements et bijoux autour d'elle.

Puis une dispute survient. Peut-être que l'homme est impuissant et que Deedra se moque de lui (même si Emanuel avait témoigné, et j'étais d'accord avec lui, qu'un tel comportement ne ressemblait pas du tout à Deedra). Peut-être que Deedra le menace de révéler à sa femme, sa mère ou sa petite amie qu'ils couchent ensemble, point final. Ou peut-être que le flirt aime le sexe brutal et qu'il a tué Deedra dans un accès de colère. Mais cela pouvait-il correspondre au coup fatal qui avait stoppé son cœur ?

À ce moment-là, j'étais tellement lasse de penser à Deedra que je fus tentée par cette dernière explication. Je n'avais pas envie de croire que la mort de Deedra était liée à autre chose que la passion, une passion qui avait fini par échapper à tout contrôle.

Mais alors que je finissais de dépoussiérer les « objets de collection » disposés sur les étagères du salon de Camille Emerson, j'aperçus mon reflet dans le miroir au-dessus de la cheminée. Je vis alors que je secouais la tête de droite à gauche pour moi-même.

Le seul et unique coup qu'avait subi Deedra, selon toutes les sources, avait été fatal. Je savais trop bien à quoi pouvait ressembler le sexe pervers. Il ne s'agissait pas d'un geste légèrement brutal, mais de toute une série d'actes violents. L'intérêt ne réside pas dans l'acte sexuel après un seul coup, mais dans la répétition. L'introduction de la bouteille avait eu lieu après la mort de Deedra. Par conséquent, je me rendis compte, tout en portant un tas de serviettes sales dans la buanderie, que cette démarche immonde et méprisante n'était qu'un leurre. Peut-être l'équivalent du dernier mot dans une conversation.

Voilà qui nous donnait une information sur l'auteur de ce geste, n'est-ce pas ? Je m'emparai d'un mouchoir en papier pour décoller un chewing-gum de la plinthe située juste derrière la poubelle du plus jeune des enfants Emerson.

Nous avions donc quelqu'un de fort, suffisamment pour tuer avec un seul coup. Cet acte était probablement calculé. À l'évidence, cette personne avait bien eu *l'intention* de tuer Deedra.

Nous avions aussi un individu qui méprisait les femmes. Peut-être pas toutes les femmes, mais celles ayant un mode de vie semblable à celui de Deedra. Légères ? Séduisantes ? Jeunes ? Le tout réuni ?

Nous avions un être qui ne montrait aucun respect pour la vie humaine.

Et nous avions quelqu'un d'intelligent. En retournant une fois de plus le problème dans ma tête, je compris que la mise en scène était convaincante uniquement si l'on ne connaissait pas réellement Deedra. Celle-ci n'aurait pas jeté ses affaires autour d'elle ainsi, même en retirant ses vêtements pour quelqu'un, chose que je parvenais parfaitement à imaginer. Mais là encore, elle aurait pu jeter son chemisier, mais elle l'aurait envoyé sur une surface propre et lisse. Elle n'aurait pas balancé ses perles. Et les bois… non, elle n'aurait pas fait ça dans les bois ! Où étaient le plaid ou la couverture sur lesquels s'allongeaient les amoureux ? Pourquoi avoir demandé à Deedra de se déshabiller si c'était pour tirer un coup rapide sur la banquette arrière de la voiture ?

J'en conclus que le meurtrier n'avait pas du tout étudié la personnalité de cette dernière et s'était uniquement appuyé sur un fait : elle était de mœurs légères et docile. Il n'avait pas pris en compte l'importance qu'elle accordait au cadre, à ses effets personnels – une préoccupation qui n'avait malheureusement jamais touché sa pudeur.

Tout en fermant la porte des Emerson derrière moi, je réalisai que j'en savais à présent beaucoup plus que le matin même. Mais ce que j'allais en faire, comment j'allais pouvoir m'en servir, cela restait un mystère. Ces informations ne constituaient pas une preuve à laquelle tout le monde accorderait crédit, même si Clifton Emanuel, lui au moins, m'avait écoutée. J'étais soulagée de savoir qu'il se demandait, tout comme moi, si la scène de crime n'avait pas été créée de toutes pièces.

Créée à quelle fin ?

D'accord, le but avait dû être, comme l'adjoint et moi y avions fait illusion pendant notre conversation, de détourner l'attention. Ce crime avait été maquillé pour faire croire à un motif sexuel ; par conséquent, si la scène était factice, Deedra n'avait *pas* été assassinée pour sa vie débridée.

Alors on l'avait tuée à cause... de son travail au cabinet du sous-préfet ? Parce qu'elle était la fille de Lacey Dean Knopp ? La petite-fille de Joe C. Prader ? Parce qu'elle était grivoise et légère, ce qui faisait d'elle une cible facile ? Je me heurtai à un mur.

Il était temps d'expulser Deedra de mes pensées pendant un moment. Et il n'y eut rien de plus aisé quand je me glissai sur une chaise devant ma table de cuisine à midi.

Sans Jack, ma maison paraissait vide et triste. Ça ne me plaisait pas du tout. Je déjeunai le plus rapidement possible, en l'imaginant rentrer à Little Rock et arriver dans son appartement. Il écouterait ses messages et rappellerait les gens, prendrait des notes sur l'affaire qu'il venait de terminer, répondrait à ses e-mails.

Il me manquait. De toute évidence, j'avais plus besoin de lui qu'il ne l'aurait fallu. Peut-être était-ce parce que, pendant si longtemps, j'avais fait sans ? Peut-être que je lui accordais plus d'importance à cause de tout ce que j'avais traversé ces dernières années ? J'étais consciente des défauts de Jack ; je ne le trouvais pas parfait. Et ça ne faisait pas la moindre différence. Que ferais-je s'il arrivait un jour malheur à Jack ?

Il semblait bien que c'était la journée des questions sans réponses.

Chapitre 12

Au cours de karaté ce soir-là, je n'étais pas concentrée, ce qui me valut une réprimande de Marshall. J'étais ravie de ne pas faire le combat d'entraînement avec lui car j'aurais perdu, et je n'aimais pas ça. Alors que je laçais mes chaussures, Janet vint me taquiner en disant que j'étais distraite parce que je me languissais de Jack. Je parvins à lui adresser un demi-sourire, bien que ma première impulsion eût été de lui répondre brutalement. Permettre à mes pensées amoureuses de perturber quelque chose d'aussi important pour moi, c'était... je me calmai soudain.

C'était assez naturel. C'était normal.

Mais ce n'était pas l'image de Jack sous la douche qui m'avait distraite. J'étais en train de penser à Deedra – à l'expression de son visage dans la mort, à sa position face au volant de sa voiture rouge. Je ne savais pas quoi faire pour l'aider. J'avais fait tout ce qui était en mon pouvoir. Je finis de lacer mes chaussures et me relevai, observant Becca à travers la salle vide, qui apprenait à son frère, en riant, la position correcte des mains dans la posture *sanchin dachi*. Elle me fit signe de venir l'aider, mais je secouai la tête et saisis les anses de mon sac de sport. J'avais envie d'être seule.

Une fois rentrée chez moi, je repris ce que j'avais entamé plus tôt : je parcourus rapidement les cassettes de Deedra, puisque j'avais promis à Marlon de lui donner celle dans laquelle il avait un rôle si je la retrouvais. Je trouvais malsain qu'il veuille garder une vidéo de lui couchant avec une femme qui, maintenant, était morte, mais ce qu'il comptait en faire ne me regardait pas. Je n'aimais pas Marlon Schuster, même si cette formule était un peu violente pour exprimer mes sentiments à son égard. Il aurait été plus juste de dire que je n'avais aucun respect pour lui, ce qui était assez courant chez moi. Je n'avais rien trouvé d'appréciable dans sa personnalité, à part la tendresse qu'il avait pour Deedra. Mais c'était tout de même quelque chose et je lui avais fait une promesse.

Je faillis m'assoupir pendant le visionnage. Je me retrouvais à regarder des choses que je n'avais jamais vues avant : des talk-shows, des programmes de téléréalité sur des conducteurs d'ambulance, des policiers, des criminels recherchés et des enfants disparus. Après avoir testé quelques vidéos, je fus capable de prédire les émissions qu'allait contenir une cassette, son style. C'était comme une sorte d'échantillon figé dans le temps des dernières semaines en matière de télévision. Quand j'avais rangé les cassettes dans un carton, la plus récente avait atterri au fond.

La plupart d'entre elles n'étaient pas étiquetées – celles que Deedra avait déjà vues, j'imaginais. Celles qui étaient étiquetées portaient des abréviations que je commençais progressivement à comprendre. Je découvris que « UVAV » signifiait *Une Vie à Vivre,* et que « F » signifiait *Flics* tandis que « LCPRA » voulait dire *Le Criminel le Plus Recherché d'Amérique* et « Op », *Oprah*.

Après une dizaine de cassettes environ, je trouvai celle de Marlon et Deedra. Je n'en regardai qu'une seconde, assez pour confirmer l'identité du couple. (Il ne manquait plus que cela pour achever Marlon : la vidéo de Deedra avec un autre homme.) Je mis la cassette de côté avec un Post-it discret.

Puisque j'avais commencé, je continuai, par pur acharnement. Je pus en extraire un autre film – Deedra avec notre facteur, l'uniforme à moitié retiré. Toutes les autres vidéos semblaient contenir d'inoffensifs programmes télévisés. Quand j'atteignis le fond du carton, je réalisai que tout correspondait aux résumés du vieux magazine de Jack. Il y avait des choses que Deedra avait enregistrées au cours de la semaine avant sa mort. Je trouvai même un vieux film au bout d'une bande qui datait de samedi matin.

Dans sa vidéothèque, Deedra avait gardé au moins deux talk-shows des samedis précédents. Elle avait mis sur cassettes chaque week-end le même genre d'émissions. Alors où était passée celle du dernier samedi soir ? Elle n'était pas morte avant dimanche ; Marlon avait déclaré l'avoir quittée en vie le dimanche matin. Même si je n'avais pas envie de croire Marlon, elle avait bel et bien parlé à sa mère à l'église, n'est-ce pas ? Alors où était l'enregistrement du samedi soir ?

C'était probablement un détail sans importance, mais les détails sans importance font les bonnes femmes de ménage. Et ils s'additionnaient. Un évier étincelant, une serviette soigneusement pliée, un écran de télévision sans poussière : voici la preuve visible qu'on a pris soin de votre intérieur.

Je commençais à éprouver un mal de tête lancinant. Rien de tout cela n'avait de sens. Je ne pouvais que me féliciter de ne pas faire partie de la police. J'aurais été forcée d'écouter les hommes me raconter, jour après jour, leurs flirts avec Deedra, leurs moments de faiblesse, leurs infidélités. C'est sûr, mieux valait supporter quelques secondes d'un porno amateur plutôt que d'être obligée de nettoyer après Deedra d'un point de vue moral.

Quand le téléphone sonna, ce fut un soulagement.

— Lily ! s'exclama gaiement Carrie.

— Madame Friedrich, répondis-je.

Il y eut une longue pause à l'autre bout du fil.

— Wow, souffla-t-elle. Je n'arrive pas à m'y faire. Est-ce que tu penses que ça va prendre longtemps avant que les gens se mettent à m'appeler Dr Friedrich ?

— Peut-être une semaine.

— Oh, mince, fit-elle, heureuse, l'air d'avoir dix-huit ans à peine. Oh, mince. Bon, où es-tu ? Il s'est passé quelque chose d'important depuis notre départ ?

— Pas vraiment. Comment c'était, les sources thermales ?

— Oh... magnifique, répondit-elle en soupirant. Je n'arrive pas à croire qu'on doive aller travailler demain.

J'entendis un murmure en arrière-fond.

— Claude te remercie d'avoir été présente au palais de justice, répéta Carrie.

— J'étais ravie d'être parmi vous. Vous êtes chez toi ?

— Oui. On doit bientôt déménager les affaires de Claude. Je l'ai dit à mes parents il y a environ une heure ! Ils n'avaient plus d'espoir pour moi, et ça les a rendus dingues.

— Que souhaitez-vous, Claude et toi, comme cadeau de mariage ? demandai-je.

— Lily, nous n'avons absolument besoin de rien. On est si vieux, et on s'est équipés tout seuls pendant si longtemps ! Nous ne voulons rien.

— D'accord. Je vois. Et si je nettoyais l'appartement de Claude quand il aura enlevé toutes ses affaires ?

— Oh, Lily, ce serait génial ! Une chose de moins que nous aurons à faire.

— Alors considère que c'est chose faite.

Carrie faisait part de ma proposition à Claude et je l'entendis protester.

— Claude dit que c'est trop pour toi, puisque c'est ton gagne-pain.

— Dis à Claude de la fermer. C'est un cadeau.

Carrie pouffa de rire et transmit le message.

— Lily, on se voit bientôt, reprit-elle. Oh, Lily, je suis si heureuse !

— Je suis contente pour vous deux.

Tôt ou tard, Carrie apprendrait au sujet de l'incendie et me reprocherait de ne pas lui en avoir parlé moi-même. Mais il était inutile qu'elle descende de son nuage et s'inquiète pour moi après coup. Le lendemain, elle allait retourner au travail, et Claude aussi. Les vies d'un médecin et d'un chef de la police sont tout sauf frivoles et irresponsables.

Le jour suivant, je me surpris à me demander pourquoi je n'avais pas de nouvelles de Lacey. Elle m'avait demandé de l'aider encore un peu dans l'appartement. La crise dans son mariage devait avoir modifié son planning, et ça ne m'étonnait pas. De toute manière, j'avais du travail, ce matin. Le vide laissé par la perte de mon client Joe C. était de nouveau occupé par Mme Jepperson, son auxiliaire de vie m'ayant demandé de venir chez elle.

Mme Jepperson était dans un jour lucide, me confia Laquanda Titchnor d'une voix trop forte quand elle me fit entrer. La fille de Mme Jepperson avait dû se contenter de Laquanda, pour qui j'avais peu de considération, car les meilleures assistantes n'étaient plus disponibles.

La plus grande vertu de Laquanda était sa ponctualité. Elle restait également aussi longtemps que nécessaire et savait composer le 911. Et elle faisait la conversation à Mme Jepperson plutôt que de regarder la télévision en silence toute la journée, comme j'avais vu faire d'autres « baby-sitters » (les jeunes comme les plus âgées). Laquanda et Birdie Rossiter étaient de la même trempe, du moins en matière de commentaires et de commérages incessants.

Aujourd'hui, Laquanda avait un problème. Sa fille avait appelé de l'école pour lui dire qu'elle vomissait et qu'elle avait de la fièvre.

— J'ai seulement besoin que vous gardiez un œil sur Mme Jepperson le temps que je coure chercher ma fille et que je l'emmène chez le médecin.

Elle ne semblait pas vraiment ravie de ma présence. Il était clair pour nous deux que nous ne nous vouions pas vraiment une admiration mutuelle.

— Allez-y, dis-je.

Laquanda attendit que j'ajoute quelque chose.

Voyant que je n'en faisais rien, elle me montra la liste des numéros d'urgence, ramassa son sac et fila par la porte de la cuisine. Après avoir jeté un œil dans la chambre à la femme endormie, je remarquai que la cuisine était toujours aussi propre depuis ma dernière visite. Pour m'occuper, je passai quand même un petit coup rapide dans la pièce ainsi que dans la salle de bains. Laquanda s'occupait toujours du linge et de la vaisselle (pour le peu qu'il y avait à faire) entre deux monologues et Mme Jepperson, qui était clouée au lit, n'avait pas vraiment l'occasion de salir la maison. Sa famille venait lui rendre visite tous les jours, soit sa fille, son fils ou leurs époux respectifs, soit l'un de ses huit petits-enfants. Elle avait également des arrière-petits-enfants, peut-être trois ou quatre.

Après avoir rédigé une liste des produits nécessaires et l'avoir collée sur le réfrigérateur (la petite-fille la ramasserait pour aller en courses), je m'installai au bord du fauteuil de Laquanda près du lit. Elle l'avait soigneusement positionné pour que, d'un coup d'œil circulaire, elle puisse voir à la fois la télévision, la porte d'entrée et Mme Jepperson.

Je pensais que cette dernière était toujours endormie, mais au bout d'une minute, elle ouvrit les yeux. Étréci par l'âge, les paupières ridées, son regard était sombre et embrumé, et ses cils et ses sourcils étant presque invisibles, elle ressemblait à un vieux reptile au soleil.

— Elle n'est pas si mauvaise, déclara Mme Jepperson d'une voix sèche et rauque qui augmentait encore sa ressemblance avec un reptile. Elle parle seulement pour garder le moral. Son travail est tellement ennuyeux.

Et la vieille femme m'adressa un sourire faible qui portait encore les traces d'un charme redoutable.

Je ne savais pas quoi lui répondre.

Elle me regarda avec une attention soutenue.

— Vous êtes la femme de ménage, dit-elle comme si elle venait de mettre une étiquette sur mon front.

— Oui.

— Vous vous appelez… ?

— Lily Bard.

— Vous êtes mariée, Lily ?

Mme Jepperson semblait se sentir obligée de se montrer sociable.

— Non.

Ma patronne sembla considérer ce fait.

— J'ai été mariée pendant quarante-cinq ans, reprit-elle après une pause.

— C'est très long.

— Oui. Les trente-cinq dernières années, je ne pouvais plus le supporter.

J'émis un bruit étranglé qui servait en réalité à étouffer un petit rire.

— Vous vous sentez bien, jeune fille ?

— Oui, madame. Tout va bien.

— Mes enfants et mes petits-enfants détestent m'entendre parler comme ça, dit-elle d'une voix mesurée. (Elle m'étudia plus attentivement de ses yeux plissés.) Mais c'est le luxe de survivre à son mari. Vous pouvez dire tout ce que vous voulez de lui !

— Je n'y avais jamais pensé.

— Eh bien, je vous le dis, assura-t-elle d'un ton incontestable. Il avait l'œil pour les autres femmes. Je n'insinue pas qu'il a vraiment fait quoi que ce soit à ce sujet, mais il matait à profusion. Il aimait les godiches.

— Alors il a fait une erreur.

Elle se mit à rire après une seconde de réflexion. Son rire lui-même avait un son sec et rauque.

— Oui, c'est vrai, reprit-elle, toujours amusée. Il s'en est bien sorti dans l'industrie du bois, il m'a laissé assez pour finir ma vie sans devoir enseigner à l'école ou faire des choses stupides que je n'étais pas censée faire. Bon, bien sûr, j'ai dû diriger l'entreprise après sa mort. Mais je m'y connaissais déjà et j'ai appris le reste.

— J'imagine que vous savez à qui appartiennent les terres dans les parages puisque vous étiez dans le bois.

Il m'était venu à l'esprit que j'avais devant moi une précieuse source d'informations.

Elle me regarda, légèrement surprise.

— Oui. Je le sais.

— Vous connaissez Birdie Rossiter, la veuve de M.T. Rossiter ?

— La belle-fille d'Audie Rossiter ?

— Voilà. Vous savez où elle habite ?

— Audie leur a donné ce terrain. Ils ont construit juste à côté de Farm Hill Road.

— Exact.

— Eh bien ?

— Il y a quelques hectares de bois juste après les panneaux à la sortie de la ville, juste au sud de la route.

— Ce terrain n'est pas encore construit ? s'étonna Mme Jepperson. C'est une surprise. Moins d'un kilomètre après les limites de la ville, c'est bien ça ?

Je hochai la tête. Puis, craignant qu'elle ne comprenne pas, j'ajoutai :

— Oui.

— Vous voulez savoir à qui cela appartient ?

— Oui, madame. Si vous le savez.

— Vous pourriez aller au cabinet du sous-préfet vous renseigner.

— C'est plus facile de vous poser la question.

— Hmm, fit-elle en m'observant, songeuse. Je pense que ces terres appartiennent à la famille Prader. Du moins, c'était le cas jusqu'à il y a environ cinq ans.

— Vous travailliez encore à cette époque ? demandai-je, situant Mme Jepperson dans les quatre-vingts ans.

— Je n'avais rien d'autre à faire. Je demandais aux hommes que j'avais engagés de me faire faire le tour. Pour bien leur montrer que je surveillais leur travail. Croyez-moi, je les maintenais sur le qui-vive. Ils doivent continuer à générer de l'argent pour ces vauriens de petits-enfants qui sont les miens.

Elle sourit et, si j'en avais douté, j'eus la confirmation qu'elle ne pensait pas réellement ce qu'elle disait de ses petits-enfants.

— C'est Joe Prader le propriétaire de ces terres ?

— Oui, si ma mémoire est bonne. Il laisse sa famille et ses amis y chasser. Joe C. est encore plus vieux que moi, alors il se peut qu'il ne lui reste aucun ami. Et il n'en avait déjà pas des masses au départ.

Mme Jepperson s'endormit sans préambule. Ce fut si alarmant que je vérifiai tout de même son pouls, mais d'après ce que je constatai, tout allait bien. Laquanda réapparut peu après et vint à son tour jeter un œil à la vieille femme. Elle avait déposé sa fille chez elle avec des instructions : prendre de l'Emetrol, boire un soda au gingembre et se mettre au lit.

— Tout s'est bien passé pendant mon absence ? demanda Laquanda.

— Oui. Nous avons discuté.

— Vous ? Et mam'zelle Jepperson ? J'aurais voulu entendre ça ! s'exclama Laquanda avec scepticisme. Cette dame sait tout, je dis bien tout, sur Shakespeare. Du moins sur les personnes blanches, et sur beaucoup de Noirs aussi. Mais elle ne le partage pas, non madame. Elle sait se taire.

Je haussai les épaules et rassemblai mes affaires. Si je lui avais posé des questions sur de vieux scandales ou des personnalités, je n'aurais certainement pas obtenu la même coopération qu'au sujet des terres. Les terres, c'était le travail. Les gens, non.

Quand je rentrai chez moi pour déjeuner, j'avais un message de Becca sur mon répondeur. Elle avait pensé à quelques factures qui arriveraient à échéance pendant son absence, et elle voulait me laisser des chèques pour les régler. Après avoir avalé un sandwich au thon, m'être brossé les dents et avoir vérifié mon maquillage, il me restait encore trente minutes avant mon rendez-vous suivant, je décidai donc de me forcer un peu.

Il y avait un pick-up garé à l'arrière de la résidence. Il était à moitié rempli de cartons. Séparé de Lacey ou non, Jerrel donnait un coup de main pour vider l'appartement. Il n'était nulle part en vue et j'en déduisis qu'il se trouvait là-haut, chez Deedra.

Ce fut Anthony qui répondit à la porte de Becca. On aurait dit qu'il venait de sortir de la douche et d'enfiler quelques vêtements.

— Becca est là ? demandai-je.

— Bien sûr, entrez. Belle journée, n'est-ce pas ? (J'acquiesçai.) Elle arrive tout de suite. Elle est sous la douche. On est allés courir, expliqua-t-il.

Je finis par m'asseoir en ne voyant pas apparaître Becca. Il me sembla entendre la porte de la salle de bains s'ouvrir à un moment, mais si Becca avait passé la tête à l'extérieur, elle était immédiatement retournée à sa toilette. C'était une femme qui s'entretenait beaucoup. Son frère continuait de me faire la causette avec une détermination assez prononcée, mais je fus ravie quand Becca apparut et que nous pûmes en rester là. Anthony semblait ne vouloir parler que de ses expériences avec les prisonniers qu'il représentait. Cela frôlait l'obsession, songeai-je.

Becca sortit de la salle de bains enveloppée dans un peignoir. Même après une douche, elle était toute pomponnée.

— Lily, dit-elle, surprise de me voir. Depuis quand tu es là ?

— Environ dix minutes, répondis-je.

— Tu aurais dû m'appeler, dit-elle à Anthony en lui donnant une petite tape sur l'épaule. Je me serais dépêchée.

J'attendis qu'elle me fasse part de la raison pour laquelle elle avait voulu me voir. Elle s'était arrangée avec la banque pour que cette dernière m'envoie un chèque pour la maintenance de la résidence, et elle m'assura que les chèques arriveraient systématiquement jusqu'à ce qu'elle revienne en ville et annule cette consigne. Elle s'était arrangée pour que les services publics soient automatiquement prélevés, et elle avait inclus un extra sur mon chèque pour d'éventuelles réparations imprévues.

Je remarquai alors qu'Anthony me regardait avec un peu trop d'insistance et me répondait plus qu'il n'en valait la peine. Becca pouvait-elle m'avoir demandé de passer parce que son frère était attiré par moi ? Était-ce pour cela qu'elle était restée si longtemps dans la salle de bains ? Cette idée me mit très mal à l'aise. Certaines femmes aiment profiter de toute l'attention que les hommes pouvaient leur montrer. Je n'en fais pas partie.

Progressivement, je m'extirpai de la conversation et me rapprochai de la porte. Je l'avais déjà entrouverte quand Becca me demanda si c'était moi qui avais pris les cassettes chez Deedra. Je hochai la tête en continuant, centimètre par centimètre, de quitter l'appartement.

— Si tu tombes sur une cassette dans laquelle j'apparais, tu voudras bien me le dire ? demanda Becca.

Je la dévisageai en songeant au genre de films qu'avait faits Deedra.

— Bien sûr, répondis-je. Mais j'ai presque fini de les visionner et je ne t'ai pas vue. Souviens-toi, je devais les regarder pour Marlon.

Becca sembla perplexe.

— C'est curieux. J'ai emprunté la caméra de Deedra pour me filmer en train de faire les cinq premiers *katas* et voir ce que je faisais de travers. Quand je la lui ai rendue, j'ai bien peur d'avoir laissé la cassette dans la caméra. Je me demandais si elle était là-haut.

Elle semblait si sincère ! J'étais embarrassée. Était-elle en train de se couvrir devant son frère, ne voulant pas dire devant lui que Deedra et elle s'étaient engagées dans des activités exclusivement féminines ? Ou bien était-elle sérieuse à propos des *katas* ?

— Le shérif a ouvert la caméra et elle était vide. Si je tombe sur ta cassette, je te l'apporterai, lui dis-je pour parer à toutes les éventualités.

Voilà qui constituait un bon mot de conclusion, et je fermai donc la porte derrière moi et pivotai pour quitter la résidence. Je jetai un coup d'œil à ma montre. Si je ne me dépêchais pas, j'allais être en retard pour mon prochain rendez-vous. Quand je relevai les yeux, un homme grand et furieux se trouvait en travers de mon chemin.

Jerrell Knopp semblait deux fois plus grand et trois fois plus cruel quand il était en colère, et il était très, très en colère.

— Lily, pourquoi vous fourrez votre nez dans les affaires des autres ? demanda-t-il avec rage.

Je secouai la tête. C'était la journée de la confusion. Qu'avais-je bien pu faire à Jerrell ?

— Vous êtes allée parler à la police de ce jour où je me suis disputé avec Deedra, le jour où ce gamin a tagué sa voiture.

— Je n'ai rien fait de tel, répliquai-je rapidement.

Jerrell ne s'attendait pas à ça. Il me regarda d'un air suspicieux.

— Vous vous foutez de moi, jeune fille ?

Il avait sans le moindre doute abandonné le visage poli qu'il montrait quand sa femme était là.

— Je n'aurais jamais fait ça, ajoutai-je.

— Quelqu'un a dit à la police que je m'étais battu avec Deedra. Considérez-vous ce matin-là comme une bagarre ? Je lui ai dit ses quatre vérités, elle avait besoin de les entendre de la part de quelqu'un, ça, c'est sûr, mais de là à se bagarrer... ça non !

C'était vrai. Il avait dit à sa belle-fille assez franchement qu'il fallait qu'elle garde son pantalon, et surtout qu'elle devait se montrer discrète si elle couchait avec un homme de couleur. Si je me rappelais bien, il lui

213

avait aussi dit qu'elle n'était qu'une pute qui ne demandait pas d'argent.

— Je n'ai parlé à personne de cette matinée, répétai-je.

— Alors comment la police l'a-t-elle su ? Et pourquoi diable Lacey a-t-elle fait mes valises pour m'envoyer à l'hôtel ?

Le visage rugueux, vieillissant et élégant de Jerrell se chiffonna sous l'effet de la colère et de l'incompréhension.

Le shérif ne pouvait l'avoir appris que par quelqu'un qui se trouvait dans la résidence à l'heure de la dispute. Je pariai sur Becca. Ils avaient élevé la voix et elle vit juste au-dessous de Deedra. Mais j'avais aussi mon idée quant à la raison pour laquelle Lacey avait demandé à Jerrell de partir.

— Peut-être que Lacey a appris que vous aviez couché avec Deedra avant de commencer à la fréquenter, suggérai-je.

J'avais lancé ça un peu au hasard, mais j'avais apparemment tapé dans le mille. Jerrell devint blanc comme un linge. Je le vis osciller comme si je l'avais frappé. S'il continuait, j'allais devoir le rattraper pour l'empêcher de tomber et je n'en avais vraiment pas la moindre envie. Je n'aimais franchement pas Jerrell Knopp, pas plus qu'il ne m'aimait, moi.

— Qui a dit ça ? demanda-t-il d'une voix étouffée, qui m'inquiéta plus que je ne l'aurais voulu.

Je haussai les épaules. Pendant qu'il cherchait quoi dire d'autre, je m'éloignai.

J'étais certaine qu'il n'allait pas me suivre, et j'avais raison.

Quand je rentrai chez moi, vers dix-sept heures, je trouvai un message sur mon répondeur. Jump Farraclough, le second de Claude, voulait que je me rende au poste de police pour signer ma déclaration sur la nuit où j'avais sauvé Joe C., et il voulait me poser d'autres questions. J'avais totalement oublié cette signature ; il s'était passé tant de choses ! Je réécoutai le message pour essayer de déchiffrer le ton de la voix de Jump. Semblait-il hostile ? Suspicieux ?

J'étais vraiment peu enthousiaste à l'idée d'aller au poste. Je voulais effacer les traces de Deedra Dean de ma vie, je voulais penser à Jack qui allait venir habiter avec moi, je voulais m'entraîner, ou lire – tout sauf répondre à des questions. J'accomplis une série de tâches inutiles pour repousser le moment de répondre à la convocation de Jump.

Mais on ne peut pas ignorer une convocation de la police, du moins si l'on veut continuer à vivre et à travailler dans une petite ville.

La police municipale de Shakespeare était logée dans une maison rénovée qui rappelait le style d'un ranch, juste à la sortie de Main Street. L'ancien commissariat, un bâtiment étriqué en brique rouge situé en face de la prison, avait été condamné. Tant que les Shakespeariens rechignaient à rassembler l'argent nécessaire à la construction d'un nouveau commissariat, la police municipale était coincée dans cette demeure maladroitement reconvertie à un pâté de maisons du palais de justice. Celle-ci avait anciennement servi de logement au geôlier, puisqu'elle était adossée à la prison.

J'entrai en silence et jetai un coup d'œil vers le comptoir sur la gauche. La porte du bureau de Claude était fermée et la vitre sombre, Claude n'était donc pas encore revenu au travail, ou bien il était parti tôt. Je n'aimais pas ça du tout.

Un officier que je ne connaissais pas se tenait derrière le guichet d'accueil. C'était une blonde au visage étroit, aux dents de travers et aux yeux tombants, de la couleur du tabac. Après avoir pris mon nom, elle partit d'un pas lent vers le fond de la pièce principale. Puis elle revint tout aussi lentement en me faisant signe de la rejoindre.

Jump Farraclough attendait dans son petit cagibi, délimité par des panneaux recouverts de moquette grise, et le chef des pompiers se trouvait avec lui. Frank Parrish avait meilleure mine que la dernière fois que je l'avais vu, dans son uniforme de pompier, ruisselant de sueur et sali par la fumée qui s'échappait de la maison de Joe C. ; en revanche, il n'avait pas l'air plus heureux. En fait, il semblait carrément mal à l'aise.

Je me souvins alors qu'il y avait d'autres personnes présentes dans le bâtiment, et trouvai ridicule le sentiment de soulagement procuré par cette pensée. Pouvais-je sérieusement avoir peur d'un adjoint au chef de la police et d'un chef des pompiers ? Je me sentis stupide.

Et je l'étais certainement. Mais j'éprouvais toujours une gêne quand je me retrouvais isolée avec des hommes. Un regard par la fenêtre m'apprit que le soleil était en train de se coucher.

Jump m'indiqua la chaise à dos droit et inconfortable qui se trouvait face à son bureau. Franck Parrish était assis à sa gauche.

— Voici votre déposition, déclara brusquement Jump.

Il me tendit une feuille de papier. J'avais l'impression que l'incendie avait eu lieu des années auparavant ; je me souvenais à peine d'avoir fait cette déclaration. Il n'y avait pas eu grand-chose à dire. J'étais en train de marcher, j'avais vu quelqu'un dans le jardin, j'y avais regardé de plus près et avais remarqué le départ de feu, puis j'avais extrait Joe C. de chez lui.

Je relus attentivement la déposition. On ne se contente pas de parcourir une telle chose. On a du mal à croire que ce sont les mots qu'on a employés. Mais celle-ci semblait bien contenir les miens. Je réfléchis intensément, cherchant si je n'avais rien oublié, essayant de me rappeler un autre détail qui pourrait avoir son importance pour les enquêteurs.

Non. C'était un compte rendu précis. Je m'emparai d'un stylo dans le pot posé sur le bureau et signai le papier. Je lui rendis le stylo et m'apprêtai à partir.

— Mademoiselle Bard.

Je soupirai. D'une certaine manière, je m'étais doutée que ce ne serait pas aussi facile.

— Oui.

— Asseyez-vous. Nous voulons vous poser quelques questions supplémentaires.

— Tout est là, dis-je en pointant du doigt la feuille de papier sur son bureau.

— Faites-nous plaisir, voulez-vous ? Nous souhaitons seulement tout passer en revue avec nous, pour voir si rien ne vous revient.

Je fus subitement sur mes gardes. Je sentis mes cheveux se dresser sur ma nuque. Il ne s'agissait pas là d'une simple suspicion de routine. Ils auraient dû me demander ça avant que je signe ma déclaration.

— Une raison particulière… ? demandai-je.

— C'est simplement… laissez-nous revoir tout ça encore une fois.

Je me rassis lentement en me demandant si je ne devais pas appeler un avocat.

— Bon, alors commença Jump en étirant ses jambes sous le petit bureau. Vous dites que quand vous êtes arrivée devant la porte de derrière, vous avez utilisé vos clés pour entrer dans la maison Prader.

— Non. La porte n'était pas fermée à clé.

— Avez-vous jamais vu Joe C. Prader laisser la porte ouverte la nuit ?

— Je n'étais jamais allée là-bas de nuit.

Pour une raison inconnue, Jump rougit, comme si je m'étais moquée de lui.

— Bien, fit-il avec sarcasme. Donc, puisque la porte était ouverte, vous n'avez pas eu besoin d'utiliser votre clé. Est-ce que vous l'aviez sur vous ?

— Je n'ai jamais eu de clé de la maison Prader.

Je bénis toutes les fois où Joe C. était venu m'ouvrir à une allure d'escargot. Je le bénis pour sa méfiance, pour sa nature grincheuse.

Jump se permit d'avoir l'air sceptique. Franck Parrish regardait au loin, comme s'il avait lui-même voulu se trouver loin d'ici.

— Votre employeur ne vous a pas donné de clé de la propriété ? N'est-ce pas inhabituel ?

— Si.

— Mais vous êtes toujours certaine que c'est ainsi que ça s'est passé ?

— Demandez à Calla.

— Mme Calla serait au courant ?

— En effet. (Pour la première fois, Jump sembla douter. Je poussai mon avantage.) Vous pouvez demander à n'importe quel membre de sa famille. Il me fait toujours attendre aussi longtemps que possible avant de venir m'ouvrir. Il adore ça.

Parrish tourna la tête pour regarder Jump avec surprise. Je commençai à m'inquiéter de plus belle.

— Vous avez l'intention de m'accuser de quelque chose ? demandai-je brusquement.

— Pourquoi ? Non, mademoiselle Bard.

Le chef des pompiers n'avait pas ouvert la bouche depuis mon arrivée. Parrish semblait toujours embarrassé, sans avoir décroisé les bras de sa poitrine. Mais il n'avait pas l'air d'être prêt à contredire Jump Farraclough non plus.

— Contentez-vous de tout reprendre depuis le début... si ça ne vous ennuie pas.

La dernière phrase avait évidemment pour but de faire tampon, aussi chaud et doux que du coton.

— Tout est dans ma déposition, dis-je, envahie peu à peu d'un sentiment que je ne pouvais ignorer. Je n'ai rien de nouveau à ajouter.

— Juste au cas où vous auriez oublié quelque chose.

— Je n'ai rien oublié.

— Donc si quelqu'un dit vous avoir vue là-bas, en train de faire autre chose, il se trompe ?

— Oui.

— Si quelqu'un dit vous avoir vue derrière la maison avec un bidon d'essence à la main, plutôt que devant la maison en train de regarder la mystérieuse silhouette s'évanouir, ce serait faux ?

— Effectivement.

— N'est-ce pas vrai que vous n'aimez pas Joe C. ?

— N'est-ce pas le cas de tout le monde ?

— Répondez à la question.

— Non. Je ne crois pas y être obligée. J'ai signé ma déclaration. Je m'en vais.

Et pendant qu'ils réfléchissaient encore, je m'exécutai.

Tout en gardant un pas régulier pour quitter le commissariat, je décidai que s'ils me suivaient pour m'arrêter, j'appellerais la cousine de Carlton, Tabitha. Cette dernière, que j'avais rencontrée une fois ou deux quand elle lui avait rendu visite, était avocate à Montrose.

Gardner McClanahan, l'un des patrouilleurs de nuit, fixait des yeux une tasse de café à côté du bureau de la réceptionniste. Il m'adressa un signe de tête quand je passai à côté de lui, et je le lui rendis. Je l'avais croisé, la nuit où j'étais allée marcher, la nuit de l'incendie. J'étais certaine que Farraclough le savait. Le fait que Gardner m'ait aperçue ne prouvait rien, ni dans un sens ni dans l'autre, excepté que je n'avais pas essayé de me cacher. Mais puisqu'il m'avait vue, il pourrait au moins s'en porter garant, cela me rassura.

Je traversai la pièce en gardant le regard rivé devant moi. J'avais presque atteint la porte d'entrée et tentai de me souvenir si le numéro de téléphone de Tabitha Cockroft se trouvait dans mon carnet d'adresses. Je me demandai à chaque pas si une voix allait s'élever derrière moi, une voix m'ordonnant de m'immobiliser, intimant à Gardner de m'arrêter.

Je poussai la porte et personne ne me rattrapa, personne ne m'appela. J'étais libre. Je n'avais pas réalisé combien j'étais stressée jusqu'à ce que je me détende. Une fois devant ma voiture, je sortis maladroitement mes clés en prenant de grandes inspirations. S'ils m'avaient passé les menottes… je frissonnai rien que d'y penser.

En toute logique, l'adjoint au chef de la police ou le shérif n'avaient aucune raison de me suspecter de quoi que ce soit. J'avais signalé la mort de Deedra et j'avais sauvé la vie de Joe C. J'avais appelé le 911 les deux fois, comme une bonne citoyenne. Mais au plus profond de moi, je persistais à m'inquiéter, même si mon bon sens me disait sans le moindre doute que Jump Farraclough avait lancé ses filets à l'aveuglette.

— Hé, Lily. (Je tournai vivement la tête et serrai instinctivement les poings.) Vous connaissez la nouvelle ?

Gardner se tenait devant la porte du commissariat, en train de souffler sur son café.

— Quoi ?

— Le vieux Joe C. est mort.

— Il… est mort ?

Voilà donc la raison de l'interrogatoire. Maintenant que l'incendie criminel était un meurtre – malgré l'âge de Joe C., le feu avait certainement causé son décès – l'enquête allait s'intensifier.

— Ouaip, il s'est éteint entre deux souffles, à l'hôpital.

Comme je l'avais prévu, j'avais perdu un autre client. Merde.

Je secouai la tête avec regret et Gardner m'imita. Il pensait que, comme lui, je me lamentais au sujet de l'époque terrible que nous vivions, où un vieil homme pouvait voir sa maison flamber autour de lui. En réalité, je songeai plutôt que si Joe C. avait vécu à une autre période, quelqu'un l'aurait tué bien avant ça.

Gardner descendit les marches et s'approcha en jetant un œil autour de lui dans la rue silencieuse, au ciel nocturne, à tout sauf à moi.

— Vous savez, ils n'ont rien sur vous, déclara-t-il si bas qu'on ne l'aurait pas entendu à un mètre. Jump vous a juste prise en grippe, je ne sais pas pourquoi. Personne n'a jamais dit vous avoir vu dans aucun jardin avec de l'essence. Vous avez sauvé la vie de ce vieil homme et ce n'est pas votre faute s'il est mort des suites de l'incendie. Aucun problème pour vous, Lily Bard.

Je soufflai.

— Merci, Gardner, dis-je.

Je ne regardai pas son visage, mais les alentours plongés dans l'obscurité, comme lui. Si nous nous regardions l'un l'autre, ceci prendrait une tournure trop personnelle.

— Merci, répétai-je avant de monter dans ma voiture.

Sur le chemin du retour, j'hésitai à passer un coup de fil à Claude. Je détestais l'idée de m'immiscer dans un moment d'intimité entre lui et Carrie. D'un autre côté, ils allaient être mariés pour des années, et une conversation de quelques minutes tout de suite pouvait m'éviter quelques rendez-vous désagréables avec Jump Farraclough. Il n'aurait pas essayé de m'effrayer pour

221

m'amener à dire quelque chose de stupide si Claude avait été au courant de ses intentions.

Maintenant que Joe C. était mort, sa propriété allait être divisée. Je me surpris à penser que la demeure à moitié brûlée allait simplement être rasée. Seul le terrain avait de la valeur. L'incendiaire avait juste pris un raccourci pour éliminer le facteur maison et son habitant opiniâtre. Peut-être n'avait-il pas voulu la mort de Joe C. ? Non, laisser un vieillard dans une bâtisse en flammes témoignait sans aucun doute de l'indifférence totale du pyromane pour le destin de Joe C.

Une fois chez moi, je fis les cent pas devant le téléphone. Finalement, je décidai de ne pas appeler Claude. D'une certaine manière, j'aurais eu l'impression d'être une enfant allant moucharder auprès de son père ; une geignarde.

À l'instant où je retirai mes doigts du récepteur, le téléphone se mit à sonner.

— Voilà, il est mort, déclara Calla Prader, l'air curieusement étonné.

— J'ai appris.

— Vous n'allez pas le croire, mais il va me manquer.

Joe C. aurait caqueté de plaisir s'il avait entendu ça.

— Quand ont lieu les funérailles ? demandai-je après une courte pause.

— Il est déjà à Little Rock pour l'autopsie, dit-elle comme si Joe C. avait été malin d'arriver là-bas si vite. Les choses sont lentes par ici, ils ont dit qu'ils le ramèneraient demain. L'autopsie est nécessaire pour déterminer la cause exacte de sa mort au cas où on retrouverait celui qui a allumé le feu. La police pourrait aussi l'inculper de meurtre si Joe C. est mort des suites de ses blessures dues à l'incendie.

— Ça doit être dur à vérifier.

222

— Tout ce que je sais, je l'ai appris dans les livres de Patricia Cornwell, dit Calla. Je parie qu'elle saurait résoudre ce cas.

— Est-ce que je peux faire quelque chose pour vous ? demandai-je pour l'inciter à en venir au fait.

— Oh, oui, j'avais oublié ce pour quoi je vous appelais.

Pour la première fois, je me rendis compte que Calla avait bu quelques verres.

— Écoutez, Lily, les funérailles auront lieu jeudi à onze heures. (Je ne comptais pas y aller. Je le savais.) Nous nous demandions si vous pouviez nous aider après. Nous attendons les arrière-petits-enfants en ville et beaucoup d'autres membres de la famille, alors nous organisons un léger déjeuner chez les Winthrop après le service. Ce sont eux qui ont la plus grande demeure de nous tous.

Petite touche d'amertume.

— Qu'attendez-vous de moi ?

— Nous avons Mme Bladen pour la cuisine et elle a demandé à son neveu de livrer la nourriture à la maison jeudi matin. Nous voudrions que vous disposiez le buffet sur les plateaux en argent de Beanie, que vous vous occupiez de les remplir au fur et à mesure, de faire la vaisselle, ce genre de choses.

— Je vais devoir déplacer mes rendez-vous de la journée.

Le jeudi, je commençais par la famille Drinkwater ; Helen Drinkwater n'était pas une femme flexible. Elle allait poser problème, mais ce serait probablement la seule, songeai-je en repassant rapidement mon planning dans ma tête.

— De quel genre de salaire parlons-nous ?

Avant de m'avancer, il était préférable de savoir.

223

Calla s'était préparée à ma question. Le montant suffisait à compenser les ennuis que j'allais m'attirer du même coup. Et j'avais besoin de cet argent. Mais j'avais une dernière question :

— Est-ce que les Winthrop sont d'accord ? demandai-je d'une voix que je gardai neutre par prudence.

Je n'avais pas mis les pieds chez les Winthrop depuis cinq mois, peut-être plus.

— Pour que vous travailliez pour nous jeudi ? Chérie, c'est Beanie elle-même qui l'a suggéré.

C'est moi qui avais permis d'envoyer le beau-père de Beanie en prison, et elle l'avait plus mal vécu que son mari, le seul fils d'Howell Winthrop. Aujourd'hui, Beanie semblait vouloir oublier cet incident.

Pendant un instant, j'imaginai Beanie me réengageant, ses amis également, et je me voyais retrouver l'aisance financière dont je jouissais à l'époque où elle était ma plus grosse cliente.

Je détestais être si dépendante d'une chose, une chose que seules certaines personnes pouvaient m'offrir.

Réaliste, je redescendis sur terre et dis à Calla que j'allais la rappeler après m'être assurée que je pouvais m'arranger avec mon emploi du temps.

On aurait besoin de moi vers huit heures (pour recevoir la nourriture, arranger les plateaux, faire la vaisselle du petit déjeuner, peut-être dresser la table dans la salle à manger des Winthrop) jusqu'à quinze heures au moins, selon mon estimation. Service à onze heures, ensuite, direction le cimetière, puis retour en ville... les proches endeuillés allaient certainement arriver chez les Winthrop vers midi et quart. Ils auraient fini de déjeuner vers... oh, une heure et demie. Puis j'allais devoir laver les plats, balayer, aspirer...

Quand Helen Drinkwater apprit qu'en me libérant, elle rendrait ainsi service aux Winthrop, elle accepta de me faire venir chez elle le mercredi matin à la place du jeudi.

— Seulement cette fois, me rappela-t-elle sévèrement.

Je devais pouvoir être à temps à l'agence de voyages dont je m'occupais en dernier le jeudi, et le veuf pour qui je faisais le ménage de fond – cuisine et salle de bains, poussière et aspirateur – accepta de me recevoir le mercredi, ce qui l'arrangeait presque plus que le jeudi.

Je rappelai Calla et acceptai sa proposition.

La perspective de cette rentrée d'argent me rendit soudain si optimiste que je ne pensai plus à mes problèmes avec Jump Farraclough. Quand Jack m'appela, alors que je m'apprêtais à me coucher, je parvins à paraître positive, et il m'apprit qu'il cherchait un petit appartement, peut-être même une chambre chez quelqu'un, à Little Rock, abandonnant son trois pièces.

— Si tu es toujours sûre, ajouta-t-il prudemment.

— Oui. (Cette réponse n'allait certainement pas suffire, alors j'ajoutai :) Oui, c'est vraiment ce que je veux.

Alors que j'étais sur le point de m'endormir ce soir-là, il me vint cette curieuse pensée : Joe C. m'avait procuré plus de bons moments depuis sa mort qu'il ne m'en avait jamais offert de son vivant.

Comme pour me punir de ce petit plaisir, cette nuit-là, je fis des rêves.

Il ne s'agissait pas des rêves habituels, qui concernaient le couteau qui avait dessiné sur mon torse, ni du son des hommes qui grognaient comme des porcs.

Je rêvai de Deedra.

J'étais à côté, dans la résidence. Il faisait sombre. Je me trouvais dans le couloir au rez-de-chaussée, le regard tourné vers le haut. Il y avait une lueur sur le palier et je savais, peu importe comment, qu'elle venait de l'appartement de Deedra.

Je ne voulais pas monter ces escaliers, mais il le fallait. Dans mon rêve, j'étais légère comme une plume, je me déplaçai en silence et sans le moindre effort. J'étais déjà en haut des marches avant d'avoir eu la sensation de bouger. Il n'y avait absolument personne d'autre dans le bâtiment à l'exception de ce qui reposait là pour moi.

Je me tenais dans l'encadrement de la porte de Deedra et regardais à l'intérieur. Elle était assise sur le canapé et son visage était baigné de la lumière bleutée de la télévision. Elle était habillée, intacte, elle pouvait bouger et parler. Mais elle n'était pas en vie.

Elle s'assura que je croisai bien son regard. Puis elle leva la télécommande, celle que je l'avais vue tenir à la main tant de fois, un gros objet qui fonctionnait à la fois avec la télévision et le magnétoscope. Tandis que je regardais ses doigts posés sur la télécommande, elle appuya sur le bouton LECTURE. Je tournai la tête vers l'écran, mais de ma position, je ne distinguais qu'un vague mouvement lumineux. Je reportai mon attention sur Deedra. Elle tapotait la place à côté d'elle de sa main libre.

Alors que je m'approchais d'elle, j'avais bien conscience que Deedra était morte et que je ne devais pas la rejoindre. Je savais qu'en regardant l'écran, j'allais m'attirer de terribles ennuis. Dans mon rêve, seuls les morts pouvaient regarder ce film. Les vivants n'étaient pas censés en supporter le visionnage. Et pourtant, ainsi est fait le subconscient ; il fallait que je contourne la table basse et m'assoie à côté de Deedra. Une fois près d'elle, je ne sentis aucune odeur ; mais sa peau était incolore et ses yeux dépourvus d'iris. Elle pointa de nouveau son doigt vers l'écran. Sachant que je ne devais pas, et pourtant obligée de le faire, je regardai l'image.

226

Ce fut si atroce que je me réveillai.

Haletante, essoufflée, je reconnus ce que j'avais vu sous la forme d'une image d'outre-tombe aux rayons X. J'avais vu à travers les yeux de Deedra. J'avais vu le couvercle d'un cercueil, depuis l'intérieur, et au-dessus, la terre sur ma tombe.

Chapitre 13

Le lendemain matin, j'étais d'humeur bougonne, même pire. Je tentai de remonter à la source de ces sentiments injustifiés et compris que j'étais en colère contre Deedra. Je ne voulais pas rêver d'elle, je ne voulais pas voir son corps de nouveau, quelle que soit la manière dont elle se manifestait, vivante ou morte. Pourquoi m'obsédait-elle autant ?

Au lieu d'aller chez Body Time, je me défoulai sur mon sac de sable, suspendu à sa robuste chaîne dans la petite pièce qui était censée être une chambre d'amis. La chaîne grinça et gémit tandis que j'expulsais mes propres craintes.

On n'avait trouvé aucune trace de sperme dans le corps de Deedra, aucune contusion ni aucun bleu dans la zone génitale, seulement les signes d'un rapport sexuel ayant eu lieu quelque temps avant sa mort. Mais d'une certaine manière, elle avait été violée. Je pris une profonde inspiration et rouai le sac de coups. Droite, gauche, droite, gauche. Puis je donnai des coups de pied : un dans l'entrejambe, un dans la tête, avec ma jambe droite. Un dans l'entrejambe, un dans la tête, avec ma jambe gauche.

D'accord. Là était la raison, la source de cette détresse enfouie qui se répandait en moi quand je pensais à Deedra. Qui que soit celui qui lui avait enfoncé cette bouteille dans le corps, il l'avait traitée comme un déchet, comme un morceau de chair dénué de personnalité, dénué d'âme.

— Elle ne valait pas vraiment mieux, dis-je dans la pièce vide. Elle ne valait pas vraiment mieux.

Je frappai le sac de l'arrière du poing. Je commençais à fatiguer. Le sac bougeait à peine.

Une femme dotée d'une apparence de fillette, la tête à moitié vide, dont les seuls talents se résumaient à un savoir encyclopédique du maquillage et un maniement expert des caméras et autres objets associés, voilà qui était Deedra Dean.

Je retournai vers ma buanderie et fourrai des vêtements dans la machine. Je sentis un objet dur dans une poche de jean. Toujours de mauvaise humeur, je plongeai la main dans la poche et en retirai deux objets. Je dépliai les doigts et restai figée. Des clés. J'étiquetais toutes mes clés dès le début ; d'où venaient celles-ci ?

Je fermai les yeux et repassai la semaine en revue. Puis je les rouvris et observai de nouveau les clés. L'une d'elles était celle de la porte de la résidence ; Becca me l'avait donnée hier. L'autre ? Je revis alors une main me poser une clé dans la paume, mes doigts se refermer et la glisser dans ma poche. Bien sûr ! C'était la clé de l'appartement de Deedra, celle qu'elle avait fournie à Marlon Schuster. Becca et moi avions réussi à le faire céder. Becca ne les avait pas réclamées ; ça ne lui ressemblait pas. Elle faisait tellement attention aux détails... J'irais les lui rapporter.

Puis je me rappelai que j'étais censée me rendre chez les Drinkwater, aujourd'hui plutôt que le lendemain, et je jetai un coup d'œil à l'horloge. Pas le temps de passer chez Becca maintenant. Je rangeai la clé dans la poche de mon jean propre, celui que je portais aujourd'hui, et lançai la machine. Il fallait que je me presse si je voulais venir à bout de cette matinée.

Comme pour me punir d'avoir bouleversé nos habitudes, Helen Drinkwater avait laissé la maison sens dessus dessous. D'habitude, les Drinkwater étaient des gens propres et soignés. Le peu de désordre était causé par leurs petits-enfants, qui vivaient un peu plus bas dans la rue et passaient les voir deux ou trois fois par semaine. Mais aujourd'hui, Helen n'avait pas eu le temps (elle me l'expliquait dans une note) de ramasser les débris du pot de fleurs qu'elle avait fait tomber. Et elle avait posé des draps propres sur le lit pour que je les change, ce dont elle se chargeait elle-même d'ordinaire, puisqu'elle était pointilleuse sur la manière de faire un lit. Je serrai les dents et m'attelai à la tâche, en me souvenant combien les Drinkwater étaient nécessaires à ma survie financière.

Je leur accordai plus de temps pour être certaine qu'Helen n'aille pas dire que j'avais bâclé mon travail. Puis je me rendis directement de chez les Drinkwater à la petite maison d'Albert Tanner, dans un quartier plus humble de Shakespeare.

Albert Tanner avait pris sa retraite le jour de ses soixante-cinq ans et, un mois plus tard, sa femme était tombée raide morte dans la file d'attente à la caisse d'un supermarché. Il m'avait engagée trois semaines plus tard, et j'avais connu un homme profondément endeuillé pendant cinq mois environ. Par la suite, son caractère naturellement optimiste avait lutté pour reprendre le dessus. Progressivement, les corbeilles à papier se remplissaient moins de Kleenex et il avait évoqué la baisse de ses factures de téléphone lorsqu'il s'était mis à appeler ses enfants, qui vivaient en dehors de la ville, une fois par semaine et non plus tous les jours. Vers cette période, les femmes de l'Église avaient arrêté d'inonder son réfrigérateur de plats cuisinés, et le congélateur s'était garni de plats à faire chauffer au micro-ondes, de poissons et de pièces de cerfs qu'il avait tués lui-même. Son panier à linge sale se remplissait beaucoup plus, puisqu'il se douchait et se changeait plus souvent en raison d'un emploi du temps bien chargé. J'avais également remarqué qu'il faisait son lit beaucoup plus souvent.

Quand j'entrai chez lui ce matin-là, Albert se préparait à emmener la meilleure amie de sa femme à un déjeuner de l'Association américaine des retraités.

— De quoi j'ai l'air, Lily ? me demanda-t-il.

Il écarta les bras et s'offrit délibérément à mon inspection. Albert avait un goût très incertain quand il s'agissait d'assembler des couleurs – un problème vestimentaire qu'il avait toujours confié à sa femme, et j'étais donc souvent sollicitée pour lui donner des conseils.

Aujourd'hui, il portait un polo de golf vert foncé rentré dans un pantalon à pinces, des chaussettes vert foncé avec des mocassins, et il me fut donc facile de hocher la tête en signe d'approbation. Il avait bien besoin d'une coupe de cheveux, mais je me dis qu'il devait en être conscient. J'étais d'accord pour contrôler son allure générale, mais c'était tout. Au-delà, cela tournait au maternage. Ou revenait au rôle d'épouse.

Quelques minutes plus tard, il était parti, et je m'apprêtai à me mettre à l'ouvrage. En règle générale, Albert était ravi de savoir que j'étais là quand il avait une bonne raison de sortir ; il n'aimait que je travaille en sa présence, il se sentait mal à l'aise à l'idée de me voir déambuler dans sa maison. Cela lui donnait l'impression d'être un mauvais hôte.

Lorsque je faisais la poussière dans le salon, pièce dans laquelle Albert passait presque tout son temps quand il était chez lui, je commençais toujours automatiquement par ranger les vidéos dans leur boîtier. Albert Tanner était un homme poli et agréable, qui mettait rarement de gros désordre, mais depuis ces nombreux mois passés à travailler chez lui, je ne l'avais jamais vu remettre une cassette dans sa boîte. Comme Deedra, il enregistrait beaucoup d'émissions qui passaient la journée pour les regarder le soir. Il louait des films et il en achetait. Pas trop difficile de deviner que, quand Albert était chez lui, il était rivé à sa télévision.

Quand j'eus terminé, il me restait un boîtier vide. Un rapide coup d'œil autour de moi suffit à me rendre compte qu'il n'y avait plus une seule cassette. J'allumai le magnétoscope et un petit signal lumineux m'apprit qu'Albert en avait laissé une à l'intérieur, ce qui lui arrivait assez souvent. J'appuyai sur le bouton EJECT. Je vérifiai qu'elle était rembobinée et la glissai dans son étui. Si ce n'avait pas été le cas, je n'y aurais pas touché au cas où Albert n'aurait pas fini de la visionner.

Alors que j'ouvrais la porte du meuble où il entreposait ses films, une pensée si intéressante me vint à l'esprit que je rangeai les cassettes d'un geste machinal. Peut-être était-ce là que se trouvait la vidéo manquante – celle que Becca avait laissée chez Deedra. Peut-être se trouvait-elle dans le magnétoscope. À ma connaissance, personne n'avait allumé l'appareil depuis la mort de Deedra.

Ce film aurait donc été le dernier qu'avait regardé Deedra. Je n'étais pas superstitieuse, surtout au sujet de la technologie moderne, mais quelque chose à ce sujet – peut-être le simple fait d'avoir eu cette idée – me donna la chair de poule. Mon rêve était encore très frais dans mon esprit.

Je songeai, tout en pliant soigneusement le linge d'Albert Tanner, qu'il s'agissait probablement de l'enregistrement du show habituel de Deedra. Elle avait eu de la compagnie (Marlon) samedi soir et dimanche matin et, après être rentrée de l'église et avoir parlé avec sa mère au téléphone, elle avait certainement eu hâte de regarder son émission. Elle avait visionné sa cassette. Ou peut-être avait-elle eu le temps de voir tout ce qu'elle avait enregistré et qu'elle avait inséré la vidéo de Becca pour une raison ou pour une autre.

Je me demandai si Lacey allait me demander de revenir, bientôt, pour finir d'emballer les affaires de Deedra. J'aurais alors l'occasion de m'en assurer.

J'avais la clé dans ma poche.

Je pouvais aller vérifier maintenant.

Moi qui avais fait preuve de vertu et qui m'étais protégée en rendant mon double de clé à la police, voilà une autre clé qui m'était littéralement tombée entre les mains.

Était-ce correct de m'en servir ? Lacey m'avait donné les cassettes, il ne devait donc probablement pas y avoir de problème à ce que j'aille chercher la dernière. Le problème, c'était d'utiliser ce jeu de clés pour entrer.

Il serait préférable d'avoir un témoin.

Je rentrai chez moi pour avaler un déjeuner tardif et remarquai, par la fenêtre de ma cuisine, que Claude était en train de passer chez lui. J'observai sa voiture tourner à l'arrière de la résidence. Voilà qui réglait mon problème, songeai-je ; quel témoin plus respectable pouvait-il y avoir que le chef de la police ?

Claude ouvrit sa porte alors que je levais la main pour frapper, quinze minutes plus tard.

Il sursauta légèrement, surpris de me trouver là, et je lui présentai mes excuses.

— Alors le voyage, c'était comment ? demandai-je.

234

Claude sourit.

— C'était génial de partir quelques jours, et on a testé un nouveau restaurant à chaque repas. Malheureusement, j'ai l'estomac tout retourné depuis.

Il fit une grimace.

Après avoir évoqué les sources thermales, l'hôtel dans lequel Carrie et lui avaient logé, et le nombre d'affaires qu'il lui restait à emballer pour emménager chez elle, je lui expliquai ma mission pendant que Claude se frottait le ventre d'un air absent. Il m'écouta d'une oreille.

— Donc, gronda Claude de sa voix lente et profonde, tu crois que cette cassette est celle que cherche Becca ?

— Ça se pourrait. Et son frère et elle partent en vacances demain, après les funérailles, j'imagine. Ça t'embêterait de venir voir avec moi dans l'appartement ?

Claude réfléchit avant de hausser les épaules.

— J'imagine que ça ne pose pas de problème. Tout ce que tu fais, c'est récupérer cette cassette. Et s'il n'y a rien dans le magnétoscope ?

— Alors je referme la porte derrière moi et j'apporte ces clés au shérif.

Claude jeta un coup d'œil à sa montre.

— J'ai dit à Jump que je passerais, cet après-midi, mais je n'ai pas été très précis. Allons-y.

Alors que nous montions les escaliers, j'aperçus à travers les vitres situées de chaque côté de la porte de derrière les Whitley qui sortaient de la voiture de Becca. Je devinai à leurs tenues qu'ils revenaient de la salle de sport. Becca s'était fait une tresse. Le frère et la sœur semblaient engagés dans une conversation sérieuse.

Au moment où je les entendis passer la porte, j'avais ouvert celle de l'appartement de Deedra et je pénétrais à l'intérieur.

À moitié vidé, poussiéreux et désordonné, l'appartement était plongé dans le silence et l'obscurité.

Tandis que Claude montrait des signes d'impatience derrière moi, j'allumai la télévision et le magnétoscope. La voix du présentateur de la chaîne météo me sembla obscène quand elle retentit dans le salon lugubre, où quelques cartons étaient empilés contre le mur et chaque meuble de travers.

La petite icône s'alluma. Il y avait bien une cassette à l'intérieur. Je la rembobinai. En moins de deux secondes, la flèche inversée s'éteignit et j'appuyai sur LECTURE.

John Walsh, le présentateur de l'émission *Le Criminel le plus recherché d'Amérique*, emplit l'écran et je hochai la tête pour moi-même. C'était l'un des shows que Deedra ne manquait jamais. À sa manière douloureusement touchante, Walsh faisait la liste des criminels actuellement recherchés et de ceux qui avaient été arrêtés, des choses qu'il allait nous montrer et qui allaient nous rendre fous.

Bien. J'avais déjà l'impression d'être dans cet état. Je m'apprêtai à sortir la cassette et à abandonner mes recherches, quand je songeai soudain à avancer la bande, à passer les publicités et voir s'il n'y avait rien d'autre sur l'enregistrement.

J'accélérai jusqu'à la reprise de l'émission, et John Walsh se tenait devant des clichés anthropométriques d'un homme et d'une femme. Il secouait la tête par à-coups, et la vidéo d'une reconstitution de crime débuta. J'appuyai sur un autre bouton pour regarder ce moment.

— ... arson, dit Walsh d'un ton décisif.

Dans la reconstitution, une séduisante brune avec des traits d'oiseau de proie, qui ressemblait quelque peu à l'un des clichés, appuya sur une sonnette. Un vieil homme ouvrit la porte et la jeune actrice dit :

— Je suis des Assurances automobiles du Texas. Votre voiture a été citée par l'un de nos assurés comme ayant été impliquée dans un accident qui a embouti la sienne. Pouvez-vous m'expliquer ?

Le vieil homme, l'air confus, fit signe à la jeune femme d'entrer. Son intérieur était agréable, vaste et solennel.

L'acteur qui jouait le rôle de l'homme commença à certifier que sa voiture n'avait été impliquée dans aucun accident et, quand la jeune femme lui demanda si l'un de ses associés pouvait examiner la voiture, il lui tendit volontiers ses clés.

Quel imbécile, songeai-je.

J'en étais une, moi aussi.

Sur l'écran, la jeune femme transmit les clés à son « associé », un jeune homme blond et immense, avec des épaules impressionnantes. Il s'éloigna, probablement en direction du garage du propriétaire, mais la caméra resta à l'intérieur de la maison pendant que le vieil homme continuait à protester aux côtés de la femme. Pour mettre en évidence la sournoiserie de cette dernière, la caméra resta fixée sur ses yeux qui parcouraient la pièce pendant que l'homme jacassait. Elle s'approcha, de plus en plus près, et quand l'homme annonça qu'il comptait appeler son propre assureur, la jeune brune se mit dans une position de combat classique et frappa l'homme à l'endroit où les côtes se rejoignent. Il la dévisagea, hébété, pendant une seconde ou deux avant de s'effondrer au sol.

J'eus à peine conscience du bruit de pas derrière moi.

— Excuse-moi, Lily, dit brusquement Claude. Je vais dans la salle de bains.

Je ne répondis pas. J'étais trop choquée.

La caméra montrait maintenant l'homme avachi. Il était certainement mort.

— Pendant que leur victime était étendue par terre dans son propre salon, rendant son dernier souffle, Sherry Crumpler et David Messinger pillèrent sa maison. Ils ne partirent pas avant d'avoir tout pris : argent, bijoux, voiture. Ils ont même emporté la collection de pièces rares d'Harvey Jenkins.

Remontrez les clichés anthropométriques.

Tandis que John Walsh détaillait la série de crimes similaires perpétrés par le couple, et exhortait les téléspectateurs à traîner ces deux meurtriers en justice, leurs visages emplirent alors l'écran une nouvelle fois.

J'étudiais attentivement le visage de la femme. Je fis pause sur la lecture, posant mes deux mains de chaque côté de mon visage. Tout se clarifia dans ma tête.

— Il me semblait bien avoir entendu quelqu'un là-haut, dit Becca dans l'embrasure de la porte.

J'appuyai immédiatement sur le bouton d'arrêt.

— Ouais, Lacey m'a demandé de venir faire un peu de rangement ici. Je n'aurais pas dû regarder la télévision, dis-je en essayant de sourire.

— Regarder la télévision ? Toi ? Pendant le travail ? Je n'y crois pas une seconde, dit Becca d'un air gai. Je parie que tu as trouvé une autre cassette.

Elle se tourna et s'adressa à quelqu'un qui se tenait dans le couloir derrière elle.

— Chéri, elle sait.

Son frère entra. C'était l'autre cliché anthropométrique. Lui était nettement plus reconnaissable.

— Où est la vraie Becca Whitley ? demandai-je, soulagée qu'ils ne puissent pas entendre la force des battements de mon cœur.

Je pliai légèrement les genoux et déplaçai mes pieds pour avoir un meilleur équilibre.

— Et le vrai Anthony Whitley ?

238

— Anthony s'est attiré quelques ennuis à Mexico, répondit David Messinger. Becca est un tas d'os empilé dans un ravin, quelque part dans les montagnes du Texas.

— Pourquoi vous avez fait ça ? demandai-je en désignant la résidence d'un geste circulaire de la main. Il n'y a pas de richesses ici.

— C'est simplement tombé du ciel, dit la femme à laquelle je pensais toujours comme étant Becca. David vivait une histoire d'amour avec Becca depuis des mois quand il a dû quitter le pays pendant un mois ou deux. Les choses devenaient trop compliquées pour qu'on reste ensemble. David a convaincu Anthony d'aller avec lui. Becca était un vrai modèle de sainteté, mais Anthony, c'était un *bad boy*. Tu ne t'es jamais demandé pourquoi Becca avait été la seule à hériter de la résidence ? Parce que Anthony était en prison. En fait, c'est là que Dave et lui se sont rencontrés. Pendant qu'ils étaient à Mexiiiiiico, les gars sont allés faire du bateau ensemble et quand le bateau est rentré, eh bien, il n'y avait plus qu'un homme à bord. Et cet homme avait tous les papiers d'Anthony.

Becca me sourit, ce sourire rayonnant que j'avais presque commencé à apprécier.

— Et moi, je me suis transformée, comme tu peux le voir. La meilleure perruque que j'ai pu trouver et une bonne couche de maquillage. Pendant que je fréquentais Becca à Dallas, devenant sa meilleure amie puisque j'allais être sa belle-sœur, selon elle, son oncle est mort, ici à Shakespeare. Elle m'avait parlé de lui, de cette résidence et d'un petit paquet de fric. Et elle m'avait parlé du grand-père, aussi. J'avais besoin d'un endroit où m'installer, d'un endroit tranquille où personne ne viendrait m'embêter. Donc, après qu'elle a quitté son travail et laissé son appartement pour venir ici, Becca et moi sommes allées faire une petite promenade toutes les deux.

Son sourire était sincère et éclatant.

Sherry Crumpler et David Messinger se trouvaient entre moi et la seule issue. Quand il me vit la regarder, David referma la porte derrière lui. Il était vraiment immense. Et elle était très, très bonne au combat.

Ils étaient prudents.

— Et les clés, c'est toi qui as pris les clés ?

Pendant combien de temps l'estomac de Claude allait-il faire des siennes ?

— Je savais que j'allais devoir rendre la mienne au shérif, du moins pendant un temps, et je n'étais pas certaine que Deedra n'ait pas laissé une sorte de message. Alors j'ai volé le sac entier et j'ai pris son double dans le parapluie de sa place de parking. Je suis venue ici directement en revenant des bois, j'ai pris le programme télé parce qu'elle l'avait annoté. Mais à ce moment-là, les gens ont commencé à rentrer de week-end et il a fallu que je reste chez moi. Après ça, j'ai eu deux fois l'occasion de remonter ici pour chercher une éventuelle preuve qu'elle aurait pu laisser à notre sujet, mais j'ai fini par conclure qu'il n'y avait rien. Jusqu'à ce que je te voie emporter toutes les cassettes. Alors, j'ai réalisé qu'elle avait probablement enregistré l'émission. Je la regardais ce soir-là. Je te laisse imaginer ce que j'ai ressenti. J'étais cependant certaine que personne n'allait me reconnaître. Mais j'ai croisé Deedra dans les escaliers le lendemain matin quand elle partait à l'église. J'ai été stupéfiée quand j'ai compris qu'elle savait qui j'étais.

— C'est incroyable la différence que peut faire le maquillage, dis-je tandis qu'ils s'écartaient l'un de l'autre et commençaient à s'approcher pour m'encercler.

— Tu sais, je déteste ce truc, dit franchement Sherry. Et je déteste cette putain de perruque. Au moins, je peux l'enlever pour dormir, mais la journée, je dois tout le temps la porter. Le jour où tu es arrivée et que j'étais sous la douche – si je ne m'étais pas entraînée à la mettre à la perfection en une seconde, je serais sortie de la salle de bains tête nue. Mais je suis disciplinée, et j'avais mes cheveux et mon maquillage bien en place.

Progressivement, elle s'était mise en position de combat, tournée de trois quarts vers moi, les genoux pliés, les poings serrés et prêts à l'action. Alors elle frappa.

Mais je n'étais plus là.

J'avais fait un pas de côté et lui donnai un coup de pied dans le genou droit.

Elle émit un son étranglé, mais se remit immédiatement en position. David décida de se glisser derrière moi et me maîtrisa en m'emprisonnant les bras ; je jetai la tête en arrière et lui frappai le nez. Il tituba et Sherry attaqua de nouveau. Cette fois-ci, elle me heurta aux côtes et, essayant d'ignorer la douleur, je lui attrapai le poignet et le tordis.

Je ne faisais que repousser l'inévitable, mais j'avais ma fierté.

Je perdis le contrôle quand David m'assena un coup à la nuque.

— Claude ! hurlai-je à travers le bourdonnement dans mes oreilles. Claude !

Becca – Sherry – entamait un mouvement pour me frapper à nouveau quand Claude sortit de la salle de bains, son arme au poing. Elle lui tournait le dos, mais David le vit, et je fus vaguement consciente de sa présence tandis que je secouai la tête pour m'éclaircir l'esprit. Claude parvint à mettre Sherry hors jeu en l'envoyant s'effondrer sur le canapé de Deedra, tandis qu'il gardait fermement son arme pointée sur David. Je trébuchai, perdant ainsi toute dignité, pour libérer le passage entre Claude et mes agresseurs, en prenant bien soin de rester le plus bas possible pour qu'il puisse tirer si besoin.

Il parla dans la radio accrochée à son épaule, reçut des réactions surprises et répéta ses ordres de son ton calme et ferme qui faisait de lui le patron.

— Je ne peux même pas quitter la pièce, et encore moins la ville, sans que tu te fourres dans le pétrin, me dit-il quand il vit que j'avais récupéré mon souffle. Tu peux m'expliquer ce qui se passe ?

— C'est elle qui a tué Deedra, dis-je.

J'ouvris la porte que David Messinger avait fermée pour que les flics puissent entrer. J'entendais déjà les sirènes se rapprocher.

— Becca a tué Deedra ? Pourquoi ?

— Ce n'est pas Becca. C'est ce que Deedra a découvert.

La femme ne fit aucun commentaire. Elle nous observait seulement avec un long regard de mépris en se tenant le genou. J'espérai que je ne l'avais pas loupée. J'espérai qu'elle souffrait atrocement. David saignait du nez, mais Claude ne le laissa pas tendre la main pour chercher un mouchoir. David, lui non plus, ne disait rien. Un criminel bien trop expérimenté pour ça.

— Eh bien, pendant qu'on parlera de Deedra avec eux, on peut déjà les enfermer pour agression sur ta personne, déclara pensivement Claude.

— Il faut que tu voies cette vidéo, dis-je en désignant le magnétoscope du doigt. Quand les renforts seront arrivés, ajoutai-je à la hâte, préférant que Claude reste concentré pour le moment.

Il fit un sourire de dégoût qui n'avait rien d'amusé.

— C'est pas une vidéo cochonne, hein ? demanda-t-il sans jamais quitter David des yeux.

Et Becca, Sherry, quel que soit son nom, bondit du canapé. Elle aurait volé directement vers la porte où je m'étais accroupie si je n'avais pas désespérément agrippé son mollet. Je n'avais pas les mains assez larges pour l'attraper correctement, mais je parvins à la ralentir et à avoir une meilleure prise sur sa cheville gauche, la cheville de sa jambe intacte. Elle m'écrasa à moitié, mais je réagis et roulai sur moi-même. Je plaçai mon avant-bras contre sa gorge et elle commença à s'étrangler, tout en me griffant la tête et les bras. Je gardai les yeux fermés et la tête rentrée dans mes épaules autant que possible et lui entravai les jambes avec les miennes. Je savais qu'il fallait que je m'en sorte seule ; Claude devait garder David en joue.

— Je vais te tuer ! dit-elle faiblement.

Non, elle n'en ferait rien, mais aucun doute à avoir sur ses intentions.

Toutefois, il lui restait plus d'un tour dans son sac. Elle concentra sa force : plutôt que de faire des moulinets, elle se battit comme quelqu'un entraîné pour ça. Elle m'agrippa les oreilles et tira, essayant de me forcer à rouler sur le côté. Je commençais à fatiguer, je n'étais pas aussi désespérée que cette femme et j'étais sur le point de capituler. Mais je fis appel à toute ma volonté et serrai le poing gauche, luttant pour prendre un maximum d'élan. Elle était tellement résolue à prendre le dessus pour me maîtriser qu'elle ne devina pas mon geste.

Je lui assénai le coup le plus violent possible sur la tête.

Elle émit un son curieux, puis sa poigne se relâcha et son regard se vida de toute expression.

Et alors, deux hommes me soulevèrent.

Il leur fallut une minute pour comprendre qui des deux était la méchante et la gentille. Quand Jump

Farraclough et Tiny Dalton comprirent que j'étais du côté de la loi (bien qu'il ait fallu leur faire un récit détaillé pour les convaincre) ils abandonnèrent l'idée de me passer les menottes et les refermèrent sur Becca, toujours abrutie. Sherry. Peu importe. Sa perruque avait été à moitié arrachée pendant la bataille, malgré le nombre d'épingles qui la fixaient fermement. Au-dessous, ses vrais cheveux (qu'elle avait teints de la même couleur blonde, certainement au cas où ils viendraient à dépasser) ne faisaient pas plus de trois centimètres. Je me demandai si sa remarquable poitrine était la sienne, et à quoi elle ressemblerait quand on lui aurait retiré son maquillage ; tous les contours, les soulignements, les ombres et les couleurs vives avaient redessiné ses traits et les courbes de son visage, jusqu'à ce qu'une experte en maquillage ait perçu sa réelle apparence. Une experte comme Deedra Dean. Deedra avait vu au-delà des lentilles de contact bleues, du soutien-gorge push-up, du maquillage, de la perruque.

— Pourquoi Deedra n'en a-t-elle parlé à personne ? me demanda Claude plus tard ce jour-là.

Nous étions assis dans son bureau au commissariat.

— Peut-être qu'elle n'arrivait pas à croire ce qu'elle avait vu. Elle devait encore certainement douter ; elle voulait peut-être attendre de revoir Sherry Crumpler et de l'observer attentivement pour être absolument certaine que ses soupçons étaient fondés.

— Si tout s'est passé comme elle te l'a dit, Sherry est vraiment maligne et ne semble pas avoir le moindre scrupule à tuer des gens, déclara Claude. Elle a dû se dire qu'il valait mieux tuer Deedra avant que son partenaire arrive en ville, parce que David ressemble nettement plus à son portrait télévisé que Sherry. En le

244

voyant, Deedra aurait tout de suite compris qu'elle avait vu juste.

— Peut-être qu'ils vont se rejeter mutuellement la faute, dis-je d'une voix aussi fatiguée que l'était mon état physique.

— Oh, c'est déjà le cas. Chacun a pris un avocat dans l'annuaire, qui tous deux veulent se faire un nom en étant cités à la télévision quand on fera le compte rendu de l'affaire. Je m'attends à entendre parler de l'émission *Le Criminel le plus recherché d'Amérique* demain au plus tard.

— Tu peux me raconter ce qu'ils disent ?

Je voulais me tenir le plus loin possible de la prison, du commissariat et de Claude quand la presse arriverait.

— David dit qu'ils auraient mis les voiles il y a une semaine si Joe C. était mort quand il aurait dû. C'est elle qui a mis le feu, évidemment – Sherry. Elle voulait toucher ses soixante-dix mille dollars d'héritage. Puis elle s'est dit que si David se manifestait en prétendant être son frère, il obtiendrait également sa part. Une fois Deedra assassinée, elle savait qu'il valait mieux accélérer leur plan pour obtenir l'argent et quitter la ville. Il a déclaré qu'elle avait prévu de vendre la résidence après qu'ils seraient en sécurité quelque part, d'engager quelqu'un pour s'occuper des formalités. Et simplement lui envoyer le papier pour signature. Et ensuite, elle aurait pu disparaître. Personne n'y aurait vu que du feu.

Je considérai ce projet en y cherchant des failles, et n'en trouvai que quelques-unes.

— Elle savait imiter la signature de Becca ?

— À la perfection, apparemment.

— Et puisque personne ici, y compris la famille, n'avait vu Becca et Anthony depuis leur enfance, personne n'a jamais imaginé que ce n'était pas elle ? Ça n'est jamais venu à l'esprit de quiconque de lui poser des questions ?

— J'ai bien l'impression, répondit Claude de sa voix grondante, que la vraie Becca devait être assez esseulée. J'imagine que Sherry, en se déguisant, avait réussi à coller parfaitement à la description de la vraie Becca : blonde, athlétique, les yeux bleus. Mais David a dit que cette dernière avait quelques problèmes émotionnels et qu'elle avait de vraies difficultés à se faire des amis. Je suppose qu'elle a vu en David un don du ciel, et quand sa « sœur » a commencé à vouloir copiner avec elle, compte tenu que David était déjà ami avec son dur à cuir de frère, elle a dû penser que ses jours solitaires étaient bel et bien terminés.

— Pourquoi David s'est-il choisi un métier fictif d'avocat carcéral ?

— Eh bien, il savait tout sur le sujet, non ? Si tu as bien écouté l'émission, tu as entendu que David avait fréquenté la prison toute sa vie. Et Sherry aussi, d'ailleurs.

— Ce qui est sûr, c'est qu'elle a eu un sacré culot et un sacré courage de vivre ici sous l'identité de Becca pendant si longtemps.

— Oui il en faut, mais c'était une couverture parfaite. Et si elle avait pu attendre que David se sente assez en sécurité pour la rejoindre, ils se seraient fait un paquet d'argent – le total de la vente du terrain de Joe C., cent quarante mille dollars, plus ce qu'ils auraient touché de la vente de la résidence. Jusqu'à la diffusion de l'émission, qui n'est survenue que quelques jours avant l'arrivée prévue de David. Il dit qu'elle aurait dû rester en contact avec lui et lui dire d'attendre un peu ; elle, de son côté, dit qu'elle a essayé mais qu'il n'était pas au rendez-vous téléphonique qu'ils s'étaient fixé préalablement. Alors il est venu. Dans l'ensemble, je pense qu'ils se sentaient plutôt en sécurité, plutôt anonymes. La tentative d'incendie de Sherry n'a été qu'un succès partiel, mais il a fini par mourir et ils ont convenu que ce serait louche s'ils quittaient la ville avant les funérailles. Et c'est là que tu es intervenue.

— Je voulais seulement savoir ce qui était arrivé à Deedra.

— D'après David... tu veux vraiment entendre ça, Lily ? David dit qu'il s'agit à la lettre du récit que Sherry lui a confié.

Je hochai la tête. Je baissai les yeux sur mes mains pour ne pas le regarder en face.

— Le dimanche en question, Sherry a brandi une arme devant Deedra, deux heures après qu'elle fut rentrée de l'église et qu'elle l'eut croisée dans les escaliers. Sherry a profité de ces deux heures pour mettre son plan au point, quand elle a compris que Deedra n'allait pas prévenir la police tout de suite. La résidence était vide et, même si elle ne pouvait pas être certaine que quelqu'un n'allait pas débarquer à tout moment, c'était un risque qu'elle devait prendre. Il fallait qu'elle éloigne Deedra de Shakespeare Garden ; si cette dernière mourait chez elle, l'enquête allait se concentrer sur la seule personne présente cet après-midi-là – la propriétaire des lieux. Sherry a obligé Deedra à se rendre en voiture sur le sentier qui part de Farm Hill Road ; elle savait que c'était à la limite de la ville et que ce serait à Marta Schuster que l'enquête serait confiée. Ce paramètre compliquait les choses pile comme il le fallait, puisque Marlon traînait beaucoup autour de Deedra ces derniers temps. Une fois dans les bois, Sherry lui a ordonné de s'arrêter, de descendre et de se déshabiller.

Je sentis mon visage se déformer.

— Elle l'a forcée à jeter ses affaires autour d'elle.

— C'est ça.

Claude garda le silence pendant un long moment. Je savais qu'il essayait, mais qu'il n'y parvenait pas plus que moi, d'imaginer ce qu'avait dû ressentir Deedra.

— Et puis, une fois nue, elle l'a fait s'adosser à la voiture et, quand Deedra s'est mise en position, elle l'a frappée. Un coup dans le plexus solaire. De toutes ses forces.

Je pris une longue et lente inspiration. Puis j'expirai.

— Pendant que Deedra mourait, Sherry a enfoncé la bouteille et a positionné son corps dans la voiture. Ce n'était pas rien, mais Sherry est experte en arts martiaux et c'est une femme très robuste. Comme tu le sais.

J'inspirai. J'expirai.

— Et ensuite ?

— Ensuite... elle est rentrée à pied.

Après toutes nos interrogations quant à un éventuel complice ou plusieurs voitures impliquées, voilà que l'explication était toute simple. Elle était rentrée à pied. Si elle avait longé la lisière des bois, elle serait arrivée jusqu'à la ville sans risquer de se faire remarquer. En fait... je tentai de me figurer une vue aérienne de Shakespeare. Avec une minutieuse planification, elle pouvait être ressortie par les champs derrière la boutique de sport des Winthrop et il lui avait suffi de rentrer sans se presser à la résidence.

— Grâce à toi, reprit Claude après une longue pause, ma femme est toute seule à la maison à se demander quand son jeune mari va venir la retrouver.

Je parvins à lui faire un sourire.

— Grâce à moi, tu vas avoir ton quart d'heure de gloire, lui rappelai-je. Tu as attrapé deux des *Criminels les plus recherchés d'Amérique*.

— Parce que j'avais la diarrhée, dit-il en secouant la tête d'un air piteux.

— Tu peux peut-être passer ce détail sous silence.

— J'aimerais trouver un moyen.

— Disons que tu t'es méfié en entendant des bruits de pas monter à l'étage et que tu t'es caché dans la salle de bains pour les prendre par surprise.

— Ça sonne mieux que l'histoire du poisson pas frais.

— C'est vrai.

— On va rester sur cette version alors.

— Vaut mieux.

— Bon et maintenant, pour toi, Lily ?

— Je dois travailler demain, répondis-je en soupirant profondément, avant de me lever. Je dois réceptionner la nourriture et faire le service aux funérailles de Joe C.

— Non, je veux dire… à long terme.

Je fus prise de court. Claude ne m'avait jamais posé de question sur ma vie privée.

— Tu sais que Jack, c'est le bon, répondis-je sans détour, d'une voix très calme.

— Je sais. C'est un sacré veinard.

— Eh bien, je crois que ça va durer.

— Tu penses que vous allez vous marier ?

— Peut-être.

Le visage de Claude s'illumina.

— J'aurais jamais cru. Je suis content pour toi, Lily.

Je me demandai brièvement pourquoi cette idée faisait plaisir à Claude. Bon, on dit que les jeunes époux veulent que tout le monde autour d'eux se marie.

— Parce que ma femme – et il prononça cette phrase avec beaucoup de fierté – l'a appelé quand elle a appris que tu étais impliquée dans cet affrontement, et il t'attend dans la salle d'attente.

— Carrie… a appelé Jack ?

— Et comment. Quand tu crois être certain que c'est une femme timide, elle te fait ce genre de trucs.

— Il est là, dis-je, soulagée au-delà de toute mesure, et plus heureuse que je ne l'avais été depuis des jours.

— Il te suffit d'ouvrir la porte, dit Claude d'un ton caustique. Si tu regardais par toi-même, je n'aurais pas besoin de te le dire.

Et c'est ce que je fis.

Plus tard cette nuit-là, ma chambre était baignée par la seule lumière de la lune et j'étais assise dans mon lit. Près de moi, Jack était allongé sur le côté, les cheveux emmêlés autour de lui et sa poitrine se soulevant doucement au rythme de son souffle. Son visage endormi était détendu mais fermé. Impénétrable. Je ne pouvais connaître que l'homme qu'il essayait d'être quand il était éveillé. Qui sait où ses rêves l'emportaient, jusqu'où dans son cœur et son esprit ? Plus loin que je ne pourrais jamais aller.

Je me levai, écartai les rideaux et regardai par la fenêtre. Les lumières dans l'appartement qui avait été celui de Deedra étaient toujours allumées ; je supposai que la police les avait laissées ainsi. C'était une impression étrange de revoir ces lumières allumées. Lorsque je les avais remarquées à maintes reprises auparavant, j'avais toujours eu cette même réaction de mépris : *elle reçoit de nouveau*. Une nouvelle fois, je repensai à la foule de risques qu'elle avait encourus dans sa légèreté.

Mais ce n'était pas sa faiblesse qui avait causé sa mort ; c'était l'une de ses forces qui l'avait tuée.

Je me demandai ce que cela signifiait, quelle leçon on pouvait tirer de la mort de Deedra. J'y songeai un moment avant de décréter que cette réflexion était dénuée de sens, ou alors, ce dernier me dépassait. Je repensai à Deedra telle qu'elle m'était apparue en rêve,

250

la télécommande à la main. En train de regarder un film depuis l'intérieur de son propre cercueil.

Je laissai retomber les rideaux et retournai dans mon lit.

À suivre dans...

LILY BARD
5 - VENGEANCE DÉLOYALE

Chasser la poussière des meubles n'est rien pour Lily Bard. Ce qui la préoccupe davantage, c'est la crasse qui s'incruste parfois dans la tête des gens. Y compris dans la sienne, où se terrent de sordides souvenirs... Pour s'en débarrasser, elle a décidé de s'inscrire à une thérapie de groupe. Elle espère, grâce à ses démarches, pouvoir enfin s'ouvrir et jouir de la part de bonheur que sa relation avec Jack lui promet. Toutes ces belles dispositions se trouvent profondément ébranlées par le meurtre sauvage de l'une des participantes à la thérapie. À quel membre du groupe s'adresse le terrible message ? Quel est le sens de ce jeu funeste et qui en sera la prochaine victime ?

Lily Bard

Ce que la presse en a dit...

« L'une des héroïnes les plus habilement tracées et les plus fascinantes du polar actuel – complexe, intelligente, débrouillarde, stoïque. » *American Library Association*

« Finement construit, coloré et plein de suspense, le récit de Charlaine Harris, avec ses personnages puissants et singuliers, laisse le lecteur dans l'espérance qu'il s'agit bien du début d'une série. » *Publishers Weekly*

« Lily est une héroïne intrigante, que l'habileté de l'auteur transforme en une lueur d'espoir bienvenue. »
Kirkus Review

« Lily est aussi humaine et attachante que la ville où elle s'est installée. Un début de série brillant. » *Tulsa World*

« Fascinant... La progression éclatante de Lily, d'une fille traumatisée et esseulée vers une battante inflexible, est très gratifiante. » *Pen & Dagger*

« Charlaine Harris a réalisé un incroyable travail avec ce nouveau personnage. L'auteur fait habilement du passé de Lily un élément du mystère aussi important que le meurtre et son enquête. Une analyse psychologique qui évolue à vive allure. » *Fort Lauderdale Sun-Sentinel*

Lily Bard
4 – LIBERTINAGE FATAL
Ce que la presse en a dit...

« Lily a une voix si touchante, entre tourment et rédemption, que son histoire personnelle prend le pas sur la collecte des indices et le dévoilement du crime. »
Publishers Weekly

« Lily est un personnage fantastique, avec son côté sombre et ses craintes, mais aussi, paradoxalement, sa force grandissante. » **American Library Association**

« Une fin qui prendra tout le monde par surprise. […] Une lecture extrêmement prenante. » **Romantic Times**

« Un divertissement solide. » **Library Journal**